寻找教育的新支点

——非智力因素理论影响下的教育实践

徐锦生 著

人民出版社

中国非智力因素
教育实践家

题赠徐锦生校长

燕国材
2009.10.18

燕国材系上海师范大学教授、博士生导师、中国非智力研究会会长

序

记得1998年10月，我参加了在浙江省兰溪市实验小学召开的“全国非智力因素研究会首届年会暨学生非智力因素发展与素质教育研讨会”。期间，实地查阅了该校“小学生非智力因素培养的理论与实践研究”的科研成果，并参加该课题成果鉴定。由此接触了该校的徐锦生校长，深感他对教育科研的执著追求，对非智力因素教育实践研究的热衷。2002年由徐锦生校长主持的非智力因素实践研究延续课题“小学生学会心理自助的理论与实践研究”，经过长达五年的实践研究，令人关注的新成果《学会心理自助》专著出版了。其时，我曾为该科研成果作了如下评价：

> 该成果选题方向和问题定位科学合理，有较强的现实意义和实践价值；无论是理论探索还是实践研究，都严格遵循心理健康教育的原则，体现了较强的科学性，且具有学校特色。该成果具有创新性和先进性，对心理健康教育的实施具有积极意义，有较好的借鉴作用和推广价值。在我国同类研究中处于领先水平，为我国中小学心理健康教育的发展作出了贡献。

我承认，“非智力因素”这一科学概念是来自美国1913年维伯（E. Webb）提出的名为“W”的因素的设想。1935年，亚力山大（W. P. Alexander）正式提出“非智力因素”的概念，并波及全世界。但实际上，非智力因素的故乡在中国，孔子的“知之者不如好之者，好之者不如乐之者”，因此，今天我们对非智力因素的重视是体现了“洋为中用”、“古为今用”的马克思主义的哲学原则。我国理论界、教育界有相当一批学者与教育家在深入研究这个问题。徐锦生校长就是其中一位。

在以前研究的基础上,徐锦生校长咬定青山不放松。不论在兰溪实验小学,还是在如今的金师附小,徐锦生校长始终抓住非智力因素的实践研究,相继出版了教育科研成果专著《非智力因素培养的理论与实践》、《学会心理自助》、《优化非智力因素,促进多元智能的发展》等,先后获得浙江省人民政府颁发基础教育教学成果一等奖两项、二等奖一项。

一晃,十年多过去了,最近又收到徐锦生校长送来即将出版的《寻找教育的新支点——非智力因素理论影响下的教育实践》书稿。该书主要展示了作者二十年来坚持非智力因素研究的成果,回答了社会、家长、教师及学校管理者十分关注的素质教育中一些热点问题。徐锦生校长带领他的团队努力打造"非智力发展型品牌学校",探索"非智力因素与智力因素协调发展型学校"建设的途径、方法与策略等。前不久,欣闻他的第四个非智力因素延续课题"基于'非智力'减负增效的项目学习实践探索"被列为国家教育部规划课题,实属不易。

我想该书的出版无疑是为非智力因素的实践研究开辟了一片蓝天,为智力与非智力的和谐发展寻找到一条新途径,为当前的新课改送来了一缕清新的春风。

我也相信,这本书的出版,将会受到广大中小学教师、家长和其他教育工作者的热情欢迎。

是为序。

林崇德

2010 年元月于北师大

(林崇德:中国心理学会会长、北京师范大学资深教授、博士生导师)

目　录

绪　论

我国的素质教育整个践行过程既有行政驱动，也有学理驱动，更有民间千百万中小学校长和教师自下而上的实践参与。这种实践推动事实上从20世纪60年代就已经开始了，当时卢仲衡先生开展的“中学数学自学辅导实验”首开中国教育实验之先河，但不幸的是这项实验在“文化大革命”期间中断了。改革开放后，在“三个面向”方针的引导下，我国教育实验重新上路。在国外教育思想大输入的背景下，20世纪80年代，“教育科学的生命在于教育实验”在我国形成广泛共识。到90年代初期，教育实验研究成为有效提高教育质量，促进学校整体改革的重要手段。

1989年，浙江省兰溪市实验小学创建，我有幸竞聘为首任校长。既然是实验小学，就要坚持当年杜威在华创立实验学校的初衷，就是坚持探索、坚持创新、坚持改革，而这也正是改革开放后的浙江精神。为此，我们确定了“德育为先、科研为导、素质为本”的办学理念。学校办学要有支点，这个支点不是拍脑袋想出来的，而是在理论的引导下，在实践的探索中，将理性知识与实践智慧有机结合，才能形成具有自身特色的，有持续生命力的改革模式。我们根据兰溪新区教育底子薄，家长要求高，独生子女普遍的特点，从1989年，就开始了小学生非智力因素培养的实践探索。20年来，我们先后承担省级课题“小学生良好非智力因素培养”的理论与实践、“小学生‘学会心理自助’的理论与实践”、“优化非智力因素促进学生多元智能发展”以及“创建智力与非智力因素协调发展型学校特色品牌的行动研究”的研究，其成果先后获得省教育科研成果一等奖3次，省政府基础教育教学成果一等奖2次，二等奖1次，省新世纪基础教育科研重大成果二等奖1次；四个课题有300多位教师参与，培养了全国名校长1名，省特级教师6名，省市教坛新秀、教改之星10多名，省市名师名校长10多名……2009年8月，非智力因素延续课题“基于‘非智力’减负增效的项目学习实践探索”被列为国家教育部规划课题。

一、“非智力因素”研究的缘起

“非智力因素”这一概念，在国外心理学界提出已有七十余年，在相当长的时期内，都当它是智慧行为中的必要成分，作为纯学术研究。20世纪80年代初，这一概念被移用到我国学术界，首先是适用于转变“唯智成才”、“重智轻德”的观念和教育现实的需要；到90年代初，则是适应了教育改革的深入发展，由应试教育向素质教育转变的需要。

“非智力因素”概念界定为智力以外的一切有影响于智力行为的心理因素，涉及面较广，包括学习动机的引起、认识兴趣的激发、情感体验的加深、品德行为与习惯的养成，乃至气质、意志、性格的塑造等等。心理学研究告诉我们，人们的先天智力差异并不大，往往是非智力因素的差异，导致了成就的大不同。

在这种思维背景下，上海师范大学燕国材教授较早提出了“大力培养学生非智力因素”的重要观点，并以系列研究成为非智力因素研究的代表人物。无论在课内或课外、日常生活或交往活动，以及和谐环境氛围的创设，只要是注意到并致力于非智力因素的培养，必将有利于学生的学业成就和智力长进，有利于学生基本素质的提高，有利于学生个性的发展。实践的效益促使处于教育第一线的广大教师和学校领导普遍地悦纳这一复杂性、综合性而又模糊性的概念，几乎约定俗成地予以运用。

在燕国材教授的指导下，我们认识了非智力因素培养的实践价值：

1. 小学生良好非智力因素的培养是全面实施素质教育，减轻学生课业负担，有效提高学生学业成绩，进而促进学生个性健康、自由、全面发展的有效途径。通过非智力因素的培养，包括充分激发学生的学习兴趣，形成正确的学习动机，产生积极的情感体验，养成良好的行为习惯，锻炼学生坚强的意志，变要我学为我要学，变苦学为乐学，必将有利于全面提高学业成绩；通过非智力因素的培养，提高学生的思想素质、政治素质、身体素质、心理素质和文化素质，有利于全面贯彻党的教育方针；通过非智力因素的培养，使学生“学会学习、学会生存、学会交往、学会适应、学会创造、学会做人”，成为有理想、有道德、有文化、有纪律的合格新人。

2. 非智力因素培养的教学探索是深化学校新课程改革，提高管理效能，有效促进青年教师成长，全面提高学校教育教学和科研水平的有效途径。通过非智力因素培养的教学探索，能带动学校的管理改革，朝着民主化、科学化、规范化的道路迈进，由传统的经验型管理模式向科学的民主型管理模式过渡；通过非智力因素培养的教学探索，能够全面形成全体教师良好的教研风气和科研意识，从而使青年教师较快地向着师德高尚、技能熟练、态度端正、工作踏实、研究水平较高的目标迈进，成为学者型的骨干教师。

作者与燕国材教授合影

二、“非智力因素”研究的历程

在非智力因素越来越受到关注和重视的背景下，自 1989 年至今进行了长达 20 年的“小学生非智力因素培养”的探索与实践。

（一）小学生良好非智力因素培养实验

1989 年 1 月，我们本着实验学校要成为“教育科研的基地”，成为“教育改革的排头兵”的办学思路，确立了“培养小学生良好非智力因素”的实验课题。当初的设想是：小学生良好非智力因素的培养是全面实施素质教育，减轻学生课业负担，有效提高学生学业成绩，促进学生个性健康、自由、全面发展的有效途径。非智力因素培养教学探索是深化学校新课程改革，提高管理效能，有效促进青年教师成长，全面提高学校教育教学和科研水平的有效途径。

本着这一设想，我们主要抓住兴趣、情感、意志、习惯、个性等非智力因素进行培养，通过课内、课外两个渠道，以等组实验设计为主体方法，结合观察法、调查法、文献法、经验总结法、教育测量法，抓住《小学生良好非智力因素培养实验大纲》和实验研讨会两大模式进行了长达七年的深入的实验研究，形成了实验的指导思想：以兴趣、情感、意志等三个基本因素的培养为手段，朝着形成学生良好的习惯这一目标去努力，进而培养学生良好的个性，成为全面发展的有创造精神的 21 世纪的主人。

实验结果表明：小学生非智力因素培养的实验，不仅促进了学生非智力因素的发展，而且提高了学生的成绩，促进了学生良好个性的形成和发展，成为全面发展的人；小学生良好非智力因素培养实验还探索出一个培养教师的新模式，即科研兴教、教研相长，促进“科研型”、“智慧型”、“学者型”教师队伍的形成，同时也带动了学校各方面工作的开展，产生了良好的社会效果。

1997 年 8 月,课题顺利结题。省级专家鉴定小组评价该课题:“小学生良好非智力因素培养实验,吻合国际教育改革的潮流,批判地吸收了国际人格教育、个性教育等先进教育成果,实验走向了国际化。同时,实验注重与日常教学工作、学校教育管理、课外活动、学生生活等多方面的结合,把非智力因素培养贯彻到教学的每一个环节中去,落实到每一个学生的学习生活中去,该实验充分体现了本土化的特点。实验在研究过程中,始终坚持实验教师、理论工作者、教育行政与科研管理部门几方面集思广益,合力攻关,走出了培养学者型教师队伍和教科兴校、兴教的新路子,为一所学校通过实验推动其改革与发展树立了典范。”

课题鉴定专家和主要研究成员合影

(二)小学生“学会心理自助”的教育教学研究与实践

1997 年 9 月至 2002 年 8 月,我们以“小学生‘学会心理自助’的教育教学研究与实践”作为“非智力因素培养实验”的后续研究课题。在广泛调查的基础上,根据学校现状,我们确立了语文、数学、音乐、美术、常识等学科教学中培养学生心理自助的一系列子课题,确立了“学会心理自助理论与实践”的研究框架。这个课题后来被立项为浙江省名校长一类课题。

经过多年的探索与研究,我们得出几个结论:(1)学校心理健康教育实质上是一个“助人自助”的过程。从学校心理健康教育的机制来看,它以他助、互助、自助为机制。他助、互助是手段,自助是目的。(2)让学生学会心理自助,要着眼于同辈群体辅导资源开发。(3)让学生学会心理自助,说到底,还是一个以人为本,以学生为主体的问题。

我们心理自助的操作定义是:以创造教育活动为载体,学生通过课内外自觉地进行创造思维和创造个性的自我训练,在认知、情感、意志和行为上,依靠心理自助的自我领悟、自我体验、自我解脱心理困惑等达到自我的心理平衡、心理适应和心理发展,进而自我完善、自我超越。其实质就是通过主体参与和自我意识的支配下,主动寻求有效促进自身生理、心理及社会适应的方法,实现真善美统一的人格。

在实践过程中,我们立足于课堂,着眼于课外,不断验证课堂自助原则、操作模式,并总结出教师教学过程中“顶天立地”、“八要八不要”①的经验和学生心理自助,提高学习效率的十种技法。“所谓‘顶天’,是指学生做学习的主人,鼓励学习持之以恒,自觉不懈地超越自我而努力。所谓‘立地’,是指把学生需要和兴趣放在突出的位置,教学计划和方法从学生的发展可能性和潜力出发。”“‘八要八不要’:要以学生的兴趣为起点,使学生情绪高涨,智力振奋;不要没有情感色彩,使学生把学习当做精神负担;要关注学生的‘主体、独立、自由’,给学生参与权、选择权,增大学生参与和选择学习的时间、空间;不要扼杀学生的主体意识和主体作用;要让学生抬起头来走路,充分体验成功的喜悦;不要主观武断给学生贴上‘失败者’的标签;要尊重学生的价值、尊严,保护学生的自尊心;不要太易激动,对学生冷漠无情,心灵施暴,在大庭广众下让学生丢脸;要一视同仁,扩大信息交流量,面向大多数学生;不要对学生偏心,偏爱,人为缩小

① 徐锦生著:《学会心理自助》,吉林教育出版社 2002 年版,第 14 页。

或阻断一些学生信息交流渠道;要创设宽容和谐的心理氛围,使学生大胆发言,保持积极‘生疑、质疑、解疑’的心理过程;不要给学生额外心理压力,助长自卑心理;要提倡学生怀着一种争强好胜的心理去想象、去创新,形成异彩纷呈的新思路、新方法;不要盲目强化从众尊上,依赖长者和他人;要师生平等,相互尊重,教学相长;不要‘师道尊严’任意使用不能实施的威胁语言,或因少数不轨而责怪全班。”实践表明:教师们能把尊重、平等和民主的理念,作为学校创新教育、心理健康教育和非智力因素开发的基础,构建了三者相辅相成的教育教学的理论框架。最终的科研成果形成了《学会心理自助》一书。

省级专家鉴定小组评价这项研究时说:“选题和问题定位科学合理,有较强的现实意义和实践价值;无论是理论探索还是实践研究,都严格遵循心理健康教育的原则,体现了较强的科学性,且具有学校特色。该成果具有创新性和先进性,对心理健康教育的实施具有积极意义,有较好的借鉴作用和推广价值。在我国同类研究中处于领先水平,为我国中小学心理健康教育的发展作出了贡献。”

(三)优化非智力因素促进小学生多元智能发展研究

2002 年 9 月至 2007 年 5 月,我们确立了省级重点课题——“优化非智力因素,促进小学生多元智能发展”。

这项研究的目标是让学生的多元智能在生动活泼的学习情境中主动地得到最优发展。自 2003 年课题实施以来,课题组成员根据自己负责的子课题,在平时的教学活动中进行了大胆的探索和尝试。各课题组成员在每月的课题研究开放活动日中轮流上研究课,探索优化非智力因素促进学生多元智能发展的教育教学策略。同时,学校也举办了多元智能展示周等活动,为学生搭建一个展示才艺、表现自我的平台,促使学生在活动中相互交流、学习、探讨,从而丰富校园文化生活,促进学生多元智能的发展。

为了使课题研究更加有序地进行,我们将课题研究的目标又分解为以下几个子目标:探索小学生多元智能发展与非智力因素之间的关系,构建促进小学生多元智能发展的非智力因素支持系统,形成富有特色的理论成果;探索优化学生非智力因素,促使学生多元智能优化发展的有效教学策略,并尝试总结非智力因素促进学生多元智能发展的教育教学的总体模式;探索适合新课改目标,适合中等城市小学生特点的多元发展评价体系。

研究中,我们形成了自己的教学模式:课前诊断了解——利用非智力因素教学导入——教学探究(非智力因素与智力因素互相影响)——交流评价——课堂小结——作业超市。在教学实践中,我们采用了六种教学策略来贯彻为多元而教、用多元来教的教学理念:"情感—多元"教学策略;"主题—多元"教学策略;"游戏—多元"教学策略;"情境—多元"教学策略;"综合实践—多元"教学策略;"认知学徒—多元"教学策略。

研究表明:学生的智能多元发展了;多元展示性评价形成了;教师角色转变了。比如:教师的角色实现了由书本知识的传递者、解说者向学习的引导者、促进者转变;由忠实的课程执行者、实施者向课程研究者、参与者转变;由权威的统治者向平等合作的伙伴转变;由经验型教师向研究型教师转变。

(四)基于非智力减负增效的项目学习实践探索

从1989年至2007年,我们都以"非智力因素培养"贯穿始终,我们真正体会到学生非智力因素培养的重要性,逐渐形成了"非智力因素培养特色"。然而,我们的研究还是从某个领域设计并开展非智力因素培养的,比如第一个课题侧重于课堂非智力因素的培养,第二个课题注重学生非智力因素与心理自助的培养,第三个课题注重"非智力因素与多元智能的培养"。为了更好地、深入地、全方位地推广课题成果,同时根据学校长期以来形成的"厚德载物,兼容并蓄"的人文精神、"诚恳做人,踏实做事"行为方式和"轻负担,高质量"的价值取向,2007年9月起我们决定继续以"非智力因素培养"为核心,确立全国十一五规划课题"基于'非智力'减负增效的项目学习实践探索"。可以说,我们确立该项研究,不仅是课题本身发展的需要,也是学校可持续发展的需要。这项研究主要包括两方面,一是非智力发展型学校的创建,二是特色品牌的打造。

我们研究的预期目标是:

1. 颠覆传统,构建学科教学新模式

项目学习将打破学科原来的教学格局,对学科课程进行二次开发,将改变传授型"单一性"教学模式向自主、合作、探究型"多样性"教学模式转变,鼓励学生把学习的过程变为思考、质疑、批判、发现、求证的过程。

2. 减负增效,促进学生可持续发展

传统的书本学习导致了教师的满堂灌,我们试图通过项目学习改变教师的教学理念和教学方式,从而达到减负增效的目的。通过项目学习,可以更大地调动学生学习的热情,培养学生顽强的学习毅力,变被动学习为主动学习,从而让学生获得对学习的信心,促进学生主动性、积极性、创造性和可持续性发展,同时还可以提高学生的组织、沟通、合作能力,从而提升学生的综合素质。

3. 开拓创新,形成研究的多种成果

通过项目学习,不仅可以形成《项目学习大纲》《项目学习活动教材》《项目学习操作手册》《学生项目学习作品集》等物化成果,而且可以促进教师专业水平的提升,使教师成为研究型教师。

该项研究我们重点探讨以下问题:探索运用"非智力"理论开展"项目学习",使学科教学项目化的模式、途径、方法、策略、评价等,形成操作制度和手册;开展学科教学项目化的有效性研究,明确项目学习与其他学习方式的区别;厘清各学科知识体系,明确知识结构图,梳理项目学习架构,研究哪些学科,哪些内容适合项目化学习,哪些内容不适宜项目学习,形成项目学习大纲;系统整理项目学习相关成果,编写活动教材、学生项目学习作品集;研究项目学习活动中教师的角色定位等。

三、智力与非智力因素协调发展

清代彭端淑《为学一首示子侄》中以四川两个和尚朝南海的故事作比喻,生动扼要地论述了智力("聪"、"敏"与"昏"、"庸")与非智力因素("力学不倦"、奋发向上与"摒弃不用"、自甘失败)的辩证关系。力学不倦,则天资不高的人也会突破"昏"、"庸"的限制而有所成就;反之,摒弃不学,即使天资很高(即所谓的"聪"、"敏")的人,也无济于事。文章虽短道理却说得相当透彻精辟。在教育中必须注意把学生的智力与非智力因素结合起来。较高水平的智力是可以依靠的,却不能单纯地依靠它;如果同时发挥非智力因素的作用,较高水平的智力就是可以依靠的。较低水平的智力可以限制人的发展与成功,如果同时发挥非智力因素的作用,那就可以打破这种限制。

(一)一个理论的启示

1985年,燕国材教授提出了智力与非智力因素结合论的学习理论,亦称"IN结合论"的学习理论,即学习的成功,并非单纯制约于智力,而是由智力与非智力因素的共同作用来决定的。"IN结合论"学习理论实质是相当复杂的,并非给它下个定义就能解决问题。它的主要内容是:

1. 学习过程必须建立在人们的全部心理活动,亦即智力与非智力因素的基础之上。人们为了有效地进行学习,必须使自己的全部心理活动趋于积极化,让它们主动地参加到整个学习过程中去。而正如大家所知道的,按照心理学的二分法,人的全部心理活动可以一分为二,即认识活动与意向活动。前者与人的智力因素基本相当,后者与人的非智力因素大致一样,这也就是说,学习必须以智力与非智力因素为基础,亦即在学习过程中,既要有智力积极参加,也要有非智力因素积极参加。

2. “一般说来，人们的智力水平大致是差不多的，但非智力因素却往往差别很大。”——这个假设是这一理论赖以建立的基石。燕国材教授指出：80%以上的人都可以学习成功、培养成才；但事实却不是这样，总有不少人未能如愿以偿。原因何在呢？除去客观条件不一样外，主要在于非智力因素有较大的差别。不仅如此，甚至处在同样客观条件下的智力超常的儿童，由于非智力因素水平的差别，成就也不一样。正如中国科技大学少年班班主任朱源所说：“在教育实践中，我们常常可以看到有些少年大学生，由于具有良好的个性品质而提前考取了研究生；也看到极少数智力超常的大学生，因缺乏良好的个性品质而掉队。”这也就告诉我们：为了保证学习成功、培养人才，在使各人的现成智力水平获得应有的开发与发展外，要特别强调培养学生的非智力因素。

3. “在其他条件相等的情况下，$A=f(I\cdot N)$。”A 表示成功；f 表示函数关系；I 表示智力；N 表示非智力。这一公式的基本含义是：在其他条件相等的情况下，学习的成功由智力与非智力因素的函数关系来表示；也就是说，学习成功不单纯取决于智力，而是智力与非智力因素共同来决定的。燕国材教授还指出：公式中的两个变量，除了互为条件和共同促进外，二者的发展与变化还各具有不同的特点。I 的发展与变化，一方面依赖于先天素质；另一方面依赖于客观条件。一般说来，这两个方面都不是一个人自己把握的；所以说，在很大程度上，智力的发展与变化不掌握在主体的手中。与此相反，N 的发展与变化，既不依赖于先天素质，也不依赖于客观条件。一般说来，客观条件越差，越能锻炼与提高人们的非智力因素；所以说，在很大程度上，非智力的发展与变化是掌握在主体手中的。当然，我们这样说，并不是排除也不应当排除教师对非智力因素的培养。

4. 智力因素及其结构基本上就是学习过程的心理结构。智力是由观察力、记忆力、想象力、思维力和注意力五个因素并以思维力为核心组成的完整结构。智力的这五个因素及其结构也就是学习过程的心理结构。也就是说，为了有效地组织学习过程，就应当利用和遵循智力诸因素各自的特点与规律，更要考虑它们之间的内在结构关系。单从智力方面来看,我们可以说:一个人的学习之所以取得成功,就在于他自觉地或不自觉地符合了学习过程的心理结构;反之,一个人的学习之所以遭到失败,就在于他自觉或不自觉地破坏了学习过程的心理结构。这是不以人们的意志为转移的一条学习规律。

5. 非智力因素基本上就是学习过程的心理条件。学习过程顺利而有效地进行,光遵循一定的心理结构是不行的,还必须具备一系列的心理条件。正如俗话所说:"红花虽好,还得绿叶扶持。"我们认为,非智力因素(主要是动机、兴趣、情感、意志、习惯、性格)就是学习过程的心理条件。由此可以看出,学习的成功决定于非智力与智力因素的共同作用,也可以换成决定于学习过程中的心理结构与心理条件的共同作用。

6. 学习的基本原则就是智力与非智力因素的相结合。为了保证有效地学习,必须遵循一定的学习原则。究竟有哪些学习原则呢?桑代克提出的三大学习定律,即练习律、效果律、准备律,就是三大学习原则。赞可夫提出的教学与发展统一、高速度进行讲学、高难度进行教学等,也可以作为学习原则看待。但按照"IN 结合"的学习理论来看,只有一条基本的学习原则,就是智力与非智力因素相结合;如果还有别的什么学习原则的话,也应当是这一基本的学习原则的派生物。这条基本的学习原则的含义,主要包含两个方面:一是学习过程中,必须考虑智力与非智力因素的特点与规律;二是学习的组合与结果,必须有利于智力与非智力因素的发展与培养。我们确定任何学习原则时,难道不应当考虑到这两个方面吗?①

(二)一个理念的形成

任何教育改革是在理性认知的基础上,经过实践的检验,在行动中不断反思,不断总结,不断纠偏,最终提升理论,形成相应信念。在非智力因

① 燕国材、马加乐著:《非智力因素与学校教育》,陕西人民教育出版社 1992 年版,第 337—338 页。

素理论的指导下，我通过二十年的研究与实践，积极引入非智力因素，转变办学观念，最终形成了让智力与非智力协调发展的教育观。

我的教育观由实施教育的观念和管理教育的观念组成，实施教育的观念主要体现在教学、课程和德育三个方面，管理教育的观念主要是通过对教师的引导和对学生的培养体现出来的。

1. 让智力与非智力协调发展的教学观

非智力因素对教学的影响，既可以是积极的，也可以是消极的。在教学中，如果教师重视并采用有效的方法，激发学生的学习动机，培养他们的学习兴趣，激发他们的学习热情，培养他们的坚强意志，养成他们的独立性格，就一定能提高教学效果，保证教学质量。反之，在教学中，如果学生缺乏正确动机、学习索然无味、情绪低落、意志薄弱、缺乏独立性格等，就必然会削弱教学效果，降低教学质量。非智力因素对教学的这种积极或消极的影响，常常表现得相当突出。

非智力因素中除气质和性格先天因素成分大些外，其他的兴趣、能力、情感、意志、价值观等均是后天因素多、先天因素少。这就是说，非智力因素在很大程度上要靠后天培养，教学便是培养学生的非智力因素的一条重要途径。当然，教学也不是天然就会形成人的非智力因素的，不良的教学行为，反倒可能抑制学生非智力因素的开发；反过来，不良的非智力因素也会影响学生的学习进步。要使教学与智力因素和非智力因素共促共进，使三者协调发展，就必须注意以下几点：

(1)转变教学观念

引入非智力因素，有利于真正树立教育主体的观念，有利于建立以人为本的思想。学校的教育主体是谁？是教师和学生；学校的人本如何体现？体现在教师专业发展和学生个体生命的真实成长上。什么是学生的真实成长？让学生全面发展。人的发展图谱是什么样的呢？如图 1－1 所示。

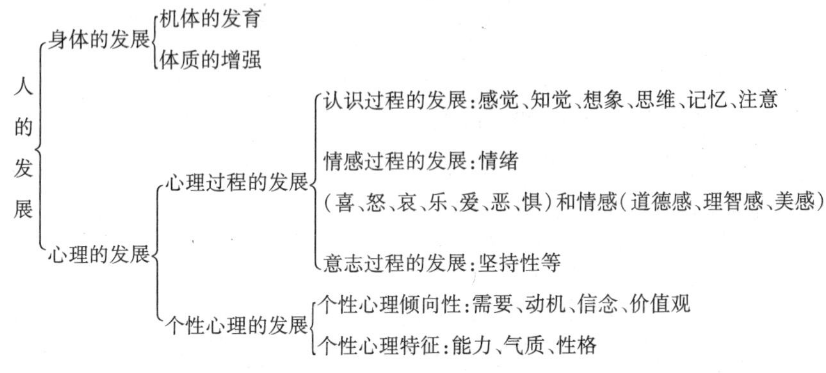

图1-1　人的发展图谱

如此复杂的人的发展图谱,我们的教育仅仅局限于心理发展中的认识过程当中的记忆和思维两个智力品质的发展,难道我们的教育不是片面的吗?难道我们不是在扼杀学生的真实成长吗?这才是为什么新课程改革特别强调态度、情感、价值观的发展,为什么教育部要主张"阳光体育运动""每天锻炼一小时,健康生活一辈子"的道理所在。学生是充满生机与活力的发展整体,既有认识的、智力的,也有意向的、非智力的。这就是说,从心理学的角度看,主体结构是由认识、智力与意向、非智力两个系列的因素所组成的。如果从哲学角度,主体结构则由理性成分和非理性成分两部分组成。这样看来,要发挥学生主体作用,就应当把主体结构中的所有成分,即把学生全部心理活动的主动性和积极性调动起来;如果只讲认识、智力,只发挥学生的认识、智力的作用,那最多也只是一个"半主体"。不仅如此,要发挥认识智力的积极性,不调动意向的非智力因素的主动性,到头来只是一句空话。所以,我们的教学观必须由片面发展的教学观转向全面发展的教学观,由半主体的教学观转向全主体的教学观,由智力至上的教学观转向智力与非智力因素协调发展的教学观上来。

(2)正确认识教学目的

我们可以考察一下目前国外有关教育宗旨(或教育目的的表述),就可以看出,世界范围内对人的培养目的都在由片面向全面回归或者说是转向。如联合国教科文组织是这样表述的:要使受教育者第一学会生存,第二学会学习,第三学会与他人合作。日本对人才素质的要求是:有高度教养和出色人品；能对社会发展和增进福利作出贡献；有独创性；具有解决人类面临的环境遭到破坏，人口爆炸、民族冲突、贫困和饥饿等复杂问题的能力；要培养“世界通用的日本人”。美国则要求学生学会思考、为做负责任的公民或进一步学习以及在国家现代化建设中进行创造性劳动做准备①等等。

不同的国家在教育目标演变上的这种一致的趋势反映出对受教育者的非智力因素的培养，已经成为社会对教育提出的迫切要求。在以科学技术的迅猛发展为标志的现代社会中，人们要适应并促进社会的发展，除去要具备精当合理的知识结构、充分发展的智力以外，还特别要依靠非智力因素的力量。否则就不能形成乐观、进取的态度，也不能发生创造、开拓性的行为。非智力因素是全面发展的教育目标的一个极为重要的方面。

（3）改革教学内容和教学策略

1991 年开始的第七轮课程改革和 2000 年开始的第八轮课程改革，已经剑指教学内容与策略的改革两个范畴。现在的课程已经与过去“一纲一本”时代截然不同了，课程的编排基本上遵循智力与非智力协调发展的规律与特点，注重了学科之间知识的整合，注重了学生创新能力的培养，注重了知识与学生生活世界的紧密联系，注重了学生动手实践能力的培养，注重学生问题意识、问题欲望和问题能力等方面，但在校本课程和乡村教材方面，我们还有很多的路要走。

教学策略的改革是持续性的，从 20 世纪 80 年代开始，我们国家就大量引进西方先进的教学理论，进行了持续不断的教学实验，多数都直指教学策略，最终形成具有理性反思色彩的教学模式。比如卢仲衡的自觉—辅导实验、李吉林的情境教学法、邱学华的尝试教学法、黎世法的六步教学法、魏书生的语文结构教学法等等，这些都在相当大的程度上引进了非智力因素，旨在促进学生的全面和谐发展。

---

① 伍新春、张天雪著：《浙江省教师招聘教育基础知识》，首都师范大学出版社 2009 年版，第 17 页。

2. 智力与非智力因素协调发展的德育观

我国的教育实践倡导是“五育并举，德育为首”，也就是教会学生做人是教育的第一要务，而教会学生做事，为未来的生活作准备，是第二位的。一个有才无德的人，未来对自身的发展和对社会的贡献都是负向的，而不是积极的、进步的。过去的德育工作重说教、轻体验，重认知、轻情感，导致德育的空洞化和教条倾向。事实上，德育工作本身就是非智力因素张扬的主战场，本身就是要培养学生健康的情操、顽强的意志、积极的兴趣、正确的动机、崇高的理想、良好的习惯、坚韧的性格。林崇德先生在《教育的智慧》一书中提出：“培养学生的非智力因素，就不仅有利于其能力与智力的发展，而且也成为德育工作的一个环节。因为这些非智力因素已构成了思想政治课教学和心理健康教育不可忽视的成分。”他还提出了“培养非智力因素，应重视从整体出发。”并根据自己从事的教改实验，认为“培养非智力因素主要抓好四个方面，即发展兴趣、顾及气质、锻炼性格、养成习惯。”

根据专家的指导意见，结合学校的实际，我们认为加强德育，从心理学的角度来讲，就是要加强和重视在德育过程中的非智力因素的培养。再者，德育过程的四个阶段知、情、意、行，除知外，后三个阶段都属于非智力因素的范畴。因此，道德教育与培养非智力因素有关，培养学生的非智力因素亦可以在道德教育中进行。

第一，动之以情——在发展学生的道德情感中培养其非智力因素。发展学生的道德情感，就是要遵循道德情感的发展规律，培养学生正确的道德需要，发展他们高尚的道德情操，其中最核心的是责任感、义务感和荣誉感。教师要善于用情感去打动学生的情感，调动学生情感的积极性，消除其不健康的情绪。

第二，持之以恒——在形成学生的道德意志中培养学生非智力因素。形成学生的道德意志，就是要激发他们的道德动机，形成道德信念，培养道德理想；注意运用多种形式，通过多种途径，让学生形成坚强意志。

第三，导之以行——在训练学生的道德行为中培养其非智力因素。

道德教育的最终目的是要把知、情、意引导到行为当中去,一个人的道德面貌是在他的行为上表现出来的,道德行为是道德认识、道德情感、道德意志的综合表现。道德行为的训练,就是要让学生掌握道德行为方式,养成道德行为习惯。因此,导之以行的过程,就要教师进行启发诱导,使学生达到"习惯成自然"、"欲罢不能"的地步。而这过程,不仅要求学生非智力因素的积极参与,也进一步培养了学生的非智力因素。

培养学生的非智力因素,只限于学校、课堂教学是不够的,还要通过各种形式的活动,通过多种渠道交叉进行,方能卓有成效。课外活动也是培养学生非智力因素的有利途径。

林崇德先生提出:非智力因素也是心理健康教育不可忽视的成分。所以,从20世纪90年代中期以后,我注意的焦点渐渐地移到了心理健康教育方面。教育要面向现代化,面向世界,面向未来,要培养学生自尊自信、自立自强、乐观顽强、合作创新等良好的心理品质,必须保持并促进心理健康。然而,在相当长的时期内,德育工作者一直漠视这一重要的领域,使得心理健康教育成了不少学校德育工作的盲区。由于学生未能受到良好的心理品质的培养,缺乏有效的自我心理调节能力,这就造成不少学生心理状况不佳,不同程度地存在着诸如狭隘抑郁、怯懦自卑、孤僻离群、焦虑急躁等心理问题。

一方面,为了小学生的心理健康,开展群体心理卫生教育迫在眉睫,任重道远。另一方面,由于未能把心理健康教育与思想品德教育有机地结合起来,学校的德育工作便难以深入学生的内心世界,显得苍白无力,严重影响了学校的德育工作的效果。为了开辟这片被遗忘的心理疆土,我带领教师在非智力因素培养研究的基础上,又开始了心理健康教育的研究。1997年,我们开展了以小学生群体心理健康教育为重点的研究,作为"非智力因素培养实验"的后续研究课题。我们根据学校情况及当前科研趋势,以"学会心理自助"作为小学生心理健康教育的突破口进行研究。

我们立足于课堂,初步构建了课堂心理自助的教学模式,即"四自"教学模式:自学——自疑——自助——自评。着眼于课外,通过社区和家庭两条途径,让学生实现自我体验、自我平衡、自我适应、自我提升、自我超越,构建了家庭、学校、社会三位一体的立体型实践网络。我们在四年的时间里,不断地验证心理自助培养原则,操作模式,不断地完善研究方案,充实研究内容,对研究报告及专著的写作提纲不断地修改、完善。我们几乎每月要上研究课,要开研讨会。语文、数学、班队活动的研讨更为热烈,曾多次请廖正峰教授、张晓泳教授等深入课堂指导。这期间老师们的理论与实践水平有了质的飞跃,学生的心理自助能力得到了明显的发展。我们也在校刊、校报等媒体上开辟专栏研讨。许多家长也积极参与研究,撰写心得,总结家庭心理自助培养的途径与方法。一时间,学校心理自助的研究成了学校教改的一道亮丽的风景线。阶段性报告在全国非智力因素研究会第三届年会上交流,并获一等奖。《小学校长》2002 年第 3、4 期连载该报告。我的观点概括起来就是:

(1)树立正确科学的心理健康教育的理念

首先是要让每一个学生都有健康的心理。《中共中央国务院关于进一步加强和改进未成年人思想道德建设的若干意见》明确指出,要加强心理健康教育,培养学生良好的心理品质,切实把心理健康教育工作摆在素质教育的首位,贯穿于教育教学的各个环节中。的确,当代中小学生大多是独生子女,随着生理、心理的发育和发展、竞争压力的增大、社会阅历的扩展及思维方式的变化,在学习、生活、人际交往和自我意识等方面可能会遇到或产生各种心理问题。有些问题如不能及时解决,将会对学生的健康成长产生不良的影响,严重的会使学生出现行为障碍或人格缺陷。1997 年下半年,我们学校应用《MHT—CR 心理健康量表》对 4—6 年级学生进行心理健康抽查。学校教育的根本目的之一是使"每一位学生具有健康的心理和健全的人格"。这是我校树立心理健康教育理念迈出的第一步。

其次,心理健康教育事实上与德育是"殊途同归"的。所谓"殊途"是指出发点不同,德育主要以社会需要为出发点,将社会的道德规范、伦理标准传授给年轻一代,从而使我们从自然人成为社会人,这是一个教导的过程、规范的过程。心理健康教育主要以儿童成长的需要为出发点,解决儿童成长中的问题，促进其社会化，这是一个自我探索、引导的过程。所谓“同归”是指最终目标是一致的，那就是促进学生健全的发展。作为思想品德学科的特级教师，通过多年来的研究，我发现，德育和心理健康教育既有联系，但又不能等同。从目标上看，它们有共性但各有侧重。德育的目标侧重于提高人的思想政治觉悟和思想品质，强调思想和行为的规范化。而心理健康教育要达成的目标则是引导受指导者怎样正确地认识自己、悦纳自己，正确认识他人、悦纳他人，掌握与人相处的一般方法等；从内容上看，它们表现为交错、融合性。德育涉及政治、道德、伦理等内容，而心理健康教育考察教育对象有无心理障碍、人格发展是否健全、社会适应能力是否具备，着重于对象的心理状态；从方式上看，两者表现出越来越多的交融性。心理健康强调受教育者内心的体验，强调情感的认同，它有好坏之分而没有对错之分，在辅导过程中强调游戏性、活动性，强调个体情绪的愉悦。而传统的德育较为注重社会的利益，工作中带有较多灌输、说教、劝说的色彩，注重“对”与“错”的判断，主要采用的形式有报告、参观访问、社会调查、课堂传授和社会实践等形式。

再次，心理健康教育的实质是一个“助人自助”的过程。近年来，有关“心理健康教育”的研究层出不穷。可是以“学会心理自助”为突破口的研究几乎还是空白。具体而言，有些心理健康教育的研究过程中，往往只强调心理教育或心理医生的作用，认为正是由于我们的帮助（即心理他助），才使咨询者解决了心理问题，或治愈了患者的心理疾病，而忽视了咨询者或患者自身在解决问题或战胜疾病中的决定性作用，也就是忽视了心理自助的决定性作用。于是，我们找准了“心理自助”这个切入口。我们认为个人的心理障碍与疾病不是被传染的，也不是外伤得来的，在某种意义上可以说是由个人自己“制造”出来的。它只能通过个人的调适，包括教师、同学、家长等协助下的自我调适，经由一个类似再学习与再教育的过程，才能走向康复。因此，在维护个人心理健康的过程中，在心理障碍的预防、治疗过程中，当事人自己的责任感、自助的意识与能力起着至关重要的作用。在培养学生心理素质，增进心理健康的过程中，必须依靠学生的心理自助。我们认为学校心理健康教育实质上是一个“助人自助”的过程。从学校心理健康教育的机制来看，它以他助、互助、自助为机制。他助、互助是手段，自助是目的。“心理自助”不仅是一种可持续发展的素质教育思想，而且也是让学生通过课内外自觉进行自我领悟、自我体验、自我解脱心理困惑等，达到自我心理平衡、心理适应与心理发展的一种方法。

（2）进行循序渐进的心理健康教育

作为心理健康教育主阵地、主渠道的学校，如何真正把心理健康教育工作做到入脑入情入理，发挥出最大的实效性，从而培育出适应社会需要的健康、具有高尚人格的公民是我一直思考与实践的问题。多年来，在心理自助理论的指导下，开展了系列实践活动。

第一，营造心理教育的氛围。校园文化建设对小学生的健康成长意义十分重大。“让每块墙壁说话，让每寸土地育人。”我十分重视环境对学生的教育作用，用良好的环境熏陶感染学生，促进学生的心理健康发展。创造条件不断完善心理健康教育各项设施，优化校园育人环境，努力实现校园的“三化”（绿化、美化、净化）和“三性”（教育性、知识性、艺术性）。走进校园，可见花草树木、小桥流水、假山池沼、亭台轩榭、曲径回廊与催人奋进的名言警句点缀得当、错落有致、相互交融、浑然一体，给人以心旷神怡的享受。

我还通过各种途径和方式营造一种良好的心理健康教育氛围，提高心理健康教育效果，主要方式有：①“雁博士知心屋”。“雁博士知心屋”远离教室，内部布置温馨并且富有童趣。有专职教师负责，专门解答学生提出的多种心理健康问题，负责指导全校的心理健康教育活动。对少数有心理障碍的特殊学生，则聘请有关专家来开展心理咨询活动；②心灵信箱。学生书面提出的各种心理健康问题，均可投入心灵信箱，然后由心理辅导老师作出解释或个别辅导，帮助学生提高心理健康水平。学生书面提出心理健康问题允许他们不记名，以便于保护他们的自尊心；③心理健康专题广播。通过学校红领巾广播开展心理健康知识专题讲座，以提高全校师生对心理健康教育的认识水平和心理健康的自我维护能力。通过广播公开解答学生提出的部分心理问题，这种方式影响大，效率高，不失为一种好的宣传方式;④板报宣传。运用黑板报或墙报的形式,介绍心理健康教育的内容和方法,解答学生提出的各种心理问题。由于板报宣传具有方便、快捷和普及性强的特点,因此最适宜于各班级运用。

第二,培养优秀的心理教师。狠抓师资队伍建设,提高心理健康教育老师的素质,是开展学校心理健康教育的前提和根本。为建设一支高素质的心理健康教育师资队伍,我一方面做教师们的表率,另一方面开展各种活动培训教师。

我深深懂得"火车跑得快,全靠车头带"的道理。加强心理健康教育师资队伍建设,校长应该是这支队伍的龙头。身为一校之长,做事是公心还是私心,教师一眼就能看出,所以做校长最根本的心理要素就是不能计较个人得失。《岳阳楼记》这篇文章我非常喜欢,无论得意时,还是失意时我总要诵上几遍,使我得意时不忘形,失意时不失志。我也经常将一些格言摘抄于本子扉页,以提醒自己做一个心理平衡的人。比如马寅初喜爱的"宠辱不惊,闲看庭前花开花落;去留无意,漫观天外云卷云舒"。我经常对老师们说:"人要学会快乐地面对生活,不管生活给予你什么,你都要接受,而且要学会用乐观的心态去对待。生活中的很多事虽然可能不像你想的那样好,但也不像你想的那样坏。当你不快乐的时候,想一想那些比你更不幸的人,你的心中就会升腾起一股新的希望。"每到教师节,我会把一些制作精美的卡片送给每一位教师,有的写着"静坐常思己过,闲谈莫论人非",有的写着"见贤思齐,见不贤而内自省也"。要求教师铭记在心,时时提醒自己要为人师表。我理解、尊重、关心每一位教师。我认为一所学校建立必要的规章制度,用一定的纪律和制度来规范全体教师的行为以保证教育教学活动是必要的。但更重要的还要理解、尊重、关心教师,科学地调动教师积极性,追加感情投资,使教师在工作中实现自我价值,在心情舒畅中提高自身素质。正如有的教师所说的:"我们校长,是个宽宏大量的人,我们这些年轻人,火气上来了,就到他办公室里冲着他喊,他从不计较,说得对的,他就会接受建议;有的教师是为了个人利益跟他吵,只要他认为合情理,就会想办法去帮着解决;有的意见不对,他也不当面说,而是等对方静下心来时,再心平气和地去帮助分析。""我们校长，是个善于进行角色置换的人，发生在教师身上的事，他总会把自己置身于其中去考虑问题，因此问题总能得到较好的解决。”①

（3）开展心理健康教育培训

学校心理健康教育的开展，仅仅靠校长是远远不够的，关键是要依靠广大教师，必须加强教师的培训和指导。

第一，加强师德培训。很难设想一个对教育工作毫无兴趣，见到学生就心烦的人，会努力完成好心理健康教育工作。每年至少进行四次围绕师德的培训。除此之外各年级自行组织，适时安排师德专题学习。

第二，加强心理健康教育理论的学习和技能的培训。其内容一是心理健康的维护和增进，二是教育心理学知识的学习，三是教师的心理训练。一方面采用“请进来，走出去”的方法，如聘请林崇德、燕国材、李伟健、方方等专家给老师们作心理健康教育的讲座。另一方面要求教师自学相关书籍，向他们推荐《现代心理学》、《心理健康教育与教师心理素质》、《当前儿童青少年心理进展》、《人际关系心理学》、《现代学校心理辅导》等书籍。要求每一位班主任参加浙江省心理健康教育上岗培训；把主题队会作为实施心理健康教育的主阵地，经常运用心理辅导的原理和技术，结合学生的实际情况，精心设计组织主题队会。要求大队部在学生中组织评比“阳光少年”的活动。要求教务处开展心理健康教育优质课评比活动。

第三，加强心理健康教育教师新手与心理健康教育优秀教师的传帮带的作用。新、优教师之间结成对子，并有计划进行传、帮、带，充分发挥骨干教师的示范带头作用，使新教师尽快进入心理健康教育角色。

第四，开展“心理自助”研究。我在实践中感到，要寻找心理健康教育的内在规律，就必须开展教育科研工作。也只有在教育科研中才能深化心理健康教育工作。继“小学生良好非智力因素培养实验”之后，我主持承担了浙江省名校长一类资助课题“小学生‘学会心理自助’的理论与实践”，既把握研究方向，又参与具体研究。几年的实践证明：小学生学

① 续梅：“滋兰养蕙写春光”，载《人民教育》，1999年第5期。

会心理自助,有效地促进了教育教学活动的开展,有效地增强了学生的自我意识和主体参与意识,提高了心理适应能力,促进了心理健康,增强了学生学习信心,全面提升了学生的素养。同时也使教师树立了“尊重、平等、民主”以生为本的教育理念,提高了教师的心理自助、教学及研究水平,推动了学校办学整体水平的提高,在社会上有较好的反响。燕国材教授评价《学会心理自助》说:“是一本学术性与实用性并重、知识性与趣味性结合、系统性与生动性兼顾、普及性与专业性融合、继承性与创新性统一的著作。它的出版对推动我国学校的心理健康教育乃至素质教育起一定的作用。”2002 年华东师范大学、浙江省教育厅基教处、浙江师范大学、浙江大学教育学院等单位的专家对该成果进行了鉴定,一致认为:在长期从事非智力因素研究并取得重要成果的基础上,以“学会心理自助”为切入口在心理健康教育上又进行了有益的尝试,旨在维护学生心理健康,增强学生心理健康,增强学生的适应能力,形成学生良好的心理品质,选题符合素质教育的要求,具有很强的实践意义。具有创新性,在省内同类研究中处于领先水平。2003 年 5 月,该研究成果获得了浙江省第二届基础教育教学成果一等奖。

第五,构建“家校合作”体系。没有家庭参与的学校教育是不完整的教育。学校要努力构建家校心理健康教育的合作体系,实施学校、家庭同步心理健康教育。我注重把心理健康教育知识推向家庭教育,让家长与学校共同塑造孩子健康的心灵。我们通过“致家长的一封信”的方式把学校的教育意图传达给家长;通过家长学校、家长座谈会等形式,密切家校联系,及时、客观地反映学生的情况,并与家长配合,满足学生自我肯定的需要,解决存在的心理问题,保证学生良好的情绪占据心理状态的主要地位,促进学生身心健康发展;建立家长委员会 QQ 群,倡导班级建立 QQ 群,使家校沟通富有时代气息,发挥其便捷、及时、互动的功能;通过校刊校报,广泛宣传家教知识,不断提高家长自身的心理素质和心理健康水平,以良好的行为、正确的方式去影响和教育子女,使家长和教师目标一致,达成共识,形成学生心理健康教育的强大合力。

四、“非智力因素”研究的感悟

1. 校长身体力行

苏霍姆林斯基在《给教师的建议》一书中指出:“校长对学校的领导首先是教育思想的领导,其次才是行政的领导。”我的理解是:校长对学校的领导首先是教育科研的领导,其次才是行政的领导。一所学校教育科研的成败、好坏,很大程度上取决于校长支持不支持,鼓励不鼓励,组织不组织,带头不带头。在小学生非智力因素培养实验过程中,为了制订实验大纲,我与教师们一起讨论至深夜,冬天寒冷,当时又没有空调,大家就一起跺跺脚,又接着工作……

2. 开展群体科研

教育科研不只是一种个人行为、分散行为,它更是一种群体行为。我一直倡导群体科研、课堂科研。我认为如果学校教育科研成为一种群众行为,教师群体成了一个研究共同体,那么这种人人参与的教育科研必然会充满生机和活力,达到“一个课题就是一个培训班”的效果。2003 年我担任组长的“优化非智力因素促进小学生多元智能发展”课题被列为省重点课题,该课题作为学校的龙头课题,下设若干与之紧密相关的子课题,内容涉及各学科教学、班主任工作等诸多方面,形成一个多层次、多角度的课题群。参加课题研究的老师占当时全校老师的65%。

3. 注重过程管理

课题研究不只是写个计划,做个总结,尤其要注重过程管理。学校要求每位课题组成员做到:每学期撰写一篇科研论文或实验报告;每学期至少读一本文学或教育名著;每学期至少上一节研究课;每月召开一次研讨会;每个星期至少摘录一条教育科研信息,及时了解国内外教改动态。学校要求教师经常写反思,并记录教育随笔,把有感而发的事情、棘手的问题、小小的案例、一时的顿悟都记下来;既可以是记叙,也可以是议论,还可以是抒情,内容、形式不拘一格。

树立“问题即课题,教学即研究,成长即成果”的理念,鼓励教师及时发现自己教育教学中的问题,不断反思提炼研究。我始终认为离开课堂的研究是没有生命力的,因此要求老师们研究要立足课堂教学,做好课堂科研,因此,课题组成员每学期围绕承担的课题至少上好一节实验课,在“课题实验开放日”活动中展示研究成果,并上交教学案例。

4. 营造学习氛围

学校创造机会满足老师们学习的需求。十几年来,先后邀请林崇德、邵宗杰、燕国材、郑继伟、刘力、方展画、阴国恩、李洪玉、卢真金、李伟健等几十位专家来校作讲座。学校每年订教育报刊、杂志 100 种以上,从 2006 年开始,还订阅了 200 余种网上杂志。

学校定期向教师推出好书,老师阅读了《没有任何借口》、《托起明天》、《为了一切孩子》、《教师心理健康的理论和实践》、《给教师的建议》、《教育理想与信念》等书籍。几年来,在重视个人学习的基础上,坚持开展“我与杂志交朋友”读书交流活动。每学期,全校教师在读书并且撰写读后感的基础上,分年级组进行交流,典型代表推荐到全校进行交流,取得了良好的效果。

5. 建立激励机制

我们建立了科研激励机制:将学校经费收入的 5% 用于教育科研,凡是省、地、市级课题具体操作者,每周分别给予 3、2、1 课时搞科研,对只参加、不研究、无结果的教师,按课时折价,从年终奖金中扣除。

通过实践,形成了卓有成效的“自学感悟—专家引领—实践研究—学术沙龙—撰文反思”的课题培训模式。现在学校实施“龙头课题带动策略”,就是以备课组、教研组、年级组、课题组为核心开展课题攻坚,以群体带动个体,以集中拉动分散,既利用了整体优势,又充分发挥个人特长,相互研讨借鉴,相互取长补短,相互支持鼓励,形成了“人人能科研,人人搞科研,人人有成果”的群体性科研氛围。

以“非智力因素培养”为主线的系列研究,让孩子焕发了生命的活力,让教师感受到了幸福,同时也成就了学校的品牌。

第一篇

让孩子焕发生命活力

我们所需要的是儿童以整个的身体和整个的心灵来到学校，并以更圆满发展的心灵和甚至更健全的身体离开学校。[1]

——杜威

学生兴趣的激发比分数更重要；习惯的养成比分数更重要；方法的习得比分数更重要；能力的形成比分数更重要；个性的张扬比分数更重要。

——徐锦生

---

① 杜威著:《杜威教育论著选》,赵祥麟、王承绪编译,华东师范大学出版社 1981 年版,第 56—57 页。

作为效率主义表征的分数是制度化教育的基本表征之一，而中国的制度化教育的创设，是在大量吸收西方现代教育理念，移植相应教育制度，对中国传统教育扬弃的语境下，经过自身不断探索和变革而逐渐形成的。

从洋务派提出"中体西用"的教育宗旨开始，"体用之争"就贯穿了整个20世纪中国的教育界和知识界。科举的废除旨在建立起具有民主和科学品质的取材制度，旨在使这种制度融科学主义与人文主义于一体，旨在强调健康体魄和健全人格基础上的个性张扬。正如民国初年，在蔡元培主持下通过的教育宗旨所表述的那样："注重道德教育，以实利教育、军国民教育辅之，更以美感教育完成其道德"①。但新中国成立前的教育，由于战乱纵横，民生凋敝，其真正付诸实施的都非常短暂，并没有从实体上推动中国教育的进步，中国教育在没有分数左右的路径上走过半个世纪。新中国成立后，对封建教育、殖民主义教育的彻底批判，同样旨在清除科举阴霾下的分数崇拜现象，旨在消除"万般皆下品"的"唯读书论"倾向。1966年"高考制度"废除，导致的是整个民族的人才危机和至今都挥之不去的"读书无用论"。1978年，邓小平同志《尊重知识，尊重人才》的讲话，开启的不仅是科学的春天，也给教育带来了灿烂的阳光，而高考制度的恢复对于我们从人口资源大国走向人力资源大国，继而走向人力资源强国具有里程碑式的意义。但与此同时，"被长期压抑的全民族的教育热情迅速转化为考试主义、学历主义的强大动力，在将近二十年的时间里，对封建传统教育的批判和清理几乎销声匿迹，最终形成了一种以考试为中心，为考试而进行的教育——它被恰当地命名为'应试教育'。"②尽管素质教育已进行了多年，但应试教育市场仍然很大。正如前教育部

---

① 王炳照著：《中国教育制度史》，人民教育出版社1996年版，第125页。

② 杨东平著：《艰难的日出——中国现代教育的20世纪》，文汇出版社2003年版，第3页。

长陈至立同志指出的那样,有些地方是“素质教育搞得轰轰烈烈,应试教育抓得扎扎实实”①,“唯分数论”在一些学校非常严重。

分数究竟有多重要?这个问题困扰着人们。无可厚非,作为科学主义和效率主义产物的分数在教育评价与测量方面确实具有重要作用,也是选拔人才的标准之一,我们重视分数,至少要肯定它的客观、公正和及时反馈的作用。21 世纪的人才,仅仅是“得分能手”是没有用的。当前的素质教育也强调,要以培养学生的创新精神和实践能力为重点,要培养德、智、体、美全面发展的人才,这里也明确了分数只是我们培养学生的一个方面。所以,我认为,分数是重要的,但兴趣的激发、习惯的养成、方法的习得、能力的培养、个性的张扬在培养学生的过程中要比分数更重要。

一、什么比分数更重要

我们对应试教育的一般理解是在日常教学中,围绕考试的内容进行,以提高学生考试分数为唯一的目标,其教学重点放在指导学生如何应试上。这显然是违背教育规律的。

如何走出应试教育的怪圈,是我们每一个基层教育工作者都必须深入思考的问题。当然,指出应试教育的弊端,并不等于否定分数,并不等于不要考试,更不等于不要基础知识。

(一)分数之价值

教育中的科学评价不能排斥具有客观性、公平性和等级性的分数。分数是重要的,也是有价值的。

---

① 张天雪著:《基础教育改革论纲》,重庆大学出版社 2008 年版。

首先，分数是考查学生学习成绩的一项指标。学生在学校里读书学习，无论是社会、家长还是学校的教师，都无可厚非地将成绩作为评价学生的标准之一，在学生学业评价范畴日趋丰富的今天，态度评价、情感评价等都对学生的成长发挥着重要作用，但成绩仍是考查学生学业水平的一项重要指标。孩子们面对升学考试时，关注的是什么？无可非议，只有分数！没有分数，就无学可谈。尽管分数本身具有极强的僵化性和刻板性，但在没有更好的选拔人才的手段的情况下，我们只能委身于不差的评价手段——分数，这也是教育评价的无奈。同时，分数也是检验自己学习成果的一种有效途径，学生可以通过考试来了解自己知识的掌握情况，考得好也从某一层面上反映出知识确实是掌握了，而某一方面的失分也说明了确实还有漏洞存在。

其次，分数是考核教师教学水平的一个坐标。学生的成绩如何，整体水平在年级中的位置怎样，这些都是一线教师所关注的问题。新课程所倡导的自主学习、以人为本的学习方式从激发学生的内在动力为出发点，全面提高学生的学习效率，归根到底，也是走“轻负担、高质量”的道路，让学生轻松提高学习成绩，减轻学习压力。

最后，分数是评价学校办学质量的标准之一。按绩效拨款一直是现代教育财政所秉持的有效手段之一，所以在同等办学条件下，谁的绩效水平高，谁就可以得到政府、社会和家庭更多的资源投入，而作为育人工作的学校教育，具有迟效性的特点，而唯一能及时衡量学校办学水平的手段就是升学率，而升学率物化的表现形式就是考试分数。现在，学生家长择校的其中一个标准就是关注学校的升学率，关注学生在这所学校的学业成绩如何，如果该校的学生的整体水平好，成绩优异，那么大家都会不约而同地选择这个学校。不仅如此，各地的教育部门也将此作为考核学校的重要标准之一。

（二）分数之异化

改革开放三十年的学校教育可以说是分数崇拜愈演愈烈的三十年，

大到国家重点学校政策的出台，小到"题海战术"，学校俨然成为生产"标准件"的机器，以分数为模具，"优胜劣汰"，无不以"分数"论英雄——想要进好的学校，就必须有高分。一直以来，"分数"都是人们衡量学生、教师和学校的绝对标准。确实，现在我们通过考试成绩来比较学生知识掌握得好坏，尽管取消了小升初考试，但变相的"奥数"考试同样举着"分数"的铡刀，而此后可以说是残酷的"中考"、"高考"，分数在学生的成长过程中、在人们的心目中都显得尤为重要，分数已经异化为一种价值追求，而不再是科学评价的工具与手段。

常常听到有些家长在孩子放学一跨进门槛，就问："今天考试考了几分？排名第几？""怎么又只考了这么点分？""隔壁的小玲今天又考了100分，你考了多少？"学习在孩子的成长过程中扮演了唯一的角色，它似乎已经成为孩子生活的全部内容。每个家长都很关心孩子的学习，可是有些家长因为过度考虑孩子将来的生活压力，把关注的要点过多地放在孩子的考试分数上。有些家长几乎天天就跟孩子讨论成绩的问题，"如果没有考好，就不能出去玩！""周末要去辅导站学习语文和数学"……使孩子从小就背上重重的学业压力。有些家长为了能够让自己的孩子接受更好的教育，走进了"唯分数论"的误区，过于关注学生的学业成绩，忽略了学生其他方面的成长与发展。

不仅仅是家长，许多学校、老师都在"应试教育"的"指引"下，歪曲学生学习的实质，将学生作为"压分"的机器，作业铺天盖地，课堂了无生趣，课间奋笔疾书，学生完完全全为分数而学，为分数而战。索然无味的学习使越来越多的学生产生逆反情绪，就如弹簧一般，压得越厉害自然反弹的能力也越大，造成的后果也就更不堪设想。

（三）比分数更重要的

人们对"教育是什么"，即教育的本质这一问题一直争论不休，许多中外教育家对此提出了自己精辟的看法，对教育本质的认识也正是在这种争论中不断深化的。对于这一问题的回答和理解决定了一名教育工作者的教育理念，一所学校的办学方向，甚至是一个国家的教育方针。

1999年6月，中共中央、国务院颁布的《关于深化教育体制改革，全面推进素质教育的决定》，首次在中央文件中提及“素质教育”，提出新的教育目的是“以培养学生的创新能力和实践能力为重点，造就‘有理想、有道德、有文化、有纪律’的德智体美等全面发展的社会主义事业的建设者和接班人”，这是从国家政策角度对教育本质的诠释。那么作为一所学校的校长，在办学实践中正确地贯彻这一方针的同时，如何回答“教育是什么”这个问题呢？

审视本真的教育，就要认识异化的教育，而应试教育就是教育本质的异化，应试教育下的分数至上倾向就是这种本质异化的外显。

应试教育模式下，教学要求偏高教学内容偏难、偏深，致使部分学生丧失信心。片面追求升学率，重智育，轻德育、体育；重课内教学，轻课外实践；重尖子生，轻后进生。学校生活内容、方式单一，许多学生对学习深感枯燥、乏味，心理恐慌，信心不足，视课堂为牢狱，视学习为苦差事。一些教师在教育后进学生时采用不当的方法，体罚、心罚学生，损伤学生的自尊心，使不少学生产生孤独、自卑的心理。有些后进生，被教师所嫌弃，失去上进心而自暴自弃。应试教育强烈的竞争性和筛选功能，用层层考试的办法，选拔出一小批“优胜者”，从而使绝大多数学生成为教育的失败者，打击和挫伤他们的自尊心、进取心，乃至使他们失去学习的兴趣和动机，丧失探索和批判性思维的能力。学生接受被简化了的教育课程，削弱了国家课程教育计划预期的教育结果。国家教育目标要求德、智、体、美、劳五育并举，现在几乎变成了单纯的智力教育和应试教育，学生拼尽全力进行各种题型的技术性练习，最具人文性的语文教学也日渐成为一种语言文法的训练和写作技巧的操练，这种教学忽视非智力因素的培养，导致了教育的人文内涵的缺失，削弱了教育“树人”、“育人”的作用——对人的教育退化为知识的教学，甚至沦为对解题术之类技能的训练。当我们造就了许多“优秀生”时，却不得不花大量精力对中学生进行起码的基础文明教育，包括进行“便后冲水”、“人走关灯”、“洗完手关水龙头”这样的“修身教育”。

怎样走出应试教育的怪圈？二十年来，我一直在探索着……一次偶然的机会，我接触到燕国材教授的“非智力因素”理论。

非智力因素在学生的学习中发挥巨大的作用，它与智力一起共同构成了学生的学习活动。非智力因素作为一个整体构成物来看，其作用主要表现在动力、定向、维持、强化等方面。这几个方面对于学习心理的发生、维持和调节具有重要意义。一个学习者只有当智力与非智力都处于积极状态时才能收到最佳的学习效果。

而由于应试教育的影响，我们过去的教育过多重视了孩子的智力发展，而忽视了良好非智力因素的培养。

1989 年，兰溪市实验小学刚刚创建。怎样给这所新学校注入生机和活力，我确立了“德育为首、科研为导、素质为本”的办学思路，决定以“非智力因素培养的研究”作为突破口。当时，“非智力因素”在国内还是个稀罕东西，从国外引进不过七年，经历了五六年的学术争鸣，真正将其用于引导教学实践的学校几乎没有。

我清楚地记得，第一次带着“小学生良好非智力因素培养”课题去参加一个学术会议，一位专家说：“我姓张，非张的姓天底下有多少你搞得清吗?”意思是，非智力因素太多了，千头万绪，无法着手研究。当时在科研领域还是新手的我，初出茅庐就被专家否定了。我和同伴没有气馁，马上去请教当时的课题指导师郑继伟教授。

郑教授鼓励我，虽然非智力因素有很多，但哪些指标对学生成长和今后发展有用，就可以先把它作为研究对象。回兰溪后，我选定兴趣、情感、意志、习惯、个性五项因素，用各种方式对学生进行培养。为了锻炼学生的意志，实验班的学生即使是到电影院看电影，也要在大太阳底下站到最后一分钟再入场；为了陶冶情操，即使是在做作业的时候，老师也会在班里播放轻音乐……智力因素和非智力因素的关系是辩证统一的。在操作中，我们总结了非智力因素培养八个“一”的方法体系，即：确立一种思想——学生是发展的主体；突出一种手段——民主教学；架起一座桥梁——走向成功；创设一种模式——差异教育；抓住每一个契机——求真求实；建立一种感情——爱护学生；加强一个环节——实践活动；寻找一个突破口——班干部培养。

实验进行了整整七年,漫长的岁月让我和同事看到了惊喜:尽管在小学阶段,随机选入实验班的学生在考试成绩方面与对照组相比毫不突出,但随着年龄渐长,后劲越来越强,中考时一个班有 17 人考上兰溪第一中学,高考时多人考上全国知名高校,其中还有一人考上清华大学。

1995 年,全国非智力因素研讨会在上海师范大学召开,兰溪市实验小学代表在会上作了典型发言,受到了与会者的好评。兰溪市实验小学成为全国第一所在实践中研究非智力因素的学校。课题成果在省里获得了教育科研成果一等奖和首届省政府基础教育教学成果一等奖,填补了金华市获省科研成果奖的空白。这给了我很大的信心,第二个课题“小学生‘学会心理自助’理论与实践”同样瞄准了这一领域。

抉择点出现在 2002 年,当时我已经调到金华师范附属小学。这个课题要不要接下去做?怎么做?我决定继续做下去。“优化非智力因素,促进学生多元智能发展”和“创建智力与非智力因素协调发展的学校特色品牌的行动研究”两个课题,使金师附小成了全国非智力因素研究的桥头堡。

2005年,“优化非智力因素,促进学生多元智能发展”课题又一次获得浙江省基础教育科研成果一等奖。2007年3月再获浙江省人民政府第三届基础教育教学成果二等奖。我们探索出了“非智力因素—多元智能发展”六大教学策略:“情感—多元”教学策略、“主题—多元”教学策略、“游戏—多元”教学策略、“情景—多元”教学策略、“综合实践—多元”教学策略、“认知—多元”教学策略;总结了五大教学实施的原则:一是以情施教原则,二是师生平等原则,三是优化整合原则,四是个性差异原则,五是多元评价原则。

2009年,为了更好地、深入地、全方位地推广课题成果,同时根据学校长期以来形成的“厚德载物,兼容并蓄”的人文精神、“诚恳做人,踏实做事”的行为方式和“轻负担,高质量”的价值取向,我们决定继续以“非智力因素培养理论”为指导,确立“基于‘非智力’减负增效的项目学习实践探索”课题。可以说,我们确立该项研究,一则“减负增效”是政府倡导;二则从非智力入手是传统特色;三则可以设计一个可操作的项目学习加以实施。这不仅是课题本身发展的需要,也是学校可持续发展的需要。该项课题被列为国家教育部2009年度规划课题。

通过20年非智力因素研究,我认识到教育首先是要促进人的成长,是做人的教育,做人始终是第一的。如何让孩子幸福地成长呢?我认为:“学生兴趣的激发比分数更重要;习惯的养成比分数更重要;方法的习得比分数更重要;能力的形成比分数更重要;个性的张扬比分数更重要。”

1. 兴趣的激发比分数更重要

梁启超先生曾经说过:“即便把我烧成灰,也能从那灰中找出两个字——兴趣。”兴趣是学习活动中最为直接,最为活跃的推动力。人总是对感兴趣的事物给予高度的注意并为之吸引着,愿意积极地愉快地从事它,进而去探索它的奥秘。因此,激发、培养兴趣是提高课堂教学效率的一个重要的方面。具体做法可以通过以下几个方面进行:①利用教学内容,挖掘有关因素,引起学生的学习兴趣:挖掘教学内容中艺术性的因素,引起学生兴趣;丰富学习内容,激发学习兴趣;减轻学习负担,提高学习乐趣。②创设教学情境,引发学生兴趣;营造宽松愉快情境,寓教于乐;巧用直观手段,提高兴趣;解答趣味习题,调动兴趣。③进行正确评价,及时反馈,强化学习乐趣。④正确目标导向,发展学习志趣。

有些孩子没有音乐天赋,而家长却一再让他学钢琴,同时,他的篮球天分很好,结果因为学钢琴,而埋没了篮球的天分,这是很可悲的。我们的老师是否也会犯同样的错误呢?

请看下面几个故事:

故事之一:电影舞星佛莱德·艾斯泰尔1933年到米高梅电影公司试镜后,在场导演给的纸上评语是:"毫无演技,前额微秃,略懂跳舞。"后来,艾斯泰尔把这张纸裱起来,挂在比佛利山庄的豪宅中。

故事之二:彼得·丹尼尔小学四年级时,常遭班主任菲利浦太太的责骂:"彼得,你功课不好,脑袋不行,将来别想有什么出息。"彼得直到26岁时仍大字识不了几个,有次一位朋友念了一篇《思考才能致富》的文章给他听,彼得深受震动,此后就变了一个人。现在他买下了他当年打架闹事的街道,并且出了一本书,书名叫做《菲利浦太太,你错了》。

故事之三:发表《进化论》的达尔文当年决定放弃行医时,遭到父亲的斥责:"你放着正经事不干,整天只管打猎、捉耗子,将来怎么办。"另外达尔文在自传上透露:小时候,所有的老师和长辈都认为我资质平庸,我与聪明是沾不上边的。

故事之四:爱因斯坦4岁才会说话,7岁才会认字,老师给他的评语是:"反应迟钝,不合群,满脑子不切实际的幻想。"他曾遭到退学的命运,在申请瑞士联邦技术学院时也被拒绝。而他死后,许多科学家都在研究他的大脑与常人不同之处。

如何使每一位学生的潜能得到开发,使他们得到最大限度的发展,是我思考最多的问题。

在全面发展的同时,我们应该激发学生学习的兴趣,而激发兴趣最好的方法是发现学生的特长,发展学生的特长。这也是发挥一个人潜能的最好方法。重视学生的学习兴趣和特长的培养也是金师附小一贯的优良传统。早在新中国成立初期,学校就曾组织一个“米丘林小组”,进行农业科学实验。校内的学农组种了蔬菜、水稻,试种了大马铃薯和苏联豆等,开辟了一个“百麦园”,想方设法把各地的小麦优良品种要回来培育,还建立了几个饲养小组,进行了“剪猪尾巴”的试验。

从20世纪80年代开始,学校通过开展第二课堂、“快乐的星期五”等发展学生的个性。现在,为了鼓励学生的特长发展,一方面积极开展兴趣小组活动,促进学生多元发展;另一方面尊重学生个性差异,开展“十佳小能手”的评比活动。评比内容涉及体育、音乐、美术、科技、文学、电脑等各个方面,共设立了300个名额的“十佳小能手”,如:“小飞人”、“电脑小高手”、“小画家”、“古筝手”、“笛子手”、“小指挥”、“礼仪标兵”等等,张扬学生个性,凸显“以人为本、立足发展”的宗旨。这些活动促进了学生进步与成长,培养了兴趣,陶冶了情操。

同时,学校还开展特色班建设。如主体德育特色,学生干部能独立完成工作任务,学生能积极支持学校工作;学法用法特色,积极宣传法律,班级宣传栏刊登法律知识,用法律知识调解纠纷,用校纪知识处理矛盾;热爱科学特色,爱看科学书刊,小制作、小发明等动手能力强,积极介绍科学知识;文化艺术特色,摄影、音乐、舞蹈等艺术特长学生多,艺术作品成果多等等。

兴趣是学生学习最大的动力,如果一个数学教师,学生盼着你去上课,那么他是成功的。在现实中家长应该怎样激发孩子的兴趣呢?比如要激发孩子的阅读兴趣,我们可以带孩子去逛街。逛到书店里时,让孩子进去找几本书,孩子自己找来的书,一般都愿意看。看完后,让孩子把书的内容讲给家长听,家长听完后,要给他肯定。这样,下次给他零花钱后,他还会去书店买书看。家长不要因为孩子经常回家滔滔不绝地说学校里的事情而嫌烦。如果孩子把高兴和不高兴的事情都装在肚子里,长期下去,他就会失去学习的兴趣,特别是孩子获得成功的喜悦时,家长要及时表扬他。一句“你真聪明!你真棒!”对于孩子的兴趣激发有莫大的促进作用。

2. 习惯的养成比分数更重要

习惯是人在后天形成的一种在一定情况下主动地去进行某些动作的特殊倾向。这是人无需外在监督、意志努力即可自动实现的行动。小学阶段是培养学生良好心理品质和行为习惯的重要时机,通过良好的兴趣、情感、意志的反复训练来养成良好的习惯是本次教改研究的关键所在。习惯的养成包括学会做人、学会学习、学会生活与劳动等等。具体做法:①明确目的要求,规范行为习惯,严格督促检查,强化激励措施;②创设良好环境,净化心理环境,优化物理环境,潜移默化熏陶;③矫正不良习惯,消除障碍,对症下药,持之以恒,及时强化。

经常听到有老师抱怨某个学生学习习惯很差,为什么会出现这种状况?

首先,这和小时候家庭的宠爱有关。小时候,孩子做错了事,家长以为他还小,没有正确地引导,导致其后来养成不良行为。其次,家长望子成龙心切,比如孩子还很小的时候,就希望他字要写得好,画也要画得好。其实,按照孩子生理发展的规律,这个阶段他握笔的手劲很小,握不动笔的时候,他只好用整个拳头来握。第三,学前教育起步太早。比如幼儿园阶段,不要求教拼音,更不要求教英语。有些幼儿园教了一点英语的皮毛后,导致之后正规的教学很难进行。过早开始学前教育,也导致了孩子的近视、驼背等终身遗憾。

学习中的良好习惯很重要,比如在阅读中,让孩子养成标出好词好句的习惯。这样,通过长期的训练,当他读了10本、20本书后,他就有了一定的积累,为他的演讲和写作奠定了良好的基础。孩子良好的生活习惯同样很重要。比如,起床后,有没有让孩子自己叠被子;吃饭前,孩子有没有把好菜让长辈先尝;小男孩小便时,有没有要求他翻坐便器的垫圈。

习惯的培养要从小事做起。“上了公交车,你会主动让座吗?”“走在马路边,你会随手将废弃物扔进垃圾桶吗?”孩子们如何对待类似这样的“小事”如今正越来越受到人们的关注。在我看来,习惯的培养应该从这些小事开始。为此,学校把礼仪教育作为德育切入口。

记得90周年校庆期间，我校的老校友、原人民教育出版社社长马樟根回到母校，我们的学生看到以后，自觉地走上前向他敬了个礼，并说了声："爷爷好！"简单的一个问候，却深深地感动了老社长，连连称赞："不愧是名校，素质高。""礼仪教育"有十个方面，包括升国旗、唱国歌的礼仪；仪容、仪表、仪态；与人交往，谈吐的礼仪；与人交往，使用体态语言的礼仪；校内礼仪；家中礼仪；待客、迎宾的礼仪；对待老人、幼儿、妇女、残疾人和军人的礼仪；递接物品的礼仪；公共场合的礼仪等。我们的理念是：你不一定能够让周围的人变得文明，但是你可以让自己变得文明。我们从"礼仪教育"入手，创设"争当星级礼仪标兵"的平台，十项内容为十颗星，做到几项就是摘到几颗星。实行自我申报、量化公示、抽查考核、张榜表扬、发给证书。自我进步、重新申报、层层深化，真正使"礼仪"内化为学生的素质，外化为学生的行为。

3. 方法的习得比分数更重要

方法对于一个人的成功是很重要的。有些孩子对学习感到厌倦，究其原因，是因为一些老师的教学方法生硬，导致孩子们一听见他们的名字，就产生抵触心理。"大糊涂教小糊涂，教出来的全是糊涂。"所以，首先老师的素质要过硬。以前我的一位老师，从小学到高中的课本，哪个知识点在小学几年级第几册第几章节，他都很清楚。老师不可能把所有的知识都教给学生，但一定要让学生掌握获得知识的方法，培养学生自学的能力。好比去学做陶艺，孩子们要获得的是做陶器的手艺，而不是花若干年，从师傅那里搬回来一大堆陶器。

比如怎样掌握学习方法。学生事先预习，先看一遍课本，带着问题去听课，这样学习起来更加有效。比如标好词好句，用什么符号去标记，应该怎样摘抄，这也是一种方法，如果没有正确方法的引导，孩子很容易陷入盲目之中。

由于受"应试教育"的影响，在现实中存在着"重智育轻德育，重知识轻能力，重结论轻过程"等现象。我们在教学实践中经常碰到这样的情况：教师教得辛苦，学生学得吃力，但教学质量却原地踏步。究其原因，是学生缺乏学习能力,没有学会学习。因此,教给学生学习方法,让学生学会学习是优化课堂教学的关键。

以数学教学为例。教师积极探索,通过指导学生阅读数学课本,启迪学法。数学知识有着严密的逻辑性和系统性,在指导学生阅读数学课本时,启发学生用联系的观点、转化的观点去自学。如在教学百分数应用题时,这是在学习了较复杂的分数应用题的基础上来的,新旧知识的联系点就是把百分数转化成分数。因此,在指导自学过程中,只要紧紧抓住了这种联系,因势利导,就能使学生运用已有的知识和技能,顺利地解决新的问题。学生学得轻松,掌握了学法,培养了学生的自学能力。

同时,引导学生参与教学过程,渗透学法。在教学中,增强学生的参与意识,让他们在参与中主动探索,学会学习。在课堂教学中,采用跟学生共同商讨的教学形式,师生平等相处,引导学生去思考、解决问题,真正使学生成为学习的主人。在学生充分参与教学的过程中,将教法转化为学法,使学法教法配合默契,以取得较高的教学质量。

我校一位数学特级教师还通过引导学生写数学日记,反思和总结自己在学习中的得失,开展一些小课题的研究,取得了很好的效果。

4. 能力的培养比分数更重要

一个有远见的校长,不但要有历史的眼光、时代的眼光,更需要有世界的眼光、未来的眼光。没有这样的眼光就不可能有一流的教育,就不可能培养出一流的人才。管理学大师彼得·德鲁克在《卓有成效的管理者》中预言:这个时代要求每一个人都应该是变革速度最快、学习能力最强的人,只有这样的人才能跟上时代发展的步伐。①

可见,能力的培养非常重要。能力不单单指学习能力。对小学生来说,更要培养创新能力,关注培养学生的交往能力。要引导孩子学会和同龄人相处,养成健康的交往心理,让孩子不歧视学习困难、生活困难的学

---

① [美]彼得·德鲁克著:《卓有成效的管理者》,许是祥译,机械工业出版社 2008 年版,第 127 页。

生,学会关心弱者。为了培养学生的口语交际能力,更好地与国外学校交流与学习,学校每年暑期都举办“中外合作英语村夏令营”。参加夏令营活动,使学生们扩大了交往的范围。“外教和我们一起对话,一起游戏,英语村里可开心了。”“还有外国小朋友,也来到了我们中间,大家同吃饭,同睡觉,虽然我们的头发是黑的,他们的头发是黄的,可我相信我们可以成为朋友。”这是参加学校英语村的几位学生的感受。

2007 年夏令营,我们请了 7 位外教、3 位外国小朋友,精心挑选了英语水平较高的 22 名中方教师。他们和学生日夜相伴,一起学习,一起生活,一起锻炼,有充分的交流时间。在这一个月的学习生活中,孩子们和外教同吃、同住、同学习、同活动,很多营员都能够充分抓住机会与外教密切交流,英语水平在原有基础上有了极大的提高。同时,营员们离开了自己的父母,独立生活,自己洗脸、刷牙、洗澡,有的同学甚至自己洗衣服,独立生活能力得到了很好的锻炼,绝大多数同学自理能力大大提高了。在这期间,还开展了跳绳比赛、英语歌曲比赛、英语故事比赛等丰富多彩的活动。在这短暂的一个月里,各位营员与外教、中方老师间,营员与营员之间,互相关心,互帮互助,结下深厚的友谊。举办英语村夏令营,是学校为营造良好的外语学习氛围,培养同学们学习外语的兴趣,探索外语学习方法的一次尝试;也是为提升学校办学品位,加快与国际接轨步伐而采取的一项措施。

针对当前的教育形势,我校积极引进英语外籍教师,现有两位外籍教师受聘。他们以激发学生的学习兴趣为出发点,倡导体验、实践、参与、合作与交流的学习方式和项目学习的教学途径,使语言学习的过程成为学生形成积极的情感态度、主动思维和大胆实践、提高跨文化意识和形成自主学习能力的过程。我们学校老师积极探讨、研究,制定了小学生在小学阶段常用的英语口头用语,每天早上由外籍教师在校门口与学生开展口语交际,培养学生在情景中创造性运用所学语言与别人交际的能力,发展学生的语言运用能力。

5. 个性的张扬比分数更重要

个性是一个人整个的心理面貌,是个人在一定社会生活条件下形成并显示较稳定的其独特而带有一定倾向性的心理特征的总和。小学生的个性处于形成和发展阶段，是可变、可塑的，学校教育应根据每个人的兴趣、情感、意志因势利导，因材施教，通过主体参与活动，把外因和内因联结起来，朝社会发展的方向去塑造，达到个性与共性的统一。

我曾经遇到过一个四年级的学生，他留了一张纸条说：“我承受不了这样的压力了，我决定离开这个世界。”原来他每个周末的时间，都被家长安排得满满的，所以，他才产生了“学习任务太重了，宁愿死掉”的想法。所以，健全的个性和健康的心理是非常重要的。

我认为当代中小学生大多是独生子女，随着生理、心理的发育和发展、竞争压力的增大、社会阅历的扩展及思维方式的变化，在学习、生活、人际交往和自我意识等方面可能会遇到或产生各种心理问题。有些问题如不能及时解决，将会对学生的健康成长产生不良的影响，严重的会使学生出现行为障碍或人格缺陷。

于是，我找准了“自助”这个切入口。从学校教育的机制来看，它以他助、互助、自助为机制。他助、互助是手段，自助是目的。“心理自助”不仅是一种可持续发展的素质教育思想，而且也是让学生通过课内外自觉进行自我领悟、自我体验、自我解脱心理困惑等，达到自我心理平衡、心理适应与心理发展的一种方法。

通过几年的探索与实践，我的这些教育理念也逐渐被社会和家长所认可。一位家长在一次家长会上这样说：

也许，他们不是传统观念里听话的“乖乖儿”；也许，他们不是那种在课堂上将老师奉若神明的“乖学生”。他们会在大人面前为自己“维权”，他们会在课堂上向老师“发难”，他们发现问题时会向校长直接投诉，甚至会对校长本人提出批评意见。在大多数的人眼里，他的个性在这里得到张扬，但他们绝对是阳光的。当你问他们来自哪里时，他们会把头抬起来，豪气冲天地告诉你：“我来自中国名校——金师附小”。

“做孩子生命中的贵人。”这是徐锦生校长经常挂在嘴边的一句话，也是每个教育工作者的至高追求。当我们长大成人时，会经常回忆起成长道路上的点点滴滴，每当想起这些时，常常会有一股暖流从胸中涌上来，涌上来，几欲化为热泪。那些根植在我们心中永远挥之不去的人和事，对我们而言都是“生命中的贵人”。从这个意义上说，附小的孩子和老师都是幸运的。

几年前，我为金师附小写过一篇文章，题目是《金师附小：有容乃大》。我不想过分夸大一个好校长在一所学校成长中所起的作用，但金师附小是一个特例。我始终认为，当一所学校的校园文化，与一个校长的特质融为一体，我中有你你中有我时，一个校长做到与学校、与老师、与同学一起成长时，学校和校长都会散发出一种成熟的魅力，这种魅力是持久的，是可持续的。

金师附小成为中国名校不是偶然的，它有百年底蕴，它不断遇到它“生命中的贵人”，他们用自己的睿智，为它不断注入创新的活力，不断增强它的“内功”。徐锦生校长是其中之一。他将自己二十年非智力因素研究的功力注入了金师附小，他一直在实践着，像夸父追日般。这一点让国内最早提出“非智力因素研究”的燕国材教授也为之感叹，称他为“中国非智力因素实践家”。

分数是重要的，但还有什么比分数更重要？兴趣、习惯、方法、能力、个性。当年，我冲着徐锦生校长的“十字方针”，不辞劳苦，把女儿送到了金师附小，如今女儿快毕业了，她个性鲜明、做人阳光，我很庆幸自己当初的选择！①

二、相信每一个孩子都能成功

“教育是爱的事业，其核心是爱学生。就是相信每一个孩子都能成

① 摘自学生家长虞建光在家长会上的发言。

功。”有一位外学区的问题学生，几所学校避而远之，但是我力排众议，不但接收，而且与她交朋友，经常对她晓之以理，动之以情，就是她被带进派出所时，还坚持去领她回来，终于取得她的信任。“金师附小的大门永远为她敞开着！”我要让教师们带给孩子的不仅是理解尊重、支持激励，更重要的是带给孩子更多的自信和希望。

一位特殊的外学区学生①

2006年10月的一个清晨，我被一阵急促的电话铃吵醒，原来是徐校长打来的，说是有个学生要转到我班里，让我早一点到学校去。当我匆匆来到学校的时候，徐校长已经等在办公室了，他说：“周雅萍，等会儿来的这个学生比较特别，她已经在两所学校就读过，现失学在家。原因是父母离异，常年跟着外公外婆生活，母亲又几年没有露面，使其存有心理方面的障碍。义务教育阶段的孩子，我们总不能坐视不管吧！只要我们像母亲一样关心她，相信她，肯定能行的。”

“哪个学区的？她应该到学区内学校上学呀？”一听连续被两所学校退学，我心里直发麻，于是用带有推辞的语气建议道。

“我们跟其他学校一样吗？我们可是中国名校金师附小呀！如果连我们都不接受她，她还能到哪里去上学呢？她还是孩子，必须接受义务教育！她还是孩子，必须过正常的学校生活！”

面对徐校长意味深长的“责问”，我只好答应，但心里却存有芥蒂。8点左右，徐校长亲自陪着那个孩子以及她的外公、外婆来到我的教室。这孩子名叫贾某，已经13岁了，比我们班这些三年级的孩子整整高出一个头。徐校长一直等到我给贾某安排好座位，临走时还亲切地摸着贾某的头说：“你在这里可要好好学习，你可是他们的大姐姐哦。”然后又对着我们班的同学说：“同学们，以后你们可要多多帮助贾某同学。”此时的贾某脸红红的，似乎很激动。就这样，贾某成为我们三(9)班新的一员。

贾某真是一个有点特殊的孩子！上课了，我正在讲解课文，她突然大

---

① 摘自金师附小教师周雅萍的博客。

声地喊道:“老师,你们这里要不要做早操?”我和学生都吓了一大跳。更糟糕的是,第三天上信息课的时候,贾某不见了。我连忙向徐校长汇报,徐校长听后,果断指示学校空课老师外出寻找,最后在住校生宿舍楼里找到了她。原来,她跑到学生寝室找东西吃了,而且把一部别人的复读机塞在衣服里……

贾某不但在班里出名,而且很快就在全校出名。有一次,在食堂吃早饭时,老师们都建议把她放到六年级,让她混混毕业算了。徐校长知道后却说:“孩子是无辜的,我们既然接收了她,就应该帮助她,让她真正有所收获,有所进步!”每当晨会的时候,徐校长都会特意走到贾某身边鼓励她,以至于后来她去商店拿东西被送进派出所,还说着要徐校长和我去接。当时区基教科金科长说,让她试读一个星期看看,若是能坚持一个月便是奇迹了。贾某却断断续续地在我们班读了将近一年。

后来,贾某因随便拿超市的东西而被送进派出所,后又外出流浪被送进救助站……但徐校长仍对贾某的外公、外婆说:“只要贾某愿意回到学校,我们金师附小的大门永远为她敞开着!”

这就是我们的徐校长!

有人说:“爱自己的孩子是人,爱别人的孩子是神。”对于一位教育工作者来说,爱表现好的学生是人,能一直爱行为有偏差、调皮捣蛋、屡教不改的学生,这才是真正的神!几十年的教育教学实践使我越来越深刻地认识到,我们应该树立人人都能成才的学生观、因材施教的教学观、多维展示评价观。在实践中,我们开展“全面发展,轻负高效,学有特长”的教育教学活动,使学生的学习兴趣更加浓厚,求知欲更加旺盛,敢于展示自己,活动能力增强,从而让每个孩子体验成就感,让每个孩子都能抬起头来走路。

早在一千多年前,唐代诗人李白说过:“天生我材必有用”,现代著名作家冰心说过:“淘气的男孩是好的,调皮的女孩是巧的。”我非常赞成他们的观点,我想说:在我眼中每个孩子都是优秀的,每个孩子都能成才。我经常对老师说:心中有爱,才能发现爱。教师心中充满对孩子的爱,以一双爱的眼睛去欣赏孩子,就会发现孩子更多的优点。我们拥有爱的眼睛,才能发现“优秀”的孩子,如同“情人眼里出西施”。你爱他、喜欢他,他通过你的眼神就能感受得到,一旦他接受了你爱的信息,你说什么他都能听到心里去。每个人都有与众不同之处,这个不同点也许就是他最行的地方。比如,爱迪生小时候喜欢拆东西,他妈妈支持他的做法,进行正确引导,从而成就了一名伟大的发明家。又如,我国晋代的祖逖是个胸怀坦荡、具有远大抱负的人。可他小时候却是个不爱读书的淘气孩子。进入青年时代,他意识到自己知识的贫乏,深感不读书无以报效国家,于是就发愤读起书来。他广泛阅读书籍,学问大有长进。功夫不负有心人,经过长期的刻苦学习和训练,终于成为能文能武的全才,既能写得一手好文章,又能带兵打胜仗,实现了他报效国家的愿望。再如,美国成功学的创始人拿破仑·希尔博士小时候被认为是一个应该下地狱的人。只要发生了什么不好的事情,他都被别人怀疑,连他的父亲都认为他是所有孩子当中最坏的一个。正是他的继母用爱和循循善诱的教育,使这个孩子重获新生,造就“成功学”大师。

实际上,好、坏孩子之分是不同的儿童观与教育观所致。譬如一个顽皮儿童,从了解儿童、相信儿童和尊重儿童的观念出发,就会觉得孩子很正常甚至挺可爱;相反,从不了解儿童、不相信儿童和不尊重儿童的观念出发,便会觉得孩子讨厌,就会认为他是坏孩子。“每个孩子都能成才”。非智力因素理论在学生观、教学观、评价观等方面给我们许多有益的启示。因此,在转变教育观念的今天,应该着重对以下几个观点进一步加深理解、体会。

1. 人人成才的学生观

非智力因素理论为教育者提供了“以学生个性发展为中心”的学生观的新视角。它要求教师转变传统观念,正确认识学生之间的差异,用积极欣赏的眼光看待学生,发现学生的学习优势,提供丰富的学习机会。我们教育者应该设计和提供“以学生的发展为中心”的教学、管理和服务环境,按照每个学生所具有的不同智能结构提供发展、成长的条件和机会,帮助每个人得到最适合他的天性和意愿的发展和成长,让他们在发展和成长中体验到人性的尊严和价值。

2. 因材施教的教学观

当前教学改革,必须把转变教师观念放在首位,确立现代教学观:强调改变强制性灌输的教学模式,强调教师的主导作用与学生主体地位的统一,强调教师的教为学生的学服务;强调因材施教,努力激发学生的学习兴趣,形成强烈的学习动机;强调左右脑同时开发,手脑并用,变学生被动接受的过程为教师指导下的主动探索、主动获取、主动发展的过程,最后实现学生愿学、乐学、会学。非智力因素理论为我们倡导现代教学观提供了一定的理论依据,同时也有助于我们对现代教学观的重新理解。新型的教学观首先要求我们以促进学生的发展为目标,积极创设培养良好的教学环境,按照非智力因素理论重新思考和设计课外教学活动,重视学科之间知识和能力的迁移,促进学生非智力因素与智力因素的和谐发展。

曾碰到过这么一个学生:父亲在省外打工,母亲一直不懂该怎么教育孩子。他越来越顽皮,常到游戏室打游戏,不肯回家。有天晚上,母亲在游戏室逮到了他。谁知母亲还没说上几句,这个学生竟一把抓住母亲的头发痛打。母亲很伤心也很失望,哭着把孩子带到我面前。我当时也没批评他,和他谈了一个多小时,说的都是关于礼仪方面的。到最后,他似懂非懂地点了点头。就在这个学生打算离开办公室时,我又一把拉住了他。其实,我们整个谈话过程都被一个摄像机拍了下来,我让孩子从头到尾看了一遍录像,这样他的印象就会更深。后来,这个学生乖了很多。学期结束后,小孩被父亲带到外地上初中。放暑假时,他特意跑回学校,向我和班主任老师问好。

3. 多维展示的评价观

按照我国素质教育的要求和非智力因素理论,我们提倡的评价必须遵循多维性、发展性、主体性、全面性原则,以育人为本,能够促进学生全面发展,突出学生实践能力和创新能力的培养,淡化评价的甄别与选拔功能;应该从多方面观察、评价和分析学生,然后选择和设计适宜的教学内容和教学方法,发现、发展学生多方面的潜能,使评价确实成为促进每一个学生充分发展的有效手段,达到为家长、教师、学生服务的目的。

三、做人是第一位的

有这样一个故事让我记忆犹新:

一位纳粹集中营的幸存者当上了美国一所中学的校长。每当新教师来校报到,他都会交给新教师一封信,信上写着:“亲爱的老师,我是集中营的生还者。我亲眼看到人类所不应当见到的情景:毒气室由学有专长的工程师建造;儿童被学识渊博的医生毒死;幼儿被训练有素的护士杀害;妇女和婴儿被受过高中或大学教育的人们枪杀。看到这一切,我怀疑:教育究竟是为了什么?我的请求是:请你帮助学生成为具有人性的人。你们的努力绝不应当被用于制造学识渊博的怪物、多才多艺的变态狂、受过高等教育的屠夫。只有在能使我们的孩子具有人性的情况下,读写算的能力才有其价值。”这位饱受折磨,从死亡边缘中挣扎过来的校长几乎用生命喊出教育的真理:“只有在能使我们的孩子具有人性的情况下,读写算的能力才有其价值。”①

教育,尤其是学校教育,不应定位于仅仅向学生传授有形的知识,培育学生各方面的能力,更应该促进受教育者人格的完善,经过学校培养出来的人才,首先应该是一个精神上的巨人,一个有人性的人。他们经过中国文化和现代文明的浸润,热爱祖国,崇尚民主;他们不仅是时代的骄子,更是勇于承担社会责任的历史创造者;他们在学校不仅是接受科学知识,

---

① 胡东芳著:《让教育焕发生命的价值》,广西师范大学出版社2003年版,第52页。

更是为了发掘潜力、磨砺品格。基础教育阶段的学校，成为培育学生德性之根的沃土，是教育的目的使然，是学校的特性使然，更是一个国家经济与社会发展需求使然。

从大方面讲，加强和改进学校德育工作，是事关党和国家、民族的前途命运，事关我国改革开放和现代化建设成败的大事。我们的事业是否后继有人，关键看下一代的思想道德素质，然而，在当前形势下，各种消极因素给未成年人的成长带来了不可忽视的影响，如一些领域道德失范、诚信缺失、假冒伪劣、欺骗欺诈行为有所蔓延；一些地方封建迷信、邪教和黄赌毒等社会丑恶现象沉渣泛起；一些成年人价值观发生扭曲，拜金主义、享乐主义、极端个人主义滋长，以权谋私等消极腐败现象屡禁不止等等；互联网等新兴媒体的快速发展，给未成年人学习和娱乐开辟了新的渠道，与此同时，腐朽落后文化和有害信息也通过网络传播，腐蚀未成年人的心灵，在这种消极因素影响下，少数未成年人精神空虚，行为失范，有的甚至走上违法犯罪歧途。正是由于出现了以上一些新情况、新问题，所以加强和改进未成年人德育工作才显得那么急迫，中央甚至把这项工作提升到事关中华民族的整体素质，事关国家前途和命运，事关党和国家事业是否后继有人的高度来要求。学校作为对未成年人进行思想道德教育的主渠道，任重而道远。

从教师的职业特点讲，教师是一个特殊的职业，他与学生相处的每一分钟，他工作的每一个空间，都和一个个活生生的生命相关联，而且他的每一句话、每一个眼神、每一个表情都在有意无意地影响着学生，都有可能对学生的心灵产生积极的或消极的影响，对他们的一生有可能产生正面的或负面的作用。老师的话语不经过认真思索不轻易出口，老师的表情不能随自己的心情而随意显露，老师的感情不能因自己的轻率和好恶而随意表白，因为我们面对的是一个个需要真心爱护，需要精心保护，需要细心维护的心灵。工厂的产品可以返工重做，但人的教育、人的成长是不能返工的！我们不允许“次品”的产生，更不能有“危险品”的产生。

(一)礼仪教育乃德育之始

与世界任何国家相比,我们国家对德育教育的投入,阵势最大,力度最强。大到每隔一段时间党中央、各级政府都会出台专门的加强青少年思想品德教育的政策,各大媒体也争相报道德育的典型;小到每一个学校都把德育作为专门的课程来开设。可谓是全国上下、各行各业总动员,但德育的实效性却不高。德育教育是一个不断的、复杂的、伴随人一生的、潜移默化的漫长过程,靠一阵风似的轰轰烈烈的活动和空洞的说教、空喊政治口号都是难以奏效的。正如《菜根谭》上所说的:“教人勿过高,要使其可从。”就是应该把德育的标准锁定在人们能够做到、易于接受的切入点上,德育才具有最大的实效性。我们的教育是教学生做人的教育,不是教学生成圣的教育;我们的教育是培养公民的教育,不仅仅是塑造精英的教育。为此需要我们去认真研究和把握人们的心理,把德育从“高、大、全”中解放出来。真正进行人性化的德育教育,而不是“神话”般的苛求。

其实,让一个人成为好人,就是最好的、真正的德育。如为人诚信是我们教育所要追求的目标之一。然而,在我们的教育中,教人说谎的例子时有发生。上级来检查了,让学生说:“我们老师从没有叫我们罚抄”、“我们每天的放学时间都是按时的”、“上音体美课时,没有一人会留下来做语文数学作业”;考试时,有的采取一“帮”一方法;写作文时,叫学生背习作……

也许上面的例子有些特殊,许多老师会说那是极个别现象。那么,下面一位家长所说的这个例子,也许就曾发生在你我身上。

女儿读到一年级下半学期时,老师布置他们每天写一句话,内容是身边的事,要求写得真实。我心里暗暗叫好,因为这无疑是锻炼孩子观察能力、分析能力和写作能力的好办法。孩子开初只能写一些小花、小狗之类,渐渐可以写一些简单的事情了。一次,她写了这样一段话:“今天早上,我们排好队,参加升旗仪式,红旗升起来,我的手伸在兜里,把山楂上的茸毛抹下来。”看来，孩子是在参加升旗仪式时，手有些闲不住，便伸进裤兜，拿山楂捏捏，把上面的毛抹了下来。我读后觉得比较亲切，便叫她把不会的字填上。

不料，第二天放学回家，女儿情绪低落，原来这段话得了“丙”，还打了个大杠杠，这在她班上是破天荒的，难怪孩子惶惶不安。我对孩子解释：“你的行为违反纪律，所以写的话只能得‘丙’。”孩子不高兴地说：“我写的是真实的嘛……”

过了几天，孩子又高兴地对我说：“爸爸，我想好了一段话：‘星期天，我把红领巾洗得干干净净，既鲜艳又美丽。’”我说：“这个星期天你又没有洗红领巾，还是洗了再写。”她却说：“我写了再洗。”而这次她得了“甲”。不想也不敢写出自己洗红领巾的真实过程，也不愿意写出自己的真实感受，孩子开始走上了说套话的路子。①

无独有偶，前段时间我在报纸上看到一段类似的故事，说的是一位老师叫学生写“我的理想”。有一位小朋友父亲刚去世，只留下他和他的母亲。于是，他写道，我的理想是要变成一只小狗。因为听妈妈说，鬼是怕狗的。这段时间我和妈妈都很害怕，我变成小狗后，天天守在家门口。这样，妈妈就不用害怕了。老师看了这篇短文后，打了叉叉，并写上这叫什么理想？

难道一定要说自己当什么什么科学家、文学家才是理想吗？孩子这种真实的想法不值得肯定吗？他这种对母亲的关爱难道不是很难能可贵的吗？在我看来，我们的德育要从小事做起。“上了公交车你会主动让座吗？”“走在马路边你会随手将废弃物扔进垃圾桶吗？”孩子们如何对待类似这样的“小事”如今正越来越受到人们的关注。在我看来，德育就应该从这些小事开始，为此，学校应把礼仪教育作为德育切入口。

① 胡东芳著：《让教育焕发生命的价值》，广西师范大学出版社 2003 年版，第 121 页。

1. 校规班规大家订

为了进一步落实学生良好习惯的养成,我校首先在学生中进行了“我眼中的不文明行为”调查,并让学生写出自己的意见和建议;其次,把搜集上来的材料进行分类,制定了《金师附小礼仪规范》。由于是学生自己制定的,不仅熟悉内容,理解内涵,而且在制定的过程中,受到了深刻的教育。

2. 检查指导两结合

小学生由于年龄特征的原因,自我约束力普遍较差,道德发展具有从他律到自律的特点,因此,需要有人不断地检查、提醒。为此,我们组建了校园文明小卫士检查、指导学生的行为习惯,并与各班主任及时取得联系,反馈落实情况,使礼仪规范落到实处。

3. 师生规范同步行

小学生行为规范的形成是以他接触的人或大众传播媒介中所出现的形象作为榜样并进行模仿,逐步形成的行为定势。由于教师在学生心目中特殊的地位,所以教师成了学生最经常、最直接、最信赖的模仿对象。因此,我们在抓学生的行为规范时,以“为人师表”为核心,抓教师的行为规范教育。制定了教师的行为规范,明确提出,要求学生做到的,教师首先要做到。教师要用自己的正确言行去影响学生,给学生以示范。教师以自己良好的行为熏陶学生。犹如春雨,润物无声。学校为了提升教师的礼仪素养。不但要求教师阅读《教师礼仪》一书,还进行了礼仪常规知识的竞赛,不断地强化礼仪要求,内化为礼仪素质。

我们常看到很多家长忧心忡忡。他们觉得自己的子女很难教,不晓得如何教起;也常听老师们感叹:“现在的学生越来越难教了。”这里所指的“难教”,不都是指知识的传授,更多的是指习惯和品德的培养。中国自古重视礼仪文化建设。为此,在我倡议下,许多班主任充分利用传统礼仪文化,加强对学生教育。如我校郑新启老师就是一位《弟子规》教学实践者。2004 年 9 月，他利用语文课和班队活动课组织学生学习《弟子规》，并自己制定了一系列具体的操作方法：

(1)学文

每天利用晨间谈话或者语文课 3—5 分钟时间，全班同学集体诵读《弟子规》的条文，约 24—40 个字左右。

(2)明理

在诵读的过程中，教师结合注解相机讲解意思，学生也能够基本明白句子的内容。朗读和背诵的过程也就是学生自我强化正确的道德观念的过程。

(3)导行

学文、明理、导行不是截然分开的三个阶段，它们之间是相互融合的，学文明理，其实就是导行的前期工作。学生能够全文背诵讲解《弟子规》以后，开始将重点转移到“导行”的环节。根据班级情况，有针对性地提出某项要求作为大家要努力训练的目标。班队课学生们的小品表演，模拟出生活中的某些言行，要求学生运用所学的道德认识进行评价与指导。利用日记为载体，记录自己每天的心得，写“每日一善”的日记，鼓励自己的点滴进步。家校联系，请家长配合督促指导，同时也请家长们能在家里言传身教，当好孩子的榜样。

通过这一系列的方式，班里的许多学生都有了很大的改变，学生上课守纪律了，教师舒心多了；在家懂事了，家长开心多了；学生们觉察到自己的进步，进取的劲头更足了；班级凝聚力变强了，同学之间变亲了；打架吵闹少了，好人好事多了；和父母长辈顶嘴的少了，体贴关怀大人的多了。许多学生都体会到“帮助他人”的快乐。每位学生乘公交车都能主动让座——因为他们学过了“长者立，幼无座”。厉颖同学还主动照顾年老的邻居。有家长在反馈表写道：“非常感谢老师倡导学《弟子规》，对孩子，对我们都大有益处。建议《弟子规》要进一步学下去。感谢老师培养孩子的一番苦心，非常感谢！”“希望老师能多教教像《弟子规》一样好的书。望能有类似的书籍推荐给孩子和家长。建议再把其他同样优秀的书以这种形式传给孩子们。”此后，不少班级和家庭也纷纷开展“诵读《弟子规》

从小学做人”的活动。《金华晚报》曾报道这项活动，不少家长向我咨询有关《弟子规》的事宜，产生了良好的社会反响。

（二）诚信教育乃德育之魂

孔子说：“人而无信，不知其可”。诚实守信是中华民族千百年来的传统美德。诚信是做人最重要、最根本的思想品德，是社会建立良好的道德风尚的主观前提。几千年来，我们中华民族一直传承着诚实守信的传统美德。时至今日，它已成为人们交往和经济活动中相互联系的道德屏障。诚信，以其特殊的形式彰显了自身的经济价值和社会价值。因而，诚信对国家、企业（单位）和个人都极为重要。就国家而言，诚信程度决定了这个国家在国际上的形象和威望。假如诚信缺失，就必然会影响我国在国际上的交往；就企业而言，诚信是企业产品走向市场，并在日益激烈的竞争中赢得客户的“通行证”；就个人来说，诚信是人的世界观、人生观、价值观的外在表现，一个不讲诚信的人是迟早要被社会唾弃的。所以，诚信教育是德育一个重要内容。《品德与生活》、《品德与社会》也有许多有关诚信的内容。比如《说话要算话》就是一课典型的诚信教育内容。在教学时结合“商鞅‘立木为信’”、“曾子杀猪”、“宋濂借书”等故事，使学生明白诚实守信是中华美德，立人之本。然后引导学生结合自己个人实际或生活实际，讲一讲对观点的认识，指导自己的行为。教育学生要养成说话算话的好品质，做一个表里如一、言而有信的人。

我校结合中共金华市委宣传部、金华市创建文明城市办公室合编的《诚信文录一百则》，开展了一系列的活动：一次诚信演讲、一次诚信小论坛、一次诚信书画展、一条诚信好名言、一期诚信黑板报、一张诚信手抄报。通过丰富多彩的活动，使师生树立“守信荣失信耻”的观念，共同打造诚信学习、诚信管理的诚信校园。

我校还在市教育局编制的学生诚信规范的基础上，重新制定了更符合同学年龄特点的行为规范。考核采用“月考”办法，由学生对照诚信行为规范的条文，逐条进行自评，然后进行“互评”，由小组长或班长负责记载;还有学生家长评、社会反馈。每个月的"月考表"交由班主任统一保管。在月考表的基础上,以一个学期为单位时间,由班委会给全班每位学生形成一份"诚信记录",交班主任存档。

序号	诚信行为规范	考核结果					
		8月	9月	10月	11月	12月	1月
1	小学生,爱荣誉,不说谎,不骗人。						
2	若不懂,问明白,不掩饰,不装懂。						
3	做作业,不抄袭,遇考试,不作弊。						
4	做错事,敢承认,不推卸,勇改正。						
5	进人屋,得允许,他人物,不擅动。						
6	借钱物,及时还,有损坏,要赔偿。						
7	进商店,守店规,不偷窃,不赖账。						
8	讲信用,重承诺,做不到,忙道歉。						
9	惜时间,守约定,乘车船,要买票。						
10	重身份,自珍爱,"不宜"处,不出入。						
事实记载							

当然,教育最终的目的是实现自我教育,教育乃人之自我建构的实践活动。从这个意义上讲,诚信教育立足点在自我教育,实现的途径在于实践,在活动中体现出人性本善的积极作为。为此,我们高度重视诚信教育过程中的自主性和实践性。

(三)感恩教育乃德育之基

《论语》中说:"其为人也孝悌,而好犯上者,鲜矣;不好犯上,而好作乱者,未之有也;君子务本,本立而道生。孝悌也者,其为仁之本与"。中华民族历来强调尊老爱幼、孝敬父母等美德。时代的变迁,民族精神的精髓不能丢弃,在中国社会由匮乏型社会向小康社会迈进的过程中,独生子女已经成为中国社会的一道风景线,而独生子女的个性与生存环境亦不再是物质的缺失,也不是关爱的减少,相反却是竞争的加剧,物欲的膨胀和传统文化的迷失。在单一型社会中,由于社会整体教育取向的向后看,传统的文化要素易为人所接受,并形成思维模式和行为定势。在日新月异,节奏加快的社会中,传统的东西遗失的速度也会加快,孝悌之道亦是如此。从文化学上讲,二十年前的中国文化还是前喻文化时代,而二十年后的中国文化已经由并喻文化急速向后喻文化转变,由于年长一辈从知识到能力,从视野到思维都没有年轻一代有优势,所以年轻一代对年长一辈的敬仰之情下降是自然的,但这不能成为年轻一代嘲笑历史的理由,更不能使他们成为缺少感恩的一代。尤其是我们的城市家庭,出现“倒歧视现象”。孩子成为家庭的中心,父母和长辈都受到了忽视,家中四个老人及父母围绕着一个小孩转,不是孝敬长辈,而是“孝顺晚辈”。孩子的自我意识日益膨胀,稍不合心意,动辄大发脾气。孩子对“被爱”渐趋冷漠与麻木,进而导致孩子道德意识的弱化,并引发诸多家庭和社会问题。中学生顶撞家长、怨恨家长甚至离家出走的现象屡见不鲜;大学生嫌弃父母、视父母的血汗于不顾者也为数不少;不少年轻人,怨天尤人,颓废消极,对社会、对人生充满抱怨,总觉得人生不如意,命运不公平。如何改变这种现状,就得从小抓起,让我们的新一代学会感恩、学会感激父母,进而感恩社会、回报社会。

“蜜蜂从花丛中采完蜜,还知道嗡嗡唱着道谢;树叶被清风吹得凉爽,还知道飒飒地响着道谢;由此我们更需要懂得‘感恩’,对父母、对同学、对老师、对学校、对社会……”“在金师附小每一位师生的心中有一首歌——《感恩的心》。”我校教师胡旭华说,“百德孝为先”,学生尤其是小学生的做人教育应从“感恩”开始。让学生从感谢父母的养育之恩开始将这份爱进行迁移,把这种无私的爱自觉传播给周围的人,进而爱我们的社会,爱我们的国家。在学校的家校联系册上,关于感恩话题的就有数百篇之多,不少家长对学校的感恩教育赞叹有加,有的家长留言竟有数千字之多。

感恩不只体现在对长辈的感激与报答,同样体现在对同学,对老师,对学校,对社会和对祖国的感恩。良好的团队氛围要从小抓起,人际关系的适应力及亲和力也是学生养成教育的重要构成。“我自己来”、“我替你来”、“礼貌待人”……从小行为的践行着手,在日常生活的点点滴滴中,感悟家人间的亲情,人与人之间的关爱,使感恩成为一种习惯,从而逐步提升为一种发自内心的良好行为素质。

赠人玫瑰，手留余香。一个经常怀着感恩之心的人，必然心地坦荡，胸怀宽阔，会自觉自愿地给人以帮助，助人为乐。“感恩教育”的切入口很普通。如在公交车上给老人让座，记着大人的生日并送上自己的祝福，帮父母做家务，给大人洗脚等等。而“一日一事”、“小脚丫在行动”等“感恩教育”的促进措施，看似简单却会让学生终身受益。

从2005年开始，为了使教育更有针对性、实效性，我们学校以课题研究的形式开始感恩教育的活动，把教育活动和研究工作结合起来，成立了课题组，制定出研究方案，进行课题研究，并且分年段确定教育侧重点：低年级侧重感恩父母的教育；中年级侧重感恩老师、学校，感激同学、朋友的教育；高年级侧重感恩大自然，感恩生活，感恩祖国，感恩社会，感恩一切美好事物的教育。

到敬老院为老人们表演节目

在操作时，我们确定了一、三、五年级各一个班作为主要研究对象，先做好“点”上的研究工作，再逐步推开。2006年全国关心下一代协会会议在我校召开，二(3)班班主任胡旭华老师代表学校作了感恩活动的经验

介绍,引起大家关注并深受好评。《教育信息报》、《金华晚报》等多家媒体也进行报道。一位家长在给班主任的信中写道:

通过一个学期的学习,孩子在多方面的进步都很大,特别是学校开展的“感恩教育”活动,让孩子们学会珍惜朋友,理解父母,真诚地体贴关心别人,让他们学会感恩,感谢生活中的每一点关心、帮助和给予,学会说“谢谢”。孩子现在能认真倾听父母讲述的事情,能用心观察父母为他们所做的事情。在以前,孩子虽然从不和父母顶撞,但总觉得父母为他做的每一件事都是应该的,而且任何事情都以他为中心,全家都宠着他,感觉自己就像个“小皇帝”。现在,他做什么事情,会主动来征求父母的意见。比如,有次他想买一本书,当我告诉他那本书其实和家里的另外一本书差不多时,他马上尊重了我的意见。放学去接他,因为觉得书包太重,我总是很习惯地帮他拿,现在他会很认真地对我说:“妈妈,我已经长大了,你不要把我当成小孩子,我自己的事情自己去做,你上了一天班也很累了。”有时,我真的感觉孩子长大了,上学期每天的家庭作业我都在旁边督促完成,从这学期开始,他说:“妈妈,以后我做家庭作业,你不要在我旁边,等我做好了,你再检查、签字。”每当给他倒一杯水或削一只苹果时,他都会真诚对我说一声:“谢谢你,妈妈。”

孩子懂得如何去关心他人,尊重长辈了。在和他去逛超市时,他挑选好自己的东西后,每次都会记住爸爸、妈妈、外公、外婆喜欢吃的食物。前几天从外婆家吃晚饭坐公交车回家时,看到一位大爷上车没座位,他主动给大爷让座。孩子现在每天为家里做一件家务,如打扫卫生、叠被子、洗碗、整理书籍等等。刚开始,孩子做家务,是为了应付老师,现在每天做一些力所能及的家务已成为习惯。比如每次在外婆家吃完饭回家时,他都会主动地把垃圾带下楼去,家里的油盐酱醋没了,他都会下楼去买。今天是“三八”妇女节,吃完晚饭,他就抢着洗碗。虽然看他手忙脚乱的,最后还是我在旁边帮忙一起完成,但我心里感到很欣慰,因为孩子知道如何去关心别人了。事后,他在日记上写道:“因为今天是妈妈的节日,能帮妈妈干活,心里感到很高兴。”

总之，感恩活动不仅促进了家庭与学校之间进一步联系，还架起了孩子与家长、老师的沟通桥梁，让学生懂得感恩父母，懂得用自己学习的进步，关爱的言行回报父母。

四、健康是发展的根基

苏霍姆林斯基指出："我想不厌其烦地再三重复：关心儿童的健康，是教育者的最重要的工作。儿童的精神生活、世界观、智力发展、知识的巩固性、对自己力量的信心，都取决于他的生命的活力和精力的充沛程度。"快乐在于健康，良好的健康有助于成功的学习，成功的学习又有助于健康，教育与健康是互助的，因此，学校应是愉快的健康的受教育场所。尤其是对正在生长发育，处于敏感和不稳定阶段的关键期更为重要。

（一）引进"健康促进学校"项目

世界卫生组织（WHO）在全球倡导并发展"健康促进学校"，取得了明显的效果和进展。我校于2003年10月启动该项活动，并根据小学阶段年龄、生理特点和目前我国人群对牙齿和口腔保健的意识薄弱的现状，我们确定了口腔保健作为我校开展健康促进学校工作的重点。

为此，学校围绕"保护牙齿、预防龋牙"开展了系列活动：（1）邀请口腔科专家对全校师生进行口腔保健知识专题讲座。（2）学校医务室积极与卫生医疗机构配合，向学生和教职工提供直接的服务，担负起少年儿童保健的责任。开办口腔保健咨询电话，随时满足学生和家长要求。（3）完善体检制度，建立师生健康档案。（4）"爱牙日"期间，大队部举行大型专题活动。如学唱"爱牙歌"、表演《拔牙》等小品、开展知识竞赛等。（5）窝沟封闭。在经常性开展口腔健康知识讲座同时，还进行了青春期卫生知识、用眼卫生等讲座。通过创建工作，取得良好的效果。在口腔保健知识方面，知晓率由原来的59%提高到77.8%，口腔健康率由原来的71.3%提高到85.5%，刷牙率由原来的80.6%提高到94%，年检率则由原来的90%提高到100%。

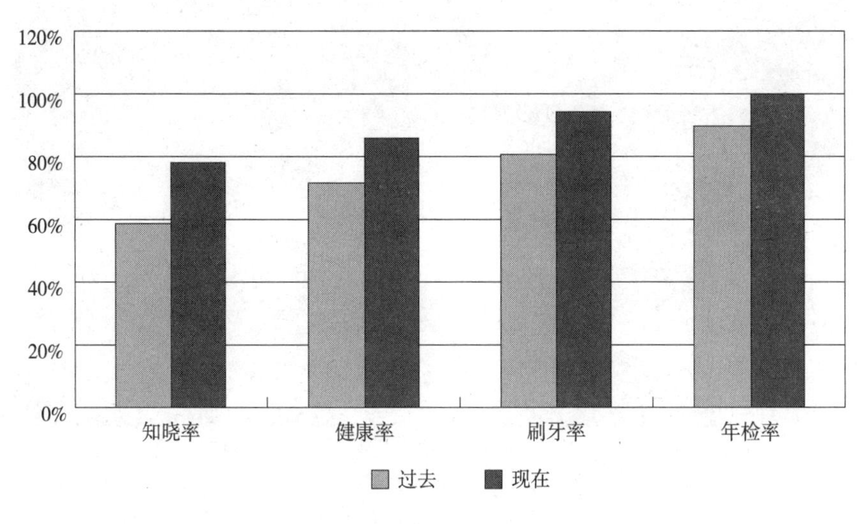

口腔保健项目比对变化图

在省市两级创建"健康促进学校"表彰会上，我校的创建工作受到上级领导专家的一致好评。2005年被评为浙江省健康促进学校铜牌单位。2007年被评为浙江省健康促进学校银牌单位。2009年被评为浙江省健康促进学校金牌单位。孩子们健康快乐地成长是我与老师们最大的幸福与收获。

（二）由竞技体育向健身体育、快乐体育的转变

我们学校是浙江省群众体育先进集体、浙江省体育传统项目学校，拥有游泳馆、塑胶操场等现代化的体育设施，学校也为国家培养了大批的体育健儿。如世界射击锦标赛冠军李杰。

学校以新课程改革为契机，以"健康第一"为理念，以学生的发展为中心，兼顾学生兴趣的激发，搞好课堂教学。在课堂教学中充分挖掘和利

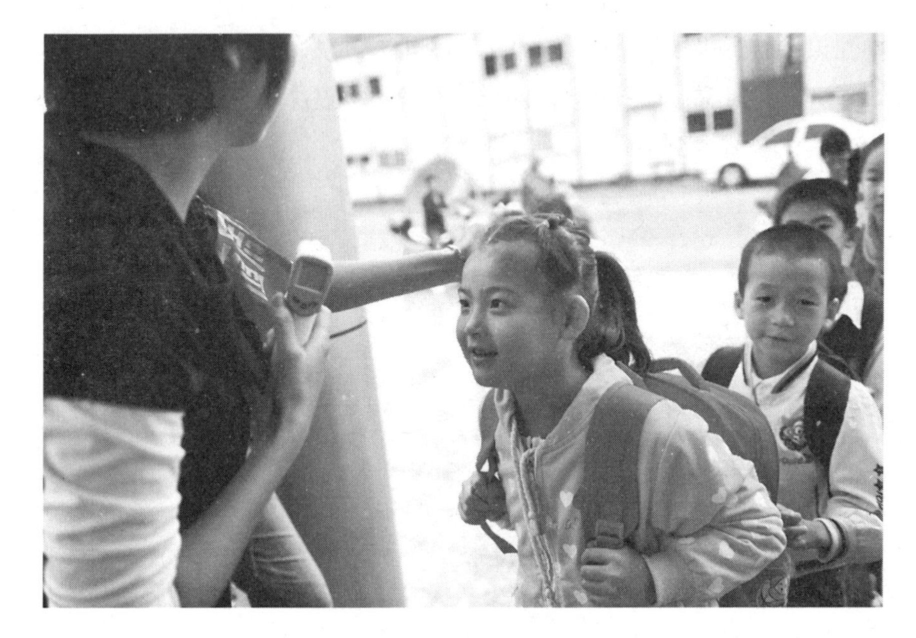

晨检

孩子们在快乐地玩耍

用儿童好玩的天性和生活经验，给孩子机会，鼓励他们创编新的安全、健康、有趣的游戏。在课堂教学中，贯彻健康第一的原则，让学生在玩中学，在快乐中锻炼身体。在教学上注重“扬弃”，既注重新理念的学习运用，又继承传统教学精华的同时还充分利用校外资源，先后聘请了10余位校外体育指导师。依托金华棋院、金华空竹协会开展棋类、抖空竹等传统体育项目活动。

五、让每一位学生都有特长

三十多年的教育生涯，使我明白注重学生全面发展的同时，还应该发展学生的特长，这是发挥一个人潜能的最好方法。苏霍姆林斯基也说：“我们认为，我们的任务在于，让我们的每个学生都能在少年时期或青年时期早期就能有意识地找到适宜于自己志向的事，就能施展自己的才能，就为自己选好那条足以使自己的劳动达到高度技艺和创造水平的生活道路。在完成这项任务中最主要的是，要在每个孩子身上发现他最强的一面，找出他作为个人发展根源的‘机灵点’，做到使孩子在他能够最充分地显示和发挥他天赋素质的事情上达到在他的年龄可能达到的卓著成绩。”①

重视学生个性的发展和特长的培养也是金师附小一贯的优良传统。美术教育一直就是我校的一大特色。鲁兵（著名的儿童文学家、金师附小校友）就曾回忆到：

念高小时，我顶敬爱的是朱耀庭先生，矮墩墩的个子，一个圆脸老挂着笑。朱先生教我们美术。我对美术的浓厚的兴趣，是从他那里来的……平时，他不叫我们临摹，要我们自己动脑筋，于是一个画一个花样，

---

① ［苏］苏霍姆林斯基著：《给教师的建议》，教育科学出版社1984年版，第75页。

当然画得不高明，但终究是创作……一次，我们到湖海塘远足……朱先生对我们说，谁高兴去就带上水彩颜料、调色的碟子、笔、纸，还带了一只杯子。我当然是顶高兴的一个……在他看来，学生的积极性和自由精神是最为重要的。①

上面提到的朱老师，为培养学生的动手能力，开设了泥工、竹工、木刻等手工艺课，并特辟一览亭坡地一角建起一口窑，与勤杂工挥汗如雨，烧制学生的泥工作品。

学校除了抓好课堂教学外，一直以来重视特长生的培养。学校成立了美术兴趣小组，从 1957 年起称“红领巾美术兴趣小组”。美术教师采用“课内打基础，课外抓提高”的方法，对美术超常生给以悉心辅导。20 世纪 80 年代起，有 200 余幅作品被送往日本、俄罗斯、美国、巴基斯坦、南斯拉夫和土耳其等国展出。凌霓的《印度舞姿》获第 21 届世界儿童画大赛金奖。在国家级、省级以上竞赛中获奖的学生更是数以千计。当年美术兴趣小组的同学在经受金师附小这个“摇篮”的“启蒙”之后，不少人踏进了艺术的殿堂。他们中有的成了美术院校的教授，如中央美院的徐军、浙江美院的王一波、江南大学美术学院的毛白滔、上海纺大的倪军、浙江师范大学的张禾等，更多的成了美术专业工作者。近几年来，陈卓、陶晶等 10 余人先后考上了中国美院。

90 年来，金师附小形成了“勤学、守纪、活泼、健康”的学风。上万名学子在此如沐春风，埋下人生信仰的种子，打下了坚实的文化基础。这种无形的精神内驱力，张扬了个性，陶冶了情操，使金师附小人才辈出。中国“诗坛泰斗”艾青、中国工程院院士黄文虎、儿童文学家鲁兵、儿童文学理论家蒋风、剧作家谭伟、水利专家赵人俊、书画家王景芬……一个个闪光的名字，成就附小的辉煌；校友的榜样，激励着更多的学生勤奋学习，勇于进取。

为了更好传承附小优秀文化，充分挖掘校友资源，编写校本教材。在

① 徐锦生主编：《金师附小校志》，北方妇女出版社 2006 年第 1 版，第 246 页。

中国诗人当中，艾青是一位扎根土地而又向往太阳的诗人。土地和太阳是支撑他生命和精神的脊梁，也是贯穿于他全部诗歌的核心意象。如果说太阳意象寄寓了诗人对理想和光明的追求和向往，那么土地意象则寄寓了诗人对大地母亲、对祖国、对人民最朴素、最忠贞、最深沉的爱。要想感受和读懂艾青的诗，我们必须了解他。作为艾青小学（我校又名艾青小学）的老师和学生，我们必须学习他的精神并且发扬光大。

为了使学生认识这位可亲可敬的校友，使艾青的诗歌文化得以弘扬，结合教育部制定的"新课标"中《课程资源的开发与利用》中要求："各地区都蕴藏着自然、社会、人文等多种语文课程资源意识，去努力开发，积极利用。"我们学校组织了由特级教师、骨干教师组成的编写小组。编写期间，小组成员阅读艾青的大量诗歌，从中挑选了100首比较适合小学生诵读的诗歌，对每一首诗歌设计了小问题帮助学生阅读，编成《走近艾青——艾青百首诗歌诵读》。全书分为上下两册，上册供1—3年级学生使用，下册供4—6年级学生使用，其中1—4年级每年级16篇，共64篇，5、6年级每年级18篇，共36篇。

为了让学生利用好这套校本教材，我们在不增加学生学业负担的情况下，组织学生广泛阅读。我们还组织学生从艾青的生平、照片、书信资料、他人的评价、作品等方面进行探究，组织学生到艾青故里寻找他童年的足迹，为"大堰河"扫墓，请著名儿童文学家蒋风作诗歌创作讲座等。我们每年组织全校的"艾青诗歌"朗诵会和相应的社会实践活动，如组织参观艾青故居等。

艾青故里行①

倪梓霖

初冬的风，

没有一丝冬的寒意。

① 倪梓霖是金师附小三(1)班学生。

我乘着呼呼作响的风，
飞向了远方。

村口高大的石碑，
镌刻着艾青爷爷的亲笔，
那是您的乡里，
欢迎我的到来。
古老的石墙上，
画着爷爷的头像，
那慈祥的眼神注视着我，
像是正在等候
我这远道而来的小客人。

走进低矮的房屋，
跨上窄小的楼梯，
那“咯吱”作响的声音，
是您童年的笑声。
古老的石磨、水车，
还有那沾满尘土的瓦罐，
似乎悄悄地跟我诉说，
您童年的故事。

我依依不舍地走出老屋，
看见那头的门槛上，
正坐着一位抽烟的老爷爷。
呀！
那不就是平凡而又伟大的您
——艾青爷爷吗？

爷爷,
再见!
再见了,艾青爷爷!

通过阅读和一系列的社会实践,学生了解了艾青,也爱上了诗歌。有许多诗歌爱好者纷纷拿起笔写作。在不到半年的时间里,全校有50余篇习作发表在各级各类报刊杂志上,其中诗歌就有十多首。2006年,我校出版了《苗圃——金师附小小诗人诗歌集》。如:

找梦说话①

我一睡着
梦就来了
可我一睁开眼
梦又没了
我还是躺下
梦又来了
我说:
梦,你别走呀,
我想找你说话!

蒋风爷爷(校友、著名的儿童文学理论家)点评:在小诗人的笔下,无形的、难以捉摸的梦成了孩子活生生的朋友。一种天真的情感,跃然纸上。

金师附小的校友除了艾青外,蒋风、鲁兵、圣野都是著名的诗人、儿童文学家。为了推动学校素质教育,振兴儿童诗歌,中国当代文学研究会正式批复我校筹建"中国童诗博物馆",并于2010年1月兴建,分为艾青、

① 徐锦生主编:《苗圃》,北方妇女出版社2006年版,第22页。

蒋风、鲁兵、圣野四个展区，还设有当代童诗展览区、童诗朗诵区等功能性的活动区。①

为了鼓励学生的特长发展，一方面积极开展兴趣小组活动，促进学生的多元发展，另一方面尊重学生个性差异表现。我校每年开展三十个“十佳小能手”和校园“吉尼斯”评比活动。评比内容涉及体育、音乐、美术、科技、文学、电脑等各个方面，如：“小飞人”、“电脑小高手”、“小画家”、“古筝手”、“笛子手”、“小指挥”、“礼仪标兵”等等，张扬学生个性，凸显以人为本、立足发展的宗旨。

多元智能艺术节

减轻学生过重的课业负担，让学生学有所长、全面发展一直是我的追求。一次，我们进行了“书包重量抽样调查”，记者问我为什么要进行调查，我说：

① 方令航：“金师附小兴建‘中国童诗博物馆’”，载《金华晚报》2010 年 1 月 19 日第 1 版。

作为一名校长,我希望孩子能轻松地健康成长,学校教育并不是教育的全部,也不应该占用孩子所有的时间和精力,学校教育只能占用规定的时间,一定要把课业负担减下来,让学生有可能腾出更多的时间。那些空出来的时间做什么呢?让他们锻炼身体,学习艺术,自由学习,根据自己的兴趣爱好安排这些时间,更重要的是要给孩子留下了解社会、思考问题、动手实践的时间和空间,那才是更高境界的学习状态,让孩子终生受益。①

“一定要让学生有更多的自由时间。”这是我一贯的教育理念。

看,孩子们多悠闲!

① 王健:“称一称你的书包有多重?”,载《金华日报》2007 年 11 月 14 日第 5 版。

六、在参与学校的管理中提升才干

美国著名教育学家杜威曾说,学习就是经验的改组与改造。没有机会,就没有体验。为了培养学生的能力,全面提高学生的素质,使学生的智力与非智力协调发展,除了课堂学习外,我们在学校管理、班级管理等方面,也积极创造机会,为学生发展搭建平台。

21世纪的人必须学会求知、学会做事,学会共处,学会做人,这四个学会整合起来就是学会学习。学会学习体现了非智力因素与智力因素的结合,体现了现代社会对人才的基本要求——具有自信心、责任心、合作意识。在2009年金融危机来临的时候,温家宝总理有一句鼓舞人心、影响全球的话:信心比黄金更重要。是啊,不但面临危机时,信心是宝贵的,在一个人的成长过程中,自信同样是个体向上生长的永动机。由于应试教育的精英取向,多数学生面临失败的境遇,造成多数孩子的挫败感。

非智力因素理论就是为了弥补这种缺陷,促进学生的全面发展,让学生走向成功。好利恶害、趋利避害是人的天性,我国古代不少思想家都持有此种看法。如战国荀子说:“今人之性,生而有好利焉”,“有疾恶焉”。韩非子也说:“好利恶害,夫人之所有也……喜利畏罪,人莫不然。”人的追求成功、避免失败的心理倾向,就是人趋利避害这种天性的表现。正因为每个人都有此种心理倾向,我们的教育就应当顺从这种天性,为之创设取得成功、减少失败的条件。

任何人都有追求成功的愿望,而且都有尽快取得成功的愿望。这种愿望在儿童与青少年身上表现得十分突出。“初生牛犊不畏虎”这句话即反映了这一点。随着年龄的增长、阅历的加深,年长者认识到要取得成功不是一帆风顺的,需要长期的努力、艰苦的工作,才可能如愿以偿。虽然如此,但他们希望取得成功的心情还是十分迫切的。“生活总是充满了奥秘,当你心中有诗,你的眼里便处处有诗意;当你心中有爱,你的脚步会伴随着春风”①,我们的孩子正处于太阳升起的时刻,无论他是七八点钟的太阳,还是九十点钟的太阳,还是正午的阳光,总之他们是太阳,不是乌云。正因为如此,让微笑的阳光照耀到每一个孩子的脸上,这是教师的神圣职责。

追求成功的倾向与愿望是应当肯定的。事实告诉我们,任何成功都与懒汉、坐享其成者无缘。成功只拜访勤奋的人,享受成功的果实乃是不断追求、努力实践者的特权。正因为如此,我们的教育者就应当告诉学生,任何成功的努力都要以这两种共识为前提:(1)想成功的人才会成功;(2)相信自己能成功的人才能成功。没有这两条为基础,一个学生就不会为成功付出艰辛的劳动;即使作出努力,但一旦遇到困难,也会打退堂鼓,以致“为山九仞,功亏一篑”。成功的心理不是天生的,它来自成功的体验,来自实践!请看下面的案例:

2009年11月25日下午,一位陌生而又熟悉的女孩成了金师附小两千多师生的“焦点”。她坐在主席台中央,徐校长和她的父亲成了她的“左右”。听完主持人介绍才知道:原来她曾在附小就读,现是杭州学军小学五(3)班的吴宛谕,今天回母校是给大家“解疑问难”来了。

吴宛谕是2009年杭州市十佳阳光少年,《小学生时代》杂志主编小助理。年仅9岁的她所写的《百馆游——一个小学生走遍杭城博物馆的真实纪录》一书获得了省长吕祖善伯伯的称赞,还上了中央电视台少儿频道《新闻袋袋裤》的图书推荐栏目。浙江电视台、人民日报、文汇报等省内外众多媒体都作了报道。她是名副其实的“小作家”、“小明星”。

吴宛谕的讲座大胆地采用“你问我答”方式进行。她的一句话——“你们尽管问吧,我一定有问必答,言无不尽”,激起了大伙的兴趣,提问的同学一个接着一个,竟排起了长队等待。

活动结束后,同学们纷纷表示“要向校友看齐”,“校友行,我们也能

① 孙云晓著:《唤醒巨人——成功教育启示录》,安徽少年儿童出版社2003年版,第220页。

行!”事后,我们与她的家长聊天时,其父亲讲道:“吴宛谕在金师附小就读期间,最大的收获是充满自信。”

自信是对自身主观能力和客观条件的正确评价,是一个人成才素质中的重要因素。正如成功教育提出者刘京海指出的那样:“反复成功的孩子会越来越好,反复失败的孩子会越来越差,教师就是要让孩子不断体验到成功的快乐”。校园的活动是丰富多彩的,我们在学校管理和班级管理中,都积极引导学生大胆尝试,体验成功,增强自信。吴宛谕的班主任胡旭华曾说起,在每次搞活动时,她都抓住三个环节,活动前她和班干部一起出主意,想办法;活动中只做一些必要的指点,然后把班干部推到同学面前,让他们自我管理,品尝成功的“滋味”;活动后帮他们总结经验。学生们一旦体验到成功的喜悦,便会树立起“我能行”的自信心。在班干部开展工作的过程中,只要方向正确,她就不过多地干涉,偶尔出了错误或问题,从不求全责备,因为班干部也是孩子,出现一些缺点是不可避免的。经过耐心帮助,让他们在正确和错误的比较中学会辨别是非,树立自信。教育就是一种唤醒的艺术,唤醒孩子心中沉睡的自信与自尊。

(一)人人都能当班干部

让学生担任班干部,是培养学生能力、提高学生素质的一种很有效的方法,如通过担任班干部,可以提高学生的组织能力、管理能力、社交能力、语言表达能力等。担任班干部能培养责任感、团队精神、自信心,能教人学会如何看待他人,如何应付挫折。没有这种锻炼的机会,就不可能得到相关体验。进入社会后,做过班干部的人一般具有三个特点:自信心强、说服别人的能力强、协调能力强。而这些属于情商(EQ)范围内的能力被认为在某种程度上比智商(IQ)更重要,更能决定人能否融入他人,能否为一个共同目标而奋斗。因此,往往在学校里担任学生干部的学生在社会中更容易适应。

在大多数学校,由于班级人数过多,为便于班级管理,班主任倾向于任命一些较优秀的学生担任班干部。这一部分学生在这一方面做的工作当然要比其他同学多,班主任在评选"三好生"等"好事儿"上,也会更多地照顾班干部。加之中国社会传统的"官本位"思想,使得班干部的选举往往变成一场利益之争,而不是培养学生能力,促进学生社会化的过程。既然有这样的矛盾,班干部就不能树立一个"清正"的形象,不能得到全班同学的信任;同时,班主任也不能得到全班同学的配合。解决这些矛盾的关键,在于改变班干部选拔制度。尽早在学校中消除"官本位"影响,培养学生的参与意识、民主意识和各种社会需要的能力,乃是当务之急。现代社会提倡平等和参与意识,而这些在旧的班干部制度下是不可能得到培养的。转变观念,实行班干部轮流制是有其进步意义的。

童年或少年时代的游戏规则,往往一生都视之为当然。以"剪刀、石头、布"来决定先后次序,不用任何解释大家都认同这是一个公平的方法,因为这是我们儿时就已经认同的游戏规则。而民主和社会公平的原则,也应该从孩子开始培养,他们是未来的公民,他们的明天,就是我们所期许的未来。如果说,一个好校长就是一所好学校;那么,一个好班主任,就是一个好班级。

班主任应在班干部轮换制实施过程中,根据学生的年龄特点及其共性和个性细心做好组织上和思想上的指导工作,抓住教育契机,不要使它仅仅停留于形式,而使之真正成为促进学生发展的班级管理的金点子。多少年来,小学的班、队干部都由学生选举产生,其中或多或少还体现了教师的旨意。能够当选班干部的都是班里的"佼佼者",他们听到的赞扬多、得到的鼓励多、锻炼的机会多、自我肯定的意识强,发展得自然也就更迅速。而对于大多数学生来说,因小干部的职位数相对较少,学生本人又常有各种不同的因素影响,故而他们当干部的机会更是少之又少。如以班级学生总人数为 40 人计算,那么当上中队干部的只占 15% ,即使加上小队干部也只是占到全班人数的 30% 。由于小队干部也具有相对稳定的特点,因此绝大多数的孩子只能是有此愿望而无此机会,那些各方面都占优势的孩子却极可能从小学到中学乃至大学都始终在学生干部的岗位上得到锻炼和提高,为今后的持续发展奠定基础。

很多孩子天生有一种“领导欲”，怎样以一种公平的方式给每一个孩子机会担任“班干部”，这是每一个孩子都非常关心的问题。一个9岁的男孩说，他曾经在梦中哭醒，因为即使在梦中老师也不同意让他当班干部。“为什么她就有权决定谁有资格当班干部?”这是发自孩子内心的对教育管理体制的强烈质疑。在孩子们的心中，呼唤着一种公平的竞争机制，呼唤着民主程序的产生。

令人兴奋的是，对于这些正在成长起来的年轻一代，“民主”已经不再是一个概念化的名词，他们正在用自己的行动实践着民主，体验着公平竞争的游戏规则。现在班干部轮换制已被许多班主任采纳、执行，取得了很好的效果。林崇德先生曾指出：我认为当不当班干部对一个学生的心理是有影响的，当上班干部的学生，他的肯定需要、肯定情感得到的比较多，成功欲也要强一些，因而人生态度也更为积极。而没有当上干部的学生，则往往比较失落，感受到的挫折感多一些，容易产生消极的情绪。我认为轮换制是个很好的解决办法，能够让每一个学生都有当班干部的机会。以下是我校实施班干部轮换制几点做法和思考：

1. 树立“全员发展”观念

小学班干部轮换制要顺利进行并取得预期的效果，关键在于教师、学生、家长三方面观念、态度的转变。

首先，教师要变“使用发展”为“发展使用”。由于教师特别是班主任在长期的班级管理中已经培养了一批班干部，这些班干部经教师指导和实践锻炼已经具备了较强的工作能力而成为老师的得力助手，在班级工作中起到不小的作用，因此老师们普遍偏爱、信任他们。要推广班干部轮换制必须使教师通过学习思考从原来的“通过使用得发展”转变为现在的“为促进发展而使用”，并由“让一部分学生先发展”转变为“让全体学生都发展”。

其次，学生要变“被动服从”为“主动进取”。由于以往大多数学生缺乏担任班干部的实践经历，久而久之便形成了“被动服从”的态度和习惯。他们从对班干部工作的向往到失望到淡漠，安于现状，消磨了自信心与自主性,需要班主任鼓励动员、榜样示范激发他们的进取心,激励其发挥潜能,积极主动追求自身发展。班里一些未当过班干部的同学听到自己也能当一回班干部了,个个欢欣鼓舞,跃跃欲试。

最后,家长要变“颇感无奈”为“期待与关注”。由于孩子们连续失去担任班干部的机会,致使家长最初的“无限期望”成为泡影。班干部岗位十分有限,孩子的确不够“出色”,家长们颇感无奈。好在班干部轮换制带来了新希望,意味着每一个孩子都有机会施展才干,家长们便会与老师一起共同关注孩子的发展变化,给每一个孩子以期待与关注。一位家长打电话来说:“我们的孩子自从当上了中队委员,简直像变了一个人,学习认真多了,不用我催,一回到家就做作业,做完作业还帮我擦桌、洗碗。我和他爸爸从没见他学习、劳动那么起劲过。没想到我们家孩子也有不用我们操心的时候。”

2. 确立“平等、自主”原则

班干部轮换制度的最大特点,在于全班学生人人有平等的机会参与班级管理。所谓“平等”,是指每两周在班内采用“组间轮换”的办法产生一定数量的干部,后一轮替换前一轮,依次顺延,直至每一位学生在一学期内都能轮到中、小队干部的岗位。所谓“自主”,是指班内的所有事务,都由应届干部自己思考、自己策划、自己组织、自己解决、自己评价,教师只起因势利导的作用,决不包办代替。是非曲直、质量高低、效果好坏,学生自有评说。

3. 把握“阶段目标”要求

为使班干部轮换制不流于形式,在实施过程中,要设置阶段工作目标,拟订具体的操作步骤。

首先,在预备阶段——明确责任和义务。班主任(中队辅导员)负责对全班学生组织一次干部岗位职责的学习培训,介绍实施步骤要求,做好“就职演说”、“中期评价”、“离职演说”的辅导并讨论释疑,使每一位学生了解掌握班干部各岗位的责任和义务,为任职、上岗作好充分的思想、心理准备。

其次,实施阶段——发挥学生潜在能力。第一步是自主分工:新一轮班干部上任后立即成立中队委员会,并采用个人自报、集体协商结合的方法自主分工,可以扬长避短,也可以取长补短。有的老师开始还担心孩子们会为想担任自己心目中的理想一职互不相让而起争执,没想到他们竟能互相讨论,互相协调,每一个职务都落实得十分恰当、合适。平时调皮捣蛋的学生主动承担了纪律委员一职,学习态度不好的孩子也当上了学习委员,别小看孩子们,他们也懂得给自己加压。第二步就职演说:新任职的每一位班干部上任后都要进行就职演说,然后授予干部标志。就职演说要求做到认真思考、实话实说。可以是关于任职的想法、打算、计划,可以是对履行职责过程中可能会遇到的困难估计及对策或要求同学们给予支持配合,也可以是对前任班干部工作中值得借鉴之处的表述或提出新的设想。班级里一些胆小、口语表达能力不佳的同学,在准备就职演说这一关时,特别认真,准备得十分充分。第三步是中期评价:担任班干部一周后要进行一次任职情况的中期评价,可以采取自评、他评或两者结合的研讨方法。这一做法其目的就是让班干部进行自我反省与阶段小结,十分有必要,有个别孩子在担任一周班干部后,工作方向还未明确,重点还把握得不够牢,这就需要同学和老师点拨一下,自己理一理头绪,更好地投入到工作中去。第四步是离职演说:离职演说的内容可以是任职期间受到的锻炼和体会,可以为下届干部提一些意见和建议,也可以发表一下离职以后将如何体谅其他干部的工作等等。以前一些对班干部工作不理解,爱捣蛋找碴儿的学生,自己当过了班干部,真切地体会过了班干部的辛苦,在以后的学习生活中收敛了不少,懂事了许多,给了老师和家长许多惊喜。

4. 发现“自主发展”成果

几年的实践证明,班干部轮换制的实施,在班级里每个层面上都出现了明显改观的学生典型,老师能感觉到学生的心理、情绪等方面都产生了变化,特别表现在学习、思考、实践、创新等方面成为许多学生内心的需要,呈现出积极向上的态势。

首先,学生的角色适应能力增强了。由于每一位学生在不同时期内会具有中队干部、小队干部、普通队员的不同身份,由此带来了不同问题的思考和不同情感的体验。作为干部时,学生不仅要以身作则起榜样作用,还要承担一定范围内的工作责任,更需要得到周围同学的支持和协助;作为普通队员时,理应服从队长的管理,同时又要积极出主意,协助队长做好工作,争取集体荣誉。这些思考和体验为每一位学生在今后更长时期内的社会适应打下了良好的基础。

其次,学生交往、合作能力提高了。班干部轮换制实施过程中的每一个环节,都是对学生交往、合作能力的锻炼和考验:如何客观评价自己和他人以使人信服,如何当众表达自己的想法以获得理解,如何请别人帮助以获取成功等等,都是必须独立思考、独立解决的问题。而这些问题的不断出现、不断解决的过程,正是学生的认识、学生的能力不断提高的过程。

再次,学生的组织、创新能力有了显性的张扬。班干部的每一个岗位都有其特别的职责,组织每一项活动,都需要周密的思考、认真的策划、充分的准备。有的可按常规操作,有的则必须使用新的方法。一些从没担任过班干部的同学在任职期间勤学习、多思考、敢实践,有了出色的表现,甚至超越了原来的班干部,得到师生一致的肯定。

班干部轮换制之所以受到学生的普遍欢迎,得到教师、家长的充分肯定,确实因为它使全体学生的自信心增强了,他们懂得了如何善于扬己之长,敢于责己之过,使内在的自主发展意识得到觉醒,需要得到满足。"机会均等"的班干部轮换制对学生而言,是他们学生时代中的一件大事,它为每个学生带来了原本可望而不可即的希望,激发了学生"亲自做一做,努力干出色"的欲望,调动了他们发挥潜在能力的积极性。

作为系统教育的一个组成部分,作为学生发展的一个重要过程,班干部轮换制尚有许多问题还需思考和完善:班干部轮换制为每个学生带来了施展才华、锻炼能力的机会,但个别能力较差的学生在任职期间总会出现或多或少的差错,他们是否会手足无措,其他有一定能力的同学是否会接受服从,班主任的指导作用至关重要。一个好班主任,应是研究学生的专家,更是创造性工作的教育家。在班干部轮换制的整个实施过程中,自始至终都需要班主任根据学生的年龄特点及其共性和个性细心做好基础阶段和实施阶段的指导工作。优秀生、后进生,班主任都要根据其细微的心理变化进行独特的、艺术性的思想教育;否则,将难以抓住教育契机,使促进学生的充分发展仅仅停留于形式。学生的发展又是一个不平衡的、千变万化的过程,还需要教师的教育智慧,以在特定的情境中采取更新的教育手段。

为了更好地落实班干部轮换制度,我们定期到学生中随访,特别是六年级的学生,没有当过班干部的,我们就督促班主任安排就职。当然,为发挥优秀学生的作用,我们采取了聘任班级顾问和颁发干部光荣证制度。

(二)人人都来参加竞选

如果说,班干部的轮换制,主要是为了让每个学生都有一个平等的锻炼机会的话,竞选制则更多模拟现代选举制度,是为中国的公民社会培育现代公民气质。多年以来,中国教育界一直在谈论"民主的教育"或"教育的民主"。在教育实践领域,教育民主的倡议与呼声一直绵延不断。

什么是民主?对教师来说,民主就是尊重学生,体现在学习、班级管理及学校管理中的主人地位。以下就是我校一个班级竞选案例:

时间:2007年9月21日下午

四(4)班教室的黑板上写着五个大字:"班干部竞选"。班主任——一位梳着马尾辫的年轻女教师坐在台下。两位主持人落落大方地站在讲台中央。

现任班长是一位很自信的女生,她述职的时候相当从容,有条不紊,而且比较全面。她觉得自己做得不错,就是感觉"男同学不大支持我",对可能因自己工作方法欠妥而造成伤害的同学表示道歉。她说"对不起"的时候,为表示诚意还给大家深深地鞠了一躬。最后她感谢三位副班长和全班同学的支持。述职演讲虽然简短,但程式与风度都很到位。

老班委述职完毕，主持人宣布竞选开始。先是宣传委员的竞选。申请的有8人之多，在各个委员的竞选中是最多的。据同学介绍，这是因为做了宣传委员，可以出板报，展示书法、绘画和各方面的才能。

学生们对于“锻炼能力”的概念认识得很清楚，很多同学上台后明确表示，竞选的目的之一是锻炼自己的相关能力。大家参与的热情很高，在短短一小时的时间里，前后共有近二十名学生上台“表现”。台下的同学也全心投入，有的侧耳倾听，有的急欲发言，有的跃跃欲试，有的则极力鼓动别人上台。

公开唱票的场面最为热烈，候选人站在台上，主持人为公平起见，请记者为他们唱票。学生们态度认真，郑重地投出自己的一票。给人印象深刻的是，上届班长落选了，而上届副班长——一位文静漂亮的女孩当选为新任班长，两人相差二十多票。当“老班长”真诚地向新任班长鞠躬祝贺的时候，新班长也鞠躬表示感谢，全班热烈鼓掌。新旧交接进行得如此顺理成章，同学和老师对竞选产生的结果完全认同，场面令人感动。

男生一：我通过竞选当过两个学期的宣传委员，成绩不错。当班干部不仅要学习好，还要有责任心，帮助其他同学。我觉得竞选班干部这种方式很好，很公平。

女生一：我当过中队长和小队长，但是这学期的竞选我没有参加，因为我想把机会让给其他的同学，让大家都有锻炼的机会。

男生二：我是现任中队长，老师和同学都说我当干部以后变化大，以前我不太会克制自己，当选为中队长以后，我意识到自己首先要以身作则，为同学树立榜样，连爸爸妈妈都发现，我真的进步了。

在竞选中，班主任是指导者和引领者，而不是直接干预者和领导者。当然一点儿不干预是不可能的，但是要用“无形的手”去做，如制定竞选程序，告诉学生应该进行观念的转变，密切关注事态发展，及时制止不良现象，如贿选、谣言等的出现，对学生进行选前和选后的教育工作。真诚地相信和指导学生，参加到他们当中，师生之间的关系也能得到很好的改善。一位班主任在她的日记中这样写道：

2009 年 2 月 18 日　星期三

耳边传来了世界大学生运动会开幕的广播，与此同时，我又开始了今天的回顾。

班队活动的主题是竞选班干部。记得校长说过要让更多的孩子参加民主管理，让孩子们体验管理，让每位孩子都有较强的责任心。当叶子宣布班干部竞选后，自告奋勇的俞绅博第一个走上讲台，因为有充分的准备，孩子的演讲有理有据，赢得了孩子们的热烈掌声。接下来的一会儿时间，孩子们无人举手，似乎在观望，似乎有些犹豫，似乎对自己没有太大的把握。我耐心地等待着，果然孩子们非常踊跃地参加。有竞选纪律委员的俞绅博、王者、腾震奇，竞选副班长的叶子、陈介夫、胡天科等，竞选班长的曹慧晨、郑昱，还有竞选宣传委员的蔡玮和王思雨。更值得肯定的是裘婕，她仍然竞选劳动委员，理由是她热爱劳动，劳动锻炼了她，增强了她的责任感。当她自信地走下讲台，我和孩子们都鼓起掌，掌声持续了一会儿。

接下去是填选票、公开唱票……竞选结束时，我开始了总结，首先表扬杨金俊，是他提醒孩子们无论在何时何地都要尊重他人，这是最基本的修养。接着，告诉孩子们我自作主张，给中队取了个名，叫新芽——知识浇灌，茁壮成长。在丰富知识的同时，不忘提高自身的修养，因为一言一行都反映了一个人的修养高低。希望孩子们尊重他人，从学会倾听开始，提高个人修养。

新的班委产生了，我相信他们一定不会让同学们和老师失望的，让我们一同期待！

如果说以班为单位的班干部竞选多少已经有些民主的味道，那么整个学校范围内的学生会干部竞选，则更是在模拟民主程序下的真实操练。校大队部的所有职位全部由学生通过竞选民主产生，这些职位包括：大队长、副大队长、旗手、学习委员、组织委员、文艺委员、礼仪委员、体育委员等。候选人是在自愿报名的基础上经过初选、复选产生的，最后产生候选人，他们发表竞选演讲之后，学生们要投票选举。为了这次竞选，有的学生从暑假里就开始准备，一开学，校园的橱窗里就贴出了候选人自己精心制作的竞选海报，上面有他们“豪言壮语”式的竞选口号，有归纳概括出“一、二、三”的“施政纲领”，有“幽默小品”式的自我介绍，并附上自己的照片作为形象展示。

学生竞选海报

请看我校的大队委竞选方案：

金师附小教育集团少先队大队委竞选方案

一、指导思想：

公平、公开、公正，给每一位有上进心的少先队员提供一个展示的舞台，一个成长的空间。

二、参选对象：

4—6 年级全体学生。

三、竞选形式：

4—6年级的少先队员，由各中队推荐2名，也可以自荐。

四、推荐条件：

1. 两年以上被评为校(或以上)模范学生、优秀班干部。

2. 愿意热心为同学、老师服务。

3. 有一定的特长，在校级比赛中荣获一二等奖或在市级(或以上)比赛中获奖。

4. 在同学中有较高的威信。

五、自荐条件：

1. 曾经被评为校(或以上)优秀学生、雏鹰奖章好少年。

2. 愿意热心为同学、老师服务。

3. 有一定的特长，在校级比赛中荣获一二等奖或在市级(或以上)比赛中获奖。

六、具体要求：

1. 整理个人成绩(必须有一张本人照片)，能够全面展示自己的成绩、特长、兴趣、爱好。(最前面放竞选表，制定成册)

2. 参加复选，准备2分钟以内的自我介绍(结合学校实际情况，明确自己健康的学习方式、生活方式、运动理念等，明确自己身上的不足之处与改进方法，以及自己对学校大队部工作的看法和建议等进行竞选演讲)。

3. 填写登记表。

七、时间及程序：

1. 经中队推荐的同学、自荐的同学务必于9月4日16∶30之前将报名表、个人竞聘材料交给大队辅导员。(过时再交的班级或同学被视为自动弃权)

2. 9月8日上午由教育处和大队部进行初选，并公布参加最后竞选同学的名单。

3. 形式为每人用2分钟左右的时间进行自我介绍(或竞选宣言)。(竞选在演播厅举行。如有特殊情况，另行通知)

4. 评选结果将在宣传栏和校园网上公布。

（三）校长与学生间的心灵之桥

无论从事认识活动或实践活动，都应坚持民主，发挥学生的主体作用，肯定学生是教育活动的唯一主体，因为学校的工作，最终目的是为了培养学生，只有尊重学生的主体地位，发挥他们的主体作用，才能收到应有的效果。大量的实践证明一个非智力因素获得良好发展的人，才会具有真正的独立性。反之，一个非智力因素薄弱的人，他就只能循规蹈矩，不敢越雷池半步。为了更好地培养学生的非智力，坚持民主管理，上至领导，下至教职员工，齐心协力给学生创造良好的民主化氛围，让学生在平等、民主、自由的空间里快乐地成长、生活。定期与学生召开民主生活会，通过有计划、有目的地训练，使学生们形成一种不屈从于周围人们的压力，不是遵照偶然的影响，而是从自己在一定情况下应如何行事的信心和观念出发选择自己的行为。学生能善于按自己的创见提出目的，找出达到目的的手段，使得学生的非智力因素得到良好的发展。

校园作为一个群体，由一个个活生生的学生组成，他们是受教育的主体，主体在群体中起主导作用。学生只有参与校园教育建设，所获得的感受才是最真切的，受到的教育也最为直接、深刻。

“学生参与”包含两层意思：一是让学生动手参加校园建设，用自己的巧手来打扮校园，参与校园教育氛围的营造，在劳动中锻炼自我，受到教育。二是让学生作为学校的主人翁，参与学校管理。如学校黑板报，落实班级包干到人，由班级及学生轮流刊出。学校成立“红领巾绿化小组”，为绿化、美化校园献计献策。植树节期间，绿化小组组织学生在校园种植树木。成立“校园小卫士”，发现学生中有损坏花木等不良行为的及时制止，并教育其改正；成立“红领巾广播站”，播放学校的好人好事，弘扬学校正气；成立“校外服务小组”，为烈军属、孤寡老人服务，将校园教育与社区教育结合起来……这一个个小组，从成立到制定制度到开展活动，均由学生自主完成。

为了让学生参与学校管理常规化，我们还设立了校长助理岗位，给学生们提供一个宽广的舞台，在锻炼学生的同时达到协助校长工作的目的。不过，由于小学生的精力有限，我们有多位“校长助理”，让他们分管各项工作，各司其职，这样既可减轻学生的工作负担，也能让更多的学生得到锻炼。

每一名校长助理都有一本自己的工作手册，及时地记录和反映学校情况：

“徐校长，我觉得你晨间讲话太啰嗦了！你讲来讲去，无非是安全、礼仪、卫生等方面的问题，我们听得耳朵都起茧了。”一名叫吴漾的校长助理对我说。

“那我就考考你。”我高兴地提问道，“上下楼梯应该怎么走？东西不小心掉在楼梯上了，该怎么办？”

吴漾回答：“上下楼梯要靠右。东西掉在楼梯上了，要等身边同学都走过去了，再去捡。”

“那你们班的其他同学都知道吗？”

吴漾说：“认真听的同学都知道，不认真听的同学，可能还不知道吧。”

“那以后晨间讲话时，你们知道的同学先回去，不知道的同学留下来听好不好？”我这样与吴漾同学商议。

选学生当校长助理，绝不是给学生一个头衔做做样子，而是真的把一部分工作交给小助理们来完成，包括学校日常的资料工作、接待礼仪工作等，让孩子们得到独立意识和责任感的锻炼。这既体现了校园的民主管理，又可以提高学生的综合能力。

为了进一步和学生架起心灵之桥，还设立了校长信箱、电子信箱和网上交流平台等。学生经常给我写信，阐述他们的看法，诉说他们的心声，这有些像当年罗斯福总统的“炉边谈话”。下面是学生给我写的一封信：

致校长的一封信

敬爱的校长先生：

您好！

我是六年级的一名学生。我热爱篮球运动。这是我在小学里的最后一个学期了，举行篮球赛的日子临近了，我多么希望能参加篮球赛，为班级争光。可是我听说六年级篮球赛不举行了，非常难过。

敬爱的校长，我代表六年级的所有热爱篮球的男孩们向您请求，请再给我们一个为班级做贡献的机会吧！如果，我们在六年中没为班级出力，会成为我们终身的遗憾的，请您允许我们，再举行一次篮球赛吧！我们没有其他为班级做贡献的表达方法，我们可以用篮球来实现。我们热爱班级，我们热爱篮球！请校长再给我们最后一个机会，不要让我们留下遗憾！这是我们的渴望！

祝您

工作顺利！

六年级男生

2007 年 5 月 20 日

根据这位学生的建议，我当即做了批示，六年级也如期举行了篮球赛。如今篮球赛已成为了我校的传统赛事，得到了学生们的欢迎。学校代表队也连续四次荣获区男、女冠军。敢于向校长反映问题，我认为是学生良好非智力因素的表现，也是其独立性的表现。在民主管理中，学生善于独立思考、善于怀疑、善于批判、善于创新，他们重视书本，但不迷信书本，时常从课本中找出可疑之处；他们尊重权威，但不迷信权威，敢于独立面对校长；他们信任老师，却不是盲目地服从。请看下面的一封来信：

尊敬的徐校长：

我们是六(1)班的学生，校园南大门的卫士，负责着校门口的卫生，校园整洁我光荣,我们在没有卫生工具的情况下,东借用西借用,尽心尽力搞好学校门口的卫生,尽管效果不是很理想,但是我们问心无愧。

郭老师是我们班的副班主任,但又是大队部辅导员,工作忙;所以班主任叶老师经常顾上顾不了下,左右奔忙。9 月 22 日早自修,叶老师对我们说:“徐校长说,凡抓到乱扔纸屑、乱倒垃圾的,让搞一个月的卫生。”我们高兴极了,卫生贵在坚持。只有大家一起行动起来,才能使卫生工作搞好。

可是我们一连抓了几个,前两个由于是一年级的小朋友,您说算了,我们可以接受。可是今天抓到是一个三年级的,您又说从明天开始,明日复明日,明日何其多,不管怎么说,您都挫伤了我们的积极性。

君子一言,驷马难追。尊敬的校长,六(1)班全体同学恳求您,为了学校,请您主持公道,为自己的话负责。

请原谅我们小辈的冒昧!

六(1)班全体同学

2002.9.26

学生的参与,使学生从教育的客体转化为教育的主体,使教育活动更为生气勃勃。当然学生参与学校管理要注意几个问题:

首先是注意点和面的关系。学校不光让少数能干的尖子生参与,更要注意发动全体学生来参与学校管理工作。在参与学校管理中,既要注意部分骨干学生的组织示范作用,更要重视发挥全体学生的整体力量。

其次是充分激发学生的兴趣,发挥学生参与的积极性。兴趣是一切力量的源泉,有了兴趣,学生才会有主动性、积极性。学校要动员教师向学生讲清参与学校管理的意义,采取切实措施,规范学生行为,让他们以极大的热情,满怀激情地投入学校管理中。

再次就是要实施必要的有效的激励措施。可以设立学校管理“小功臣”、“小标兵”、“优秀校长助理”等奖项,激励全体学生。只有这样才能达到教育要教会学生飞翔的本领。正如海伦·凯勒所说,假如一个人有了高飞的冲动,又怎会甘于在地上爬呢?

（四）我们都是小交警、小记者……

教育是使儿童拥有通向生活的通行证，教育不但要完成其个性化的职能，也要关注学生的社会化进程。要想让学生了解社会、认识社会、适应社会，以使他们学业有成踏入社会大门之时，很快适应社会的要求，找准自己的角色位置，愉快地生活、工作，创造性地发挥自己的聪明才智，为社会做出应有的贡献。我们积极创造各种机会让孩子走向社会。根据小学生模仿力强的特点，我们通过角色教育办法，让小学生扮演成不同的社会角色，使其成为符合社会要求的社会成员，这个角色要按一定的社会规范行事，每个角色都有一套权利与义务体系。让他们担任不同的角色，认识不同角色的职业特点，熟悉不同角色的职业习惯，为将来就业竞争做好思想准备。

学习一种角色不只是简单地记忆可接受的行为，而且还包括这种角色关系的符号和反射的学习，角色教育的中心是把小学生培养成为一个社会行动者，通过担任某个角色，逐步地把自己看做是自己活动的对象。由于小学生已具备了较强的学习能力，包括行为、语言、思维的学习，使他很快地学会担任另一种角色，如记者角色。小记者要学会怎么样面对观众、听众，要了解事实并向公众报道，要模仿记者角色的行为，学习记者角色的社会互动关系。在“我体验，我快乐”过程中，孩子的素质提高了，特别是非智力因素方面，如自信心、意志力、毅力、兴趣等方面，在社会实践的过程中得到了锻炼，得到了提高。这几年，学校在让孩子成为小交警、小记者等方面作了一些有益的尝试。

1. 我是一名光荣的小交警

“少年交警”是金师附小少先队员实践教育的一支队伍。1992 年，金师附小成立了金华市第一支少年交警队，小交警跟随大交警到岗亭执勤，到金华市各县市巡回展示，得到了社会各界的好评。小交警也成了交通安全进校园的主力军，小交警把自己参加实践的感受以及学到的交通安

全知识传达给自己的小伙伴,并带动周围的家长自觉遵守交通规则,做一个文明的公民。请看下面的一则报道:

少年交警造平安①

10月13日,金师附小校园用气球装扮得格外美丽,2000多名师生,欢聚在学校操场,举行了"少年交通警察学校"授牌、授旗仪式。金华市交警第一大队的叔叔胡雁江、陈振华参加了授牌仪式,授牌仪式后,小记者进行了现场采访。

小记者:陈叔叔,您是我们"少年交通警察学校"的副校长,为什么要在小学成立交警学校呢?

交警陈振华叔叔:主要有两个目的,一是让小交警们受到正规培训后、上岗体验交警叔叔工作。第二个目的,也是最重要的,是通过学校的小交警带动身边的同学、家人、邻居和周边的人们,把交通知识宣传到每个家庭。

小记者:胡叔叔,我们今后将开展哪些活动?

交警胡雁江叔叔:我们将派专门的辅导员到学校上课,并教给小交警指挥手势,带领小交警上街值勤。不过,你们首先要学习交通知识,并且带动身边的人一起学习。

会后,同学们都说,一定要自觉遵守交通规则,并向爸爸、妈妈和身边的人宣传交通安全知识。让我们一起努力创造平安金华。

我们将小交警带到农村,小伙伴手拉手,体验农村生活;让小交警每周上岗执勤,使小交警真正过了一把瘾。在体验中,让每个小交警动口、动手、动脑、动情,心中的目标更显具体实在,小交警就像一只只张开理想翅膀的雏鹰,快乐地飞翔。正如一位同学在日记中所写:

今天,我是穿小交警服上学的,神气吧。

---

① 叶玉珊、吴小军:"少年交警造平安",载《金华晚报》2005年10月25日第15版。

小交警参加培训

下午,我参加小交警队的训练。由金华交警队的叔叔来教我们。立正、左转、右转、请停止行驶……一招一式,我们都学得很认真。虽然有点累,但我还是很高兴!

我爱当小交警,我也爱那些解放军叔叔,所以我很爱战斗片:昨日我就看了《集结号》,这是一部感人的打仗片。

我们在交警叔叔的带领下,来到人民广场。我们一边巡视着,一边规劝个别人的不文明行为。在人民广场地下通道旁,一对年轻的恋人一边吃着甘蔗,一边横穿马路,随手还把甘蔗渣扔在地上,我忙上去敬了礼,礼貌地对他们说:“叔叔,请你注意遵守交通规则,并注意保持公共卫生。”他们俩不好意思地捡起甘蔗渣,说道:“对不起,对不起!”①

警校自创办以来,共举办了十几期集训班,同学们不仅学习了基本的军事知识和技术,也知道了警察队伍的光荣历史,学习了人民警察全心全意为人民服务的优良传统。一位家长说:“这样的活动太好了,现在学校里很少有这样的活动,孩子缺乏锻炼,缺少与外界接触的机会。金师附小

① 摘自四(1)班吴子晋的日记。

能为孩子创设走出校门的机会，特别是采用少年警校的方式，既锻炼了孩子的意志、胆量，增强了自信，也真正践行了‘玩中学、乐中学’的教育理念，我代表全体的家长向学校和老师说一声谢谢！”

2. 我是一名小记者

当今时代是信息的时代，信息带来了人类革命的发展。所以，引导学生从小学会捕捉信息、处理信息的能力，培养学生的新闻敏感，将是我们的重要任务。《语文课程新标准》要求：语文教学应努力开辟教学新途径，各地方的学校要针对地方情况积极开发地方课程，达到课程的多元化，锻炼学生各方面的能力，为新时期的社会人才需求提供有力的保障。正是本着这样的一种思想，我们学校几年来在媒体有关领导的关心下，小记者的队伍不断壮大，目前各种报纸杂志的小记者人数已经达到 650 人左右。

2000 年，依托《金华晚报》发展小记者，开始的人数仅有 50 多人。加上《时代小记者》等报纸杂志的小记者，人数也只有百把人而已。小记者的影响力不是很大。这一年五(1)班的王舒同学被评为《金华晚报》优秀小记者。学校的小记者在报纸杂志上发表了文章 200 多篇。

2001 年至 2002 年，小记者的队伍逐渐壮大，《金华晚报》小记者人数已经达到 150 多人，加上其他报刊小记者人数已经达到了 250 多人，同时我们学校还被授予《时代小记者》的实验基地。小记者们发表的文章有 300 多篇。

2003 年以来，小记者人数逐年在增加，已经达到一定的规模。光是《金华晚报》小记者就已经有 1000 多人，同时浙江宋庆龄基金会的《孩子天地》杂志也吸收了我们 55 位小记者，再加上原有的《小学生天地》小记者、时代小记者等，全校的小记者已经达到了相当的规模，各种报纸、杂志不断刊登出他们的文章。我校的吴承凯、李雨非等被评为市十佳小记者。我还被评为关心小记者成长优秀校长。

小记者的采访活动主要是个人和集体采访两种。个人采访具有相对灵活性，可以由学生自己自由进行。集体采访主要是由相关负责老师带队采访。几年来,集体采访的活动丰富多彩。如金华的首届警察开放日、艾青夫人高瑛来金华的采访、同在一片蓝天下——春蕾助学的采访活动、小鬼当家的实践活动、金华佳乐牛奶厂的采访等等。

除了联合采访以外,小记者们还有很多自己独立采访撰写的稿子发表。几年的小记者活动让我们感受到,用儿童的视角来写儿童关注的新闻,特别是同龄人写的新闻,更能引起孩子们的关注,并产生一定的影响。所以在活动中我们注意培养学生的新闻敏感性。通过小记者的采访报道让更多的学生知道社会上发生的事情,培养他们分辨是非的能力,给学生一种正面引导,使其健康成长。

除了小记者活动外,我们的教师也积极与课堂教学结合,开展综合实践活动,带领学生走向社会。如"博科工作室"队员们就经常在江美华老师的带领下外出考察。下面就是他们一次考察的日记:

金东生态养殖场考察记①

2008 年 11 月 30 日,我们金师附小"博科工作室"十二名队员在江老师的带领下,考察了金华金东生态养殖场。金东生态养殖场依水而建,生态环境良好,占地三十多亩,包括种猪繁殖场、仔猪保育场、育肥养猪场、办公生活区、沼气及粪便处理设施和运动保健场等。

我们下车就急切地想进入猪圈,可老板却把我们领进一间小屋,只见小屋的墙壁上挂着三支灯管。老板说,这可不是普通的日光灯,它发出的是紫外线,可以对外来人员进行消毒,防止把细菌带入猪圈。十五分钟后我们走出了消毒室,没想到,老板又用药水对我们的鞋底进行了消毒。我们不禁感叹,生态养殖场的管理确实到位。为此,我们相互提醒,在考察期间要特别注意自己的行为。

我们首先进入圈养小猪的地方,只见小猪有的在睡、有的在吃、有的在闹、有的在叫。也许被我们这些不速之客惊动了,小猪们居然在猪栏里四处乱窜,队员们也跟着兴奋起来,老板让我们保持安静。过了一会儿,

① 作者是六(1)班方豪、周昀。

小猪也慢慢地静了下来。看着可爱的小猪,有的队员忍不住用手去抚摸小猪,小猪也真乖,马上蹲在那里一动也不动。我们笑着说,肯定以为在给它们搔痒呢!

"快来看,快来看,小猪在争抢食物呢!"随着队员的一声喊叫,大家迅速地聚了上去,只见小猪们互相争抢着一个圆铁桶里的食物。我们发现,只有铁桶旋转起来,桶里的食物才能掉落下来,小猪争抢的就是掉下来的食物。原来,这是一种既能减少浪费,又能保证食物新鲜的喂食装置。

让队员们感到惊奇的还有那个喝水装置,如果没有小猪演示,还真难以发现!这是一种只有小猪把嘴咬上去,才能喷水的装置。队员金秋语用手上的笔试了一下,水马上喷了出来。我们很想看到小猪再次喝水,可等了好长时间,却未能如愿,说实在的,有点遗憾。原来,这种喝水装置既能减少浪费,又能保证水质清洁。

我们在老板的办公室里采访了养殖场大爷。大爷拥有多年养猪经验,是养殖场公认的"土专家"。通过采访,我们获知养猪场所产生的大量粪便,除一部分投放鱼塘或当作植物的肥料外,绝大部分投入沼气池,通过发酵产生沼气供养殖场使用。沼气是一种新型的清洁能源,在采访结束时,我们还参观了养殖场的沼气池。通过采访,我们还知道了所谓无公害猪就是没有生过病的猪。据大爷介绍,生态养殖场99%的猪都是无公害猪,也就是所谓绿色食品。有队员问,那养殖场对病死的猪是怎么处理的?大爷告诉我们,假如有猪因生病而死亡,那就把它运到郊外,挖一土坑,把死猪扔进去,再撒上一层石灰,最后用泥土予以填埋,即进行无公害处理。队员刘可意开玩笑地问道:"那猪猪要不要运动呢?"没想到大爷认真地回答道:"猪当然要运动了,我们这里还建有猪的运动场呢!"养殖场还有猪锻炼身体的地方,真有意思。

像这样的考察活动,不但培养了学生的实践创新能力和社会交往能力,还加深了学生对生态养殖场的认识,特别是增强了学生的环保意识,我们期待着更多这样的考察活动。

另外像红领巾广播站、红领巾电视台、艾青诗社、合唱队……都活跃着我们学生的身影！他们体验着、快乐着，学习着、成长着……这里，是学生展示自我才华的精彩舞台；这里，是学校展现素质教育风采的亮丽窗口；这里，是学生成长的乐园，快乐的家园。

第二篇

让教师感受教育幸福

如果你想让教师的劳动能够给教师带来乐趣，使天天上课不至于变成一种单调乏味的义务，那你就应当引导每一位教师走上从事教育科研这条幸福的道路上来。

——苏霍姆林斯基

培训是教师最大的福利，教师的成长是我最大的快乐！

——徐锦生

台湾学者林清江曾经指出，在教育改革全面推动中，教师可谓是推动“教育摇篮”的手，在教育改革过程中扮演着重要的角色。任何教育改革，若得不到教师们的接受、认同和配合落实，是难有成效的。“一所学校的领导者，他永远关切学校物质文化，也永远关切学校的制度，更永远关切其组合分子的理念、价值观念和行为。三者之间要均衡。”①作为校长应自觉地营造一个教育评价新理念实施的内部环境，并且把自己由居高临下的评判者转为真正的引导者、合作者。尊重、信任教师，尊重教师的主体地位，做到领导、教师，人人是被评者，人人是评价者。学校既是学生成长的摇篮，又是教师自我发展、实现人生价值的绿洲。

的确，充分了解教师，了解他们的感受、心情与看法是非常重要的，而这实际上又牵涉到教师幸福的问题。在我看来，教师是否感到幸福与一所学校有什么样的校长、什么样的领导班子有着密切的联系。校长工作的着力点应是提高教师的职业“幸福指数”，让幸福成为教师一种愉快的心理体验，让每一个教师都充满希望。一所好的学校，首先应该尊重教师，尊重教师的教学与科研，尊重教师教学与科研的自由。因此，我在学校教师工作中，紧跟时代要求，从本校实际出发，树立“教师为本”的理念，着眼调动教师的积极性，加强教师培训，实施“青蓝工程”，让更多的教师在教学科研中分享喜悦，享受高质幸福。

---

① 许为天：“新高中不是三三四，而是担心死”，载《教师中心传真》（台湾）2007年10月12日。

一、提升教师幸福指数

加减乘除,算不尽您作出的奉献！诗词歌赋,颂不完对您的崇敬！您用知识甘露,浇开我们理想的花朵;您用心灵清泉,润育我们情操的美果。

我不是您最出色的学生,而您却是我最尊敬的老师。每当秋天来临,面对收获,我都会把一份崇高的敬意献给您。

老师,您是真诚的、善良的、美好的,愿所有同学的心扉都向您敞开。

愿我这小溪的乐音,永远在您深邃的山谷中回响。

海水退潮的时候,把五彩的贝壳留在沙滩上。我们毕业的时候,把诚挚的祝愿献给老师。

您用火一般的情感温暖着每一个同学的心房,无数颗心被您牵引激荡,连您的背影也凝聚着滚烫的目光……

您不是演员,却吸引着我们饥渴的目光;您不是歌唱家,却让知识的清泉叮咚作响,唱出迷人的歌曲;您不是雕塑家,却塑造着一批批青年人的灵魂……老师啊,我怎能把您遗忘！

刻在木板上的名字未必不朽,刻在石头上的名字也未必流芳百世;老师,您的名字刻在我们心灵上,这才真正永存。

即使我两鬓斑白,依然会由衷地呼唤您一声"老师"！在这个神圣而崇高的字眼面前,我永远是一个需要启蒙的学生！

人生是一条没有尽头的路,我走着,走着,不断地走着。当我疲惫懈怠时,记忆中就会浮起您坚定的面容,坚毅的声音,坚韧的精神。老师呵,您教会了我生活,我怎能将您忘怀！

是谁把雨露洒遍大地？是谁把幼苗辛勤哺育？是您,老师,您是一位伟大的园丁！看这遍地怒放的鲜花,哪一朵上没有您的心血,哪一朵上没有您的笑影！

每当我读起这些话，泪水总会在眼角流淌，胸中有一股暖流在涌动——我知道，这叫幸福。教育是心灵的事业，更应是充满幸福的行业。可是如今，教师生存质量的低下和心灵的灰暗令人心颤。几年以前，有多项调查显示，教育工作者的心理疾病、工作焦虑、职业倦怠等指数都居行业前列，这引起了人们广泛的关注和担心。教育是用灵魂唤醒灵魂、以人格塑造人格的事业，如果教育工作者本身就是“心残者”，那么，能培养出什么样的学生呢？就教师个体的生命而言，教育教学活动在其一生中占据了很大的比重，如果教师自己在教育教学过程中都寻找不到人生的幸福，那么，他整个人生的幸福又在何处呢？因此，做幸福的教师，幸福地做教师，既是教育事业的必需，也是教师个体生命的必需。

（一）“幸福”与“幸福指数”

什么是幸福？什么是幸福感？我常常思考这些问题。生活中，是不是听见一首好歌、看了一部好电影、吃到一顿美食、完成一项艰巨困难的任务或是实现梦寐以求的愿望等等，就算是幸福的体验了。有人说有钱了就是幸福，有人说幸福源于个人的内心体悟，也有人说幸福是一种自我创造……究竟什么才是幸福的原貌呢？人们由于各自的社会地位、成长环境、受教育程度等方面的差异，对幸福的理解和认识往往呈现出多元化的倾向。作为伦理学上的范畴，幸福是指人们在创造物质生活和精神生活的实践中，由于实现了自己的理想和目标而得到内心的满足。

幸福是否可以测量，如果可以测量的幸福是不是就是幸福指数？指数，本是经济学中经常用到的一个术语，其最初含义是指某一经济现象在某一时期内的数值和同一现象在另一个作为比较标准的时期内数值的比数，反映的是经济现象变动的程度。幸福是人们对生活满意程度的一种主观感受，因而幸福指数则是衡量人们对自身生存和发展状况的感受和体验，即人们的幸福感的具体程度的主观指标数，是反映民众主观生活质量的核心指标。美国著名心理学家赛利格曼提出了一个幸福的公式：幸福指数=先天的遗传素质+后天的环境+个体主动控制的心理力量。英文表达式为 H=S+C+V。幸福感不是快感,不是短暂的生命状态,而是指令人感到持续满意的、稳定的心满意足的感觉,包括个体对自身的现实生活的总体满意度和个体对自己的生命质量的评价,即个体对自己生存状态的全面肯定。①

(二)我对“教师幸福指数”的理解

什么是“教师的幸福指数”?这也是一个“仁者见仁,智者见智”的问题。我校一位教师说:“作为一名教师,首先就是幸福的。在学校,领导给了我们宽广的发展空间,我们真正体验到了参与学习科研的乐趣,品尝到了一位教师实现其专业理想过程中的种种幸福。”大部分教师对自身的专业追求、素质提升有着较高的期望。

教育始终是“人”的教育,由于人的生命发展的未完成性与过程性,教育境遇中必然充满无限生机与灵性。叶澜教授在“新基础教育”中的一个重要论断即为“教育是直面人生的生命、通过人的生命、为了人的生命质量的提高而进行的社会活动,是以人为本的社会中最体现生命关怀的事业”。她还指出:“没有教师生命质量的提升,就很难有高的教育质量;没有教师精神的解放,就很难有学生精神的解放;没有教师的主动发展,就很难有学生的主动发展;没有教师的教育创造,就很难有学生的创造精神。总之,教育是一个使教育者和受教育者都变得更完善的职业,而且,只有当教育者自觉地完善自己时,才能更有利于学生的完善与发展。”②一方面,人的生命是完整的,因而教师的幸福不单是某一层面的,而是集生理、心理于一体,集个性、社会性于一体。另一方面,人的生命不仅是完整的,而且更是自由、充满创造性的。教师幸福,在某种程度上就是教师在教育场内其个性得到充分张扬,其潜能得到自由发展,其专业知识得到成长。有一位老师说:幸福是一种追求状态,是心灵不断成长、发

① 刘翔平:“幸福计算公式”,载《中国社会工作》2009 年第 28 期。

② 叶澜等著:《教师角色与教师发展新探》,教育科学出版社 2001 年版,第 3 页。

展、完善的过程,教师拥有持久的职业幸福感才是教师成功的关键,只有教师幸福,学生才会感到幸福。幸福的教师比不幸福的教师能够带给学生更多的快乐和成功,一个没有幸福感的教师是无法给予学生充足的自信的。优秀的教师团队是学生发展的核心竞争力,更是教师专业成长的有效平台。教师自身的成长离不开优秀的团队,离不开合适的教研方式和合适的展示平台。

由此可见,我们的教师,对自己所从事的神圣职业是有所追求、有所期待的。总结我自身多年的教学与管理实践,我认为教师幸福是以教师为职业的主体凭借自己的心性能力在教育生涯中积极创造和享用幸福资源,自由实现自己的职业理想和人生价值的一种生存状态,其幸福指数是以主观幸福感为重要指标,包含校内外综合因素,尤其体现为拥有一定专业自主权的能力,实现自己专业理想的程度。做一个幸福的教师,我想首先要具有以教育为乐的工作境界,热爱教育事业,要把教育活动当作一种幸福体验活动,使其成为实现教师幸福乃至教育幸福的动力源泉之一。只有真正做到以教育为乐的教师,才会不断挖掘教育生活的内在魅力,不断引发教育生活的诗意,把教育中的所有人引向对诗意人生的超越之途,引向幸福的人生。

1. 有一个适合自己发展的学校环境

如今,很多教师在择校时不免会把名校、实验学校、重点学校作为首选的对象。我认可这种求好的职业心态,但是我想在作出选择的时候我们是不是应该考虑这个问题:什么样的学校才适合自己的发展?这才是一个关键性的问题,这个问题的答案远远比选择一所名校、一所实验学校、一所重点学校更为有意义。一方面是学校认可你的工作能力,另一方面就是无论从专业上还是从自身能力上说,你是能够接受能够胜任的。选择一个适合自己发展的学校环境,这就是幸福的最初体验。

我校一位2009年引进的市语文教坛新秀,虽然入校时间不长,但她感到特别的幸福,说:“能和大家相聚在一起,真是幸福的缘分!感谢徐校长!感谢学校!”她在校刊上写了这样一篇文章:

走进附小

陈丽艳①

每次到金华，我总会有意无意地到中山路上走一走，路两旁的梧桐树日渐粗壮，枝繁叶茂，古老而美丽的附小掩映其中。我一次次驻足、仰视、回望，因为这里有我热切向往的教学殿堂。“为什么我的眼里常含泪水，因为我对这土地爱得深沉”，诗人艾青饱含深情的诗句总会回响在我的脑海里。我会想起在附小初为人师、蹒跚学步的实习时光，指导老师毛玉文课堂上奕奕的神采、甜润的嗓音，清晰得如同昨日。

今年九月，我如愿以偿，怀着一颗感恩、激动的心，带着儿子进了附小。附小的校园精致、儒雅，这里的每一棵绿树，每一步台阶，每一面廊墙，每一幅图片……无不积淀着附小博大精深的校园文化，无不彰显着附小厚实绰约的名校风采。这里名师荟萃，人才辈出。这里每个人都是教学舞台的主角，每个人都有自己实现人生追求的宽阔空间。

徐校长，年逾五旬，但总是精神抖擞。他有着严谨公正的管理理念、中肯民主的工作要求、儒雅务实的学者风度。他对学生是近乎爷爷一般的慈爱。他会和学生一起晨跑，会牵着学生的手过马路，会在晨会上生动地讲让座的故事，会请在公共汽车上给别人让座过的孩子上来和他合影。我想，以后还有哪个附小的孩子不会给别人让座？他甚至会让数十个学生跑上主席台逐个说说自己的想法，哪怕第二节课会延迟。是啊，能让一个孩子从校长手里接过话筒，在全校师生面前说话，这是多么难得的锻炼机会啊！在孩子心里，肯定是一个一辈子也无法忘记的记忆，耽搁几分钟上课又何妨呢？他总是不厌其烦地在晨会上对全校学生进行安全教育，用他自己的话讲就是：“我又要来说你们老茧都要听出来的话了，那就是什么？”全校的孩子们就会乐呵呵地齐声应答：“安全！”是的，还有比安全更重要的教育吗？出差在外，他还能记得发短信：“向周末在学校加班的同事们致意！”士为知己者死，感动之余，还有谁会不尽心尽力、毫无

① 陈丽艳为金师附小教师。

怨言地完成学校的任务?

有什么样的校长就有什么样的学校。正如姚荣辉副校长所说的:“在哪里工作很重要,和谁一起工作更为重要。”我也终于明白了附小为什么能打造出这样一支充满创造力、凝聚力和战斗力的教师团队。

叶爱青副校长,分管着学校的日常事务,还担任一年级的语文,很繁忙。但她总能把学校的工作主持得井井有条,用很温和的微笑加上很谦和的语气布置学校各项工作,末了,总要加上一句:“拜托大家,各位辛苦了。”让我们在忙于工作的时候,心情也是非常舒畅的。她的一双女儿非常漂亮可爱,小尾巴似的跟在她后面上学、放学,常常惹得我羡慕不已。

王春燕副校长,充满着书香气。每次看到她,我都能感受到她身上洋溢着唐诗宋词的婉约、诗经论语的古典、阳春白雪的风姿。做她的学生很幸福、很幸运。我有一个同学的孩子就在她的班里,同学的妻子曾一脸骄傲地对我说:“我家女儿最大的缺点就是——太爱看书了!”同学的女儿说:“我们王老师很会看书的,办公室里就放了很多书,是我们的图书馆,我们常常向她借书的!”据说她教过的孩子都会养成这样的“缺点”! 她分管着学校的教学工作,主持教研活动的时候,她妙语连珠、出口成章、字正腔圆,言辞之间洋溢着才气、底气,非常富有感染力,和她温柔文静的外表有些不相像。

久闻特级教师方菊凤老师,她在假期培训班里的报告最为详细和全面,大到教学理念的转变,小到学生作业本封面的写法、双线本的折法、两次作业间的一行空隙、拼音四线格的写法……这些看似细琐、普通的学习常规,却正是我们许多老师常常容易忽视、学生容易出现差错的教学问题。方老师实用备课三法:活页式、添页式、卡片式,更是让我记忆深刻。她用过的教科书里夹满了密密麻麻、清楚工整的课堂教案。她每年寒暑假都要整理几大本自己上过的、听过的公开课的课堂实录,她还准备了十二本笔记本分册摘记和每一册课文教学有关的知识,便于备课资料的收集……方老师极其细致的规范教育、精益求精的教学态度,使我明白了特级教师的之所以“特”,那就是因为他们特别的认真、特别的坚持、特别的付出、特别的有心、特别的精细……

初见胡宝玉老师,清瘦矍铄、慈祥和蔼,不知怎的,就是感觉非常亲切。班主任经验介绍会上听她娓娓道来,如同母亲在和我们叙家常一般。后来同事的日子里,胡老师常常引导我,帮助我,关心我,像冬日的阳光,给我带来许多温暖的鼓励。我看到她许多次弯腰捡起操场中、楼梯上的一张废纸、一只零食袋,看到她和学生们一起清扫场地,看到她和年轻的家长在交流教育孩子的方法……她在管理班级中表现出来的智慧和灵感,教育孩子中所体现出来的细心、爱心与责任心,深深地折服了从事班主任工作15年的我。她的言传身教深深影响着我对班主任工作的追求。也许我无法到达像胡老师一样杰出的境界,但是我会努力去接近优秀的距离,让自己的每一个今天都能超越昨天。

特级教师胡延巨的勤恳,青年教师刘旭升的勤奋,贾淑玮老师的细致,陈卫星老师的尽心……还有办公室里的十二个同事,大家朝夕相处,抢着烧开水,偶尔讲些小趣事,快乐的心情消除了一天工作的疲劳。这个优秀团体的每一位成员都值得我敬佩和相处一辈子。

佛经上说,前世的千百次回眸,才得以今生的一次擦肩而过。能和大家相聚在一起,真是幸福的缘分!感谢徐校长!感谢学校!离开生活三十多年的故土,离开朝夕相处的亲人,离开亲如手足的同事,到一个陌生的环境重新开始、重新适应,我忐忑过、惶恐过、脆弱过……然而这些已成为过去,我已经深深地喜欢上这里。爱在左,情在右,在生命的两旁,随时撒种,随时开花……我将在花香满径的教学之路上,与大家为伴,不断前行!

2. 教育教学能力得到了较大的提高

一位教师,一位好教师,一位能胜任新课堂教学的优秀教师,必须具备现代教育教学理念,必须拥有较强的教育教学能力。所谓教学能力,是指教师为达到教学目标、顺利从事教学活动所表现的一种心理特征,由一般能力和特殊能力组成。一般能力如了解学生学习情况和个性特点的观察能力,预测学生发展动态的思维能力;特殊能力指教师从事具体教学活动的专门能力。从教师专业发展的阶段性上看,教育教学能力的提升多数是在职后完成的,特别是在日常的教学活动中,与学生、同事,与课程标准、教材磨合的结果。如果一个教师教学能力总是水平线式的前行,那么这个教师在长期的职业生涯中就会失去自信,就会备感彷徨,就无幸福感可言。相反,一个教师如果能在其职业生涯中有一个正态的或右偏态的倒"U"曲线的话,那么其职业幸福感就会有所显现,并且愈向右,其幸福指数愈强,其职业困惑愈少。在对学校教师的培训上,我们以教师的教学常规为基点,开展校本教研、实施师徒结对、派教师外出学习、请专家来我校讲学、组织"教师论坛"等方式,常教常新,常抓常新,尽可能让教师的教学能力有一定程度的提高,尽可能为教师的专业成长提供多元化的发展途径。

3. 拥有专业自主权,具有自我发展的意向

追求职业价值,渴望被信任、被尊重和被赏识是教师专业上的深层需求。1897 年,美国石油大王洛克菲勒,在创办一所独立医学研究所(1965 年改名为洛克菲勒大学)时,谈及管理理念时说:要召集才智出众的人,把他们从琐碎的小事中解脱出来,让他们去异想天开。不要向他们施加压力,也不要横加干涉。我们要做的是:为他们营造一个能够发挥想象力和创造力的环境。这样的话,奇迹也许就会出现。后来在这个研究所的教师队伍中,仅 20 世纪 70 年代就有 16 名诺贝尔奖得主,这里成为诺贝尔医学奖获得者的摇篮。而成功的关键是:专业自主。

新中国成立以来,我们先后进行了八次课程改革,其中前六次都由于忽视教师的专业自主权而导致改革成效并不明显,以至于今天,人们对这六次改革都认知不清。而从 20 世纪 90 年代开始的第七轮课程改革充分重视了教师的专业自主性问题,特别是第八轮课程改革,将教师专业发展作为课程改革的目标之一来对待,故从参与的热情、广度和深度上看,从改革的过程和阶段性成果来看,都要较此前有极大的进步。只有保证专业自主权,我们的教师才能在新课改中勇于教学创新,实施个性化的教学,才能真正成为课程的执行者、实施者、开发者与研究者。

4. 创设宽松的工作环境

工作的环境,特别是人际关系,经常决定着我们的心情,左右着我们

的情绪。所以，我特别注重学校和谐的人际关系的创设。从班子建设、教师队伍以及教师家属等等，努力创设一个和谐的大家庭。每年召开一次家属会，开展“和谐家庭”评比。关心青年教师的个人生活。在工作环境方面，上下班学校从不要求教师签到，期末考查，各班成绩也从来不排名次。

老师们在练习太极拳

（三）提升教师的幸福指数

教学活动是教师学校生活的主要组成部分，教师专业成长和发展主要也是基于对教学活动的反思和研究，离开了对教学活动的反思和研究，任何其他研究活动都会失去意义。因此，教育的过程是还原为学生享受幸福的成长过程，同时也是教师享受幸福的发展过程。教师职业是幸福快乐的职业，只有幸福快乐的教师才能教出幸福快乐的学生。只有教师幸福快乐，才能开展和谐创新教学活动，学生才能充满智慧地学习，充满快乐地成长，充满信心地生活。

新课程、新课堂、新学生，给教师的教学带来了极大的挑战。我们的

老师们在开心地唱歌

教师必须具备现代教学的理念，必须具有较强的教学能力，必须成长为研究型的教师，必须提升课堂教学智慧，才能更好地胜任新的课堂教学。与此同时，在重视教师的业务能力和科研能力的同时，必须关注教师的幸福感，必须重视提升教师的幸福指数。

然而，现有研究普遍表明教师的幸福指数并不高，有些教师甚至没有幸福感，这样的现状着实令人担忧。

作为一名校长，必须重视这些问题。我不仅密切关注当下有关教师幸福问题的学术论文与媒体报道，并且多次组织校领导班子就“如何提高教师幸福，促进教师专业成长”等议题进行讨论，我们的目的只有一个，那就是：追求教师的幸福感，提高教师的幸福指数。为此，我在学校教学和管理工作中，我们加强对教师的培训，提升教师的专业自主，把提高教师幸福指数作为一项重要内容，常抓不懈。教师的幸福来源于哪里？

首先，是职业意识的转变。教师的职业境界有四个层次，一是把教育看成是社会对教师角色的规范、要求；二是把教育看做出于职业责任的活动；三是把教育看做是出于职业良心的活动；四是把教育活动当作幸福体验。前两个境界是一种“他律”的取向，后两者是“自律”取向。教师的最高境界是把教育当作幸福的活动。高尚、崇高只是来自外在的评价，而幸福是行为主体的内在体验，只有与人的内在情感体验相联系的活动才具有坚实的基础和永恒的活力。从某种意义上说，各行各业都具有奉献的性质，人的社会性决定了人的活动的奉献性。能够把工作当成幸福的人并不从奉献中感到有什么损失，实际上，他甚至不会意识到自己是在奉献，他只从工作中感到生命的充实和生活的乐趣。

我校的王岚老师有一次对我说：上课是一场约会。

上课是什么？上课就是一场约会，与班级同学的集体约会。然而约会时间长达40分钟，约会次数达每周几次，因此约会者必须把握技巧。包括约会心情、约会服装、约会内容、约会表情、约会语言、约会结束等方面的技巧。

一个约会者将是怎样的心情呢？教师在进入教室前就要精心整理自己的心情。要把教室的门槛当作自己心情的分水岭，不管门外的心情如何，门内的心情都应该是宁静的。古语说得好：“非宁静无以致远”。如果教师的心情能在宁静中带着一点约会的喜悦就更好了。有了这样的心情，将使课堂快乐而精彩。

一个精神抖擞的约会者又会怎样精心地挑选自己的服装呢？讲课内容不同应有不同的服饰搭配。上《荷塘月色》可以穿美丽的连衣裙，有助于学生想象摇曳多姿的荷花；上《邱少云》穿上庄重的服装就更能烘托英雄大义凛然的气概……还有，教师的服装要适合自己的个性。

这位老师把上课当成一种约会，非常符合上课的要求。一堂真正有水平的课，不就是要求教师与学生在愉快的合作中完成的吗？每个人都有过和朋友约会的经历。在约会中，心情自然很舒畅，着装自然会刻意准备一下。同样，内容、表情、语言也肯定是贴切的。把上课当成一种约会，使老师自然调整了自己的心态，不再仅仅把它当成是任务，不再把它看成是一场战争。这样，老师上得开心，学生学得快乐，教学效果自然提高。

上课的心情和服装这两点,平时我们老师可能不会那么注意,有时会把自己一些不愉快的心情带到课堂上。那就请你学着照书上说的,做一些深呼吸、自我积极暗示、语言激励等心理学方法调整自己的心情。服装方面,我们很多女老师总认为教师穿衣应该朴素一点,不好意思穿得那么漂亮。其实教师整洁、美观的服装不但能给学生以美感,更能表达教师对上课的一种积极认真的态度,这些都将直接感染每一位学生。

夸美纽斯把教师看做是太阳底下最光荣最高尚的职业,反映了他对教师职业强烈的情感上的偏爱。[①] "高尚"是一种评价,而"幸福"是一种体验,任何人都可以把自己的工作体验为"最幸福"的,教师职业的"最幸福"并不排斥其他职业的"最幸福"。把教师作为一种幸福的职业有客观依据。教育活动包含了人的一切的主客体关系,当中既有物的客体,也有人的客体,还有教师自我的客体。在人的客体上,教育是一种直接与人的全面本性打交道的职业:既要关心人的生理方面,也要关心人的心理方面;既要作用于人的个体性方面,也要作用于人的社会性方面。其他的职业,要么主要是直接与物的客体打交道,要么主要与人的某一(些)方面的本性打交道。在职业活动的客体内容上,教育无疑具有其特有的优越性。教育的丰富客体内容使它能够在职业活动中体验到最丰富的情感内容,因而它也最有理由成为一种幸福的职业。

其次,是教师角色的转变。幸福的教师是角色自我与个性自我的统一。能否将这两个"自我"在工作中统一起来,决定了教师能否在主客矛盾中获得幸福。

麦金太尔认为:"现代把每个人的生活分隔成多种片段,每个片段都有它自己的准则和行为模式","自我消解成一系列角色扮演的分离领域"[②]。而与整体生活相联系的德性却没有了践行的余地。人已被角色自我占据了主导地位。过去,我们多是强调教师是社会的代表方面,要求教师用社会对教师角色的规范要求自己,这样,教师多是用角色意识压抑

---

① 夸美纽斯著:《大教学论》,教育科学出版社 2007 年版,第 11 页。
② 转引自程光泉著:《全球化与价值冲突》,湖南人民出版社 2003 年版,第 4 页。

个性意识,扮演一个无个性的、一般化的"他人"。角色自我一般停留在人的意识层面由理性控制,所以教师的行为多是出于对角色、规范、要求、职业责任的意识,最多也是出于职业良心。它没有与人的生命意识联系起来,因此,教育多表现为一种非自然的做作、表现,教师只与一定的社会地位相联系,不以他自己的个性特征为转移,教育工作与他的日常生活如同两个隔离的世界,互不相通。由于他在学生面前是讲一些冠冕堂皇、并非发自内心的话,所以,工作在合规范、合逻辑、合理性中便无生命,无意蕴。而只有在离开教育活动时,他才如释重负地回到活生生的个人。教师的角色意识太强也让学生形成了一种偏执的观念,即教师是标准的完人形象,教师是没有错误的,没有内心矛盾,没有喜怒哀乐甚至没有自己生活的"超人"。没有缺点,没有"人的"生活的教师,对教师来说并不是一副合乎人性的形象,它在师生之间无形中划出了一道无法逾越、不可沟通的"鸿沟",教师的个性被角色自我的圣光所吞没。

教育要向人还原,向人的生命存在还原。教师既是一种角色,也是一种个性,就我国目前来讲,尤其要提倡后者。教育不是教师为谋生去表演,它是教师的生活本身。压抑个性、默默无闻地承受自我异化,可能使教育成为一项让人同情,令人敬而远之的"高尚"职业,只有充分地张扬个性、肯定自我,才能使教育成为一种让人幸福,令人羡慕的职业。作为一种职业,教育无疑有它的社会规范和要求,但这种规范和要求如果停留在教师的意识层面,它只是以学问的形式存在,于是便表现为去个性化的角色自我;如果进入教师的无意识层面,它便以教养的形式存在,于是便表现为个性自我。对个性自我的凸现并不必然拒斥角色自我、让教师毫无控制地恣意妄为,但它要求超越角色自我,将角色自我审美化、个性化、感性化、情感化,把它沉入个性层次,使规范、要求变成生命体验的一部分。教育的个性化因而也是教师自身的社会化。教师两种自我在个性自我中得到统一,优秀的教师都是在超越了角色自我之后展示出丰富的个性自我的。他们的教育活动,往往是最具个性魅力的艺术。对名师的模仿必然要从自己的秉性中发现创造的依据,不断注入新的养料才能使自己的教育活动不落入亦步亦趋、刻板单调、毫无生机的窠臼。教师一旦把工作扎入"我的"生活之中,与"我的"个性融合起来,才会像热爱自己一样热爱教育事业,才能使角色积淀成个性,达至角色自我与个性自我相统一的境界。这样,角色自我的活动才不会对个性自我造成压抑,反而成了肯定个性的活动。

再次,与学生共创共享教育的幸福。教师感到幸福,也会把这种幸福传染给学生。师生在幸福上是相互感染的,这种感染以师生间的移情为中介。现代心理学表明,师生之间并不是单向的刺激与反应关系,师生之间实际上是一种互动的反射环结构。幸福作为一种情感,与其他情感一样包括体验和表情。作为一种内在体验,幸福是独享的,但通过外部表情,幸福又可以与他人分享。当教师的内部体验外化为表情时,教师的幸福就变成了一种可被观察的对象,学生通过识别教师的表情,在自己内心激起同构的心理体验,这种体验又要外化成学生的表情,教师通过学生表情的反馈强化了自己的幸福体验,学生的幸福感也因此渐次强烈。在幸福感方面,师生双方相互感应,不断激荡,慢慢消解中介隔离,最后达到同悲共欢的融合境界,形成了一种强有力的情感场和完整的体验。当然这种体验状态既可是以感性情感为主的"热情奔放"场面,也可是以理性为主的"条理"、"系统"、"缜密"、"深沉"的理智情感。情感体验的教育方式激发了对知识、对学生或对教师的爱,丰富了师生间的理解,弥补了因语言表达造成的意义缺失,使教育产生事半功倍的效果。

二、给管理者起飞的平台

一所好学校,必须有一个好校长。但光靠校长是不行的,必须要有一个精干的领导班子,还必须要有一批德才兼备的中层管理者。好校长就是要培养好校级领导班子成员和中层管理者这支队伍,并且用好每一个人,让他们尽其德、尽其才、尽其能,使他们也感到事业有成,感到幸福!

"知人善任",看似简单,但是否能够做到,却是对我们每一位校长的巨大的考验——能知人不易，能善任更难。

所谓善任，则是要用其所长而避其所短，就是校长必须能够根据教师和行政人员的特长，安排其适合的工作，并充分信任，不求全责备，给职授权，让其在工作中发挥重要作用，以求才尽其用。所谓“一个好校长就是一所好学校”，指的就是这位好校长要培养发展学校管理队伍，继而培养发展全校教师团体，共同教育好学生。学校领导者应具有识才之眼、爱才之心、容才之量、用才之胆、护才之意。校长必须成为选拔人才、起用人才的明师。要发现人才、利用人才，让他们的才能有用武之地，让学校管理工作后继有人。

知人善任，首先在于“知人”，“知人”才能“善任”，“善任”才能“兴业”。毋庸置疑，人才的鉴识是人才培养和任用的基础。作为校长要公正无私地知人，要扬长避短地用人，现代管理科学也有一句名言：“放错了位置的人才等于垃圾。”要选拔一些资质好、潜力大、悟性高的年轻人作为储备的苗子，重点培养。年轻教师绝大部分受过良好的教育，充满活力、全心全力渴望成为一名优秀的教师或者管理者。但是到了30岁以后，通常只有少数人发展良好，其余大多数人都失去了开始时的事业心、使命感与兴奋感，对于工作他们只投入些许精力，心灵的深处与当初有着天壤之别。

培养人就是为了让人才尽快脱颖而出，要给他们压上适当的担子。因此，每次提拔学校管理者，我都让他们早上手，负责具体工作，放开手脚让他们干。我认为，人的才能只有在合适的岗位上才能被释放、体现出来。就像鸟儿的飞翔需要一定的气候条件，人的成长也是这样。多管齐下，采取多种途径，不断地铺宽路子，加强培训，提高他们的素质，培养他们的能力。

滕宝明[①]：我与徐校长一起工作已十五个年头，回忆与徐校长一起工

① 滕宝明为浙江省语文特级教师，曾任金师附小副校长，现为金华市婺城区语文教研员。

作、生活的情景，我便会心生许多感激，平添许多感动，收获许多感悟！

徐校长对事业有一颗忠心，对同志有一片真心，对工作有满腔热情，对学校、对学生更是一往情深！一直以来，他心系莘莘学子，情牵教育事业，他无论是在兰溪实验小学还是金华师范附属小学都为学校的振兴与发展出谋划策，呕心沥血。他恪尽职守，以丰富的教学和管理的实践经验，以敏捷的思路和睿智的反应，以果敢的决断和执著的精神带领全体教师，顺应社会经济发展要求，遵循教育规律，发挥大家的真知灼见，审时度势，扬长避短，抓住机遇，发展学校，逐步形成了一整套颇具鲜明特色、与时俱进的办学理念和思想，使学校声誉、校容校貌、教育教学水平等方面百尺竿头，更进一步。

他是我的好领导，好兄长，好同事。校长对我个人的扶持，更是我无法用语言表述得了的，在我成长的道路上，写满了徐校长对我的谆谆教诲和无私帮助。记得十五年前我从乡村小学调往实验小学，对我来说有这样一位赏识我的人真是我的福分，更让我意想不到的是他还考虑到我的家属在农村，当时经济比较拮据，于是，他不顾天气的炎热，帮我去他的朋友那儿讲情，借房子给我解除住房问题。问题解决了，他又叫来车，帮我去搬家，那一天，等搬好家，他汗流浃背，我要留他吃晚饭，他却说你自己还有许多事要做，这饭改天再说。你说上哪儿找这样爱才如命，一心为老师着想的好校长？这件事我终身难忘。

记得1997年金华市举行语文优质课比赛，当时与我一起参加比赛的不少是教坛的风云人物，经常在市级以上上公开课，真是个个后生可畏啊。相比之下，我已接近四十，显得业绩小了些，不由得没了底气。当校长知道之后，亲自找我谈话，要我树立信心，鼓起勇气。于是，他对我进行魔鬼式的训练，强化教学基本功，还邀请了专家指点。比赛的那一天，原定他陪我前往金华参加比赛，不幸的是他哥哥的孩子出了车祸过世，脱不了身，但他还是惦记着这件事，派教导主任朱普涛来助阵。当我上好课告诉他荣获市一等奖时，还没等我说一声谢谢和安慰的话，他却说："你为学校争了光。我代表学校感谢你！"我从一个普通老师成为浙江省特级教师，徐校长功不可没！

可以说，十五年来，我一直沐浴在徐校长关注、关怀、关爱的目光中，从他的身上，我看到了很多：热情、敬业、开朗、雷厉风行……我真希望自己能像他一样拥有一颗乐观豁达、积极向上、勤学善思、永远年轻的心，将平淡的生活过得有滋有味、丰富多彩！

唐彩斌①：2002 年，徐锦生校长"居然"成了金师附小的校长，而那时我刚提拔为金师附小副校长兼教导主任，个中滋味尽在其中。

现在回想过去，对于我在管理方面能力提高最快的就是那一段时间，这其中除了我的各位同事的支持，还有就是校长的信任和指点。现在从事业务研究，很少涉及行政管理，但偶尔与校长们切磋，我就回想当年，那一段经历也成了我"吹牛"的资本。列举一二略表我的"虚荣之心"。

金华要举办茶花节，我们就策划了大型校园学习活动"我爱茶花"，为了能参与到市政府的主流活动中去，徐校长带我去见市长，当面向他汇报"金华小学生参加茶花节的愿望"，于是，就有了意想不到的结果："把茶花歌唱到了中央电视台的晚会上"、"把新闻照片登在报纸的头版上"、"把学术文章连续发在国家级的刊物上"……"我爱茶花"的活动取得了圆满的成功，让学生在浓郁的节日气氛里学到了知识，展示了自我，享受到了成功。

我是一位数学老师，但是策划学校大型教学观摩活动却是从语文活动开始，那是"全国语文著名特级教师课堂教学观摩研讨会"。说实在的，首次策划这样的活动，心里总是不安，一直到活动临近，仍然忐忑不安。记得我结婚的第二天就跑去联系浙江婺剧团的场地了，所以即便是现在，我还"数落"徐校长应该补我一个婚假。但是，每每回想活动的过程，怎样和教研部门联系，怎样与专家交往，怎样安排听课教师，全然是一种学有所获的愉悦。到了现在，我成功地组织了几次规模大、规格高的教学研讨会和课题鉴定会，都离不开那时所积累的经验，更是有一种庆幸的感觉。

回想过去，如此规模宏大的活动能够成功离不开全校老师的大力支

① 唐彩斌为杭州上城区教师教育学院副院长，省数学教坛新秀，曾任金师附小副校长。

持。记得我们和老师一同齐心作战,大家一起在图书馆分座位票,一大早就到人民大会堂……更有坚定的信心,那就是校长的信任,那时深深地感受到信任的确是一种力量,并且是巨大的力量。

如果说“让我们做,是一种信任”,那么“他自己做,就是一种榜样。”早有耳闻徐校长特别注重科研,连续两届获得浙江省人民政府基础教育教学成果一等奖的,全省是罕见的,徐校长就是其中之一。工作岗位的变化,没有改变他那颗注重科研的心;徐校长在注重软件建设的同时,对于硬件建设更是“愿拔头筹”,金师附小有很多的第一,第一个有电脑房,第一个有室内游泳馆,第一个有塑胶跑道,徐校长让金师附小又多了一个第一:学校老师率先拥有笔记本办公电脑;为了这个第一,他带着我协调各方,不知跑了多少回,为了学校老师的利益,甚至是争吵与对峙……相信这不是唯一的第一,但因为此事亲历印象则自然深刻……

与徐校长共事,身为部下,却有着一种自由的空间,因为他所营造的集体:民主是行政团队的本色,实干是领导班子的主流。

2003 年,学校在全体教职工中公开招聘选拔中层干部,17 人参加竞聘。经书面考试、竞聘演讲、民主测评等,10 人分别担任办公室主任、教务主任、政教主任等职。之后,我们每三年进行一次中层干部的竞聘。

在中层干部的选拔中,做到“公开、公平、公正”,不是校长一人说了算。个人先自愿报名,给每位教师一个机会,然后通过命题作文,限时写作,择优录用,再通过校务委员会讨论,对老师政治思想、工作态度、工作表现诸方面进行考核,最后上报教文体局备案同意。通过如此层层选拔和严格考核才定下来。

三、培训是教师最大的福利

提高教师幸福指数是和谐教育在教师身上的重要体现,是教育更好

中层干部竞聘演讲

更快发展的客观要求，是丰富教师精神文化生活的必要条件，是激发教师良好心理状态的重要措施。肖川教授在论述影响我们教师生活的幸福指数时总结出“待遇、学校中的人际关系、教师的劳动强度”等 17 个因素，其中，他提到了“培训”是教师最大的福利。培训的主旨在于提高教师的教育教学能力。教师既是培训的对象，更是培训的主体，具有一定的主观能动性。我们应当不断创新培训内容和培训方式，让教师在培训中充分发挥出主观能动性，不断寻求适应自我专业发展的途径。具体说来，在有关专家的引领下，我们全体教师从发挥自身的积极性入手，积极投入“青蓝工程”，明确了自身建设与发展的方向。

（一）着眼“三力”，调动教师培训的积极性

要让教师切身体会到培训的甜头，把“培训”看成是自身最大的福利，关键是要充分调动起教师的积极性，使其主动地参与培训。那么，如何调动教师培训的持久积极性呢？在实践中，我们力图从三个层面开展工作：

1. 培养内驱力，激发原动力

为此，我们采用“目标、民主、指导”三项激励法，进行实践。目标作为一种刺激，应把握好“度”，合适的目标能够诱发人的良好动机，规范人

的行为方向。根据这一理论和学校管理工作的实际，我校制定了学校总目标：轻负担高质量，培养有创造精神的小主人，随后又制定了远景目标。为了使工作一步一个脚印地顺利开展，学校还制定了三年工作目标，如头三年的目标是建立常规，提高质量，站稳脚跟，促进教改；第二个三年的目标是：管理上水平，实验出成果，校园创一流，质量新突破。而今，学校已在社会上树立了良好形象。工作目标步步升高，环环相扣，广大教师感到“有了盼头”，这就大大激发了教师们的工作积极性和主动性。

2007 年 9 月，新校区婺城小学正式投入使用，怎样才能激发新校区老师的内驱力呢？我们发动老师制定学校愿景：

设施一流，师资一流，依托附小教育思想，不久的将来，婺小将会成为一流的学校。——陈金和

三五年后，将成为金华最好的小学之一，学生人数饱满，教师队伍稳定，教学理念先进，教学特色鲜明，教学成绩斐然。——朱洪飞

非常期待，相信不久的将来，附小会以婺小为荣。——曹谦

期待不久的将来，住在市区的老师或学生到婺小来上班或上学，和到附小去上班或上学是同样的方便或说更方便。相信三五年后的婺小一定人丁兴旺，独具特色的好学校。——曹冬仙

……有自己的特色，外地的会慕名而来上学，有一批强大的师资力量，学生素质不断提高！艺术特色浓厚！老师非常喜欢在这里教书，学生以婺小为荣……——楼晶晶

婺小的未来是美好的……创出自己的名气，在某些方面超过附小。到时候，会有各地的教育同仁前来参观考察，婺小会经常承办一些大型的、有影响力的教育教学活动。——郑名银

婺小与附小齐名。——余国罡

婺小有着非常好的生源，不仅吸收本学区的学生，还接纳更多的外地学生，将来所有的教室都派上用场。婺小的教师队伍也越来越优秀、壮大。希望能尽快跟上附小的脚步甚至超过附小，青出于蓝而胜于蓝。——郭翠

朱永新教授说，教育需要理想，只有燃烧起理想的火焰，才能使我们整个民族变得强盛，变得有凝聚力，我们才能在与世界各国的竞争中站住脚。我们应该鼓励我们的教师，在任何时候，都不要放弃；应该鼓励我们的学校，在任何时候，都不要放弃。因为我们已经接近了成功的边缘，我们已经追求到了，就应该有结果。教育是永恒的事业，一代教师的追求，两代教师的追求，全体教师的追求，会在校园里燃烧起理想的火花，从而使我们的民族燃起理想的火花。我希望中国的教育充满理想！我们的教师、校长，充满理想、激情和诗意！①

2. 加大推动力，强化内驱力

一个人明确了奋斗目标以后，就会产生持久的内驱力，这是主观需求的能动力，但还必须有客观外力的推动，才能不断升华。我们采用榜样、科研和成就三项激励法进行提升。“榜样的力量是无穷的”，在管理过程中主要体现在两大方面，一方面是校长本身要为人师表；另一方面，树立典型，以其生动具体的行为模式，激起教职工感情的共鸣，产生强烈的模仿和追随愿望。

这几年，我们加大培训的力度，先后选派了十几位老师到杭州崇文实验学校、杭州拱墅区拱宸桥文学新世纪外国语学校等校学习，取得了良好的效果。颜君敏②老师在总结中这样写道：“总以为过去的就过去了，但有些东西，你经历过了，便会深深地埋藏在你心里，一辈子也不会忘记。感谢学校的领导和老师，感谢师傅们，因为你们，我懂得了我该做什么。今后，为了我们可爱的学校，为了可敬的领导，为了可亲的老师，为了可爱的学生，我会好好地工作。”下面就是她的学习小结：

一次难忘的学习经历

从小学到师范毕业，接着又参加了浙师大的本科函授学习，我经历了

① 朱永新著：《新教育》，漓江出版社2009年版，第3页。

② 颜君敏为金师附小教师。

十几年的学习生涯。在十几年的学校学习中,有些学习经历随着时间的推移在慢慢淡化,而 2005 年 8 月—11 月在杭州学习的三个月我永远都不会忘记。

2005 年 10 月 8 日,我和姚淑萍老师前往杭州进修学校进修。别的老师都说:你们真幸福,这可是第一次啊! 这不同一般的“第一次”啊,凝聚的是校长先进的教育理念,凝聚着校长对青年教师的殷切期望。那一天,徐校长亲自送我们到进修学校,首先带我们与师傅见了面(我们见到了和蔼可亲的张天孝老师、睿智的朱乐平老师、风趣的唐老师,还有现代小学数学研究中心的那些可亲的老师),然后安排好我们的住处,一直张罗到傍晚。把我们安顿好之后,校长才准备回到金华。临走前,校长跟我们说:“安心地学习,多请教师傅,三个月的时间会很快过去。”没有教条式的说教,话语中流露出的是长者对晚辈的殷切期望。短暂的三个月,努力地学吧! 我对自己暗暗地说。

在现代小学数学研究中心的日子,忙碌但充实。白天我们听课,晚上在宿舍里整理听课笔记,写读后感。虽然经常要忙到深夜,但没有感觉到辛苦。学校给了我们学习的机会,我们只有用心学习,才能对得起关心我们的领导和老师。学习期间,校长好几次出差到杭州,每次到杭州,无论多忙,总要抽出时间到进修学校,向我们的师傅了解我们的学习情况,与我们聊学习的方法。一次,校长出差到北京,回来的时候竟然帮我们买了好几本教育书籍,送到现代小学数学研究中心。那一刻,心里有一种莫名的感动,手捧《小学数学教学活动设计》,感觉真的很沉,这不只是一本书啊,还凝聚着校长对我们那浓厚的关爱之情。那时,我不止一遍对自己说:一定要好好学习,好好工作,不好好学,不光对不起自己,也对不起可敬的徐校长啊!

从秋意盎然到寒风凛冽,季节的变更印证着我们走过的脚步。九十个日日夜夜,每天看书并做好文摘,整理听课笔记并写好感想,这段学习的日子是辛苦而又幸福的,因为有徐校长对我们如父亲般的关爱,因为有师傅们悉心的引领。在三个月的时间里,我们带着一颗感恩的心在学习,感激可亲的徐校长,感谢我们的师傅,正因为这样,这段学习经历对我们来说是刻骨铭心的。在学习期间，我听了90节课，讲座15个，参与教材讨论6次，文摘2万多字，请师傅听课3次，撰写论文1篇，写教学随笔3篇，教学对比研究1次。相信点点滴滴的积累，会给我今后课堂教学注入无限的生机和活力。更重要的是，我养成了随时拾"鹅卵石"的习惯，这才是最宝贵的东西。

3. 注重诱致力，唤醒爆发力

管理学上有"三留人"的提法，即在人力资源开发上要强调能把人"引得进，留得住，用得好，使人尽其才，能尽其用，使其自我成长并自我实现"，而要做到这些，就要做到"待遇留人，事业留人，感情留人"，其中感情留人是最关键的。调动教师积极性还必须运用情感的诱致力，使其积极性全程爆发。我们用理解、宽容和情感三种激励方法进行实践，理解是人的高层次需要。在管理工作过程中，人员之间难免有磕磕碰碰，为了工作又难免有些分歧意见或某些不尽如人意的事。作为一校之长，要切实以工作为重，理解教职工的初衷，尽可能满足教职工的愿望。情感激励是"以人为本"管理思想的体现。它要求管理者对教职工政治上信任、思想上引导、业务上帮助、生活上照顾，对教职工的关心从工作一个方面扩展到各个方面和各个层次，建立一个宽松的和谐心理环境，使教师们心里有一种归属感、荣誉感、向心力，知遇之恩油然而生，积极性也就由此激发出来。很多时候，一个问候、一张明信片就会让老师们感到温暖：

明信传真情　温暖感人心

刘旭升①

就要放假过春节了，我像往常一样来到学校上班，刚到校门口就被传达室的金师傅叫住了："刘刘，新春快乐！这有你的明信片。"听了一阵欣喜。"这么早就有人给我寄明信片了，会是谁呢？"我暗自猜想，三步并作两步走进传达室。

① 刘旭升为金师附小教师。

我拿起明信片,乍一看,笔迹似曾相识,但又茫然无绪,只见上面写着"可爱的小伙,新年快乐,心想事成!""会是谁呢?"我心里思量着。忙看最后的落款,居然是他!我们尊敬的徐锦生校长。"是徐校长给我寄的明信片,你看,"顿时,一股来自心底的温暖油然而生。金师傅看我欣喜若狂的样子,笑着对我说:"看把你激动的,小孩子一样。你看,这还有很多呢。"

果真,在那桌子上还有许多张明信片,我看上面有的写着"感谢您辛勤的付出,祝新年快乐!"有的写着"自信的你,拿出你的勇气,去耕耘属于自己的园地";还有的写着"愿您身体健康,在年轻的集体中收获快乐!"……金师傅正在把这一张张明信片分发到每一位老师的信箱。

这时我才恍然大悟,原来这是徐校长精心为我们每一位教职员工准备的新年礼物,尽管只是一张小小的明信片,却让我们感受到了一份来自亲人般的暖暖的关怀。我激动地把这个好消息告诉了相继来校的老师,大家都相拥到传达室,不由自主地相互传阅起明信片来。老师们手捧着徐校长的明信片,念着一句句新年的祝福,纷纷表示:徐校长这么关心我,来年要好好工作;没想到徐校长还这么了解我;徐校长还真是一位性情中人……

一张小小的明信片承载着徐校长对老师们无微不至的关爱,一句句真诚的话语,流淌着爱的暖流。附小的老师们被这慈父般的温暖感动着,激励着,更多的老师也把这份温暖传递给了学生,给学生写起了明信片,传承着附小特有的温暖与幸福!

当老师在事业上遇到挫折的时候,我们更应该及时地伸出自己的双手,因为我们就是老师们的靠山!2009年上半年,我们一位老师的一些做法,没有得到家长们的理解。家长先后在网络上、电视台反映他的情况,甚至到教育行政部门反映。

"壁立千仞,无欲则刚;海纳百川,有容乃大"是金师附小的一大特色。"管理就是让每位教师都走向成功"是我的管理理念。我充分理解、包容、爱护每一个有教育理想、有特色、有个性的老师,工作中给每个教师施展才华的机会，让每位教师的潜能得到发挥。对此次事件，经过精心的策划，学校召开了特殊的家长会：

一次特殊的家长会

“同学们，放学回家，记得提醒家长参加今晚六点半的家长会。”临放学时，我接完教务主任的电话，又在班上强调了一遍。这天是9月3日。

“知道了。”学生们边应声回答，边收拾文具用品，准备离校。

“开学才两天，你们班就要开家长会啦?”到了办公室，同事们有些不解地问我。

“学校通知要开，我也不知道什么内容。反正只是叫我通知下去就行了。其他什么也没说。”这是实话。我真的什么都不知道，也没有什么心情去关心它。

“会不会是为了信的事情?”

“可能是。不过，我不认为有什么用。上个学期的家长会，校长也到我们班来过了。结果呢，部分家长当面什么也没说，后面不是愈演愈烈吗!”

“你也真是运气太背！怎么会遇到这样的家长！不过还好是你，换作我，老早倒下去了……”同事们为我抱不平。其实我的心里也憋着一股无名火，简直不知道朝哪儿发才好!

说真的，自从校长找我谈话，核实家长写给他的匿名信的内容后，我的精神状态就一直没好过。前几天一心忙着安排课程表，还没怎么有心思理会这事。这开学后的两天，走进课堂，就会在脑海中想起匿名信中的不实之词。尽管大多数家长都理解我，支持我，赞扬我；尽管写匿名信、告黑状的人是少之又少；尽管我行得正，站得直，问心无愧，但我几乎要被击垮了——这几天，凡是夜里醒来过，就别想再入睡!

校长吩咐，五(5)班的语数英科四门学科的教师都要列席会议。列席就列席呗。对于个别家长，难道还有什么指望吗？我的心都要凉透了！会议室设在阅览室。那里场面大，听说座位还要围成圈。

“郑老师，你怎么有这么大的能量？能请到这么多重量级的人物来开你班的家长会?”我刚进会场的大门,报社的戴记者握住了我的手说。

“你说什么呢?”我一脸的烦恼,此时更添了一肚子的纳闷。

“你看看——”我顺着他手指的方向望去,“啊,怎么回事?”我自己也被弄懵了——

会场上,挂着的横幅上写着“真诚沟通　家校合作——金师附小校长与家长民主对话会”,横幅的下面就算是主席台了,上面竟然坐着李伟健教授、吴惠强处长、金根福科长①、徐校长和学校班子全体成员。大学教授来了,市区教育局和校领导都来了,后面还有电视台和报社的记者!这么强大的阵容,就算平日里举行全校活动也不多见呀!

六点半,家长们陆续到了。家长会也就开始了!

先是校长发言。他感谢各位老师对孩子成长付出的心血,感谢各位家长对学校工作的关心和支持。接着,他和大家谈起朱永新的《新教育之梦》。校长在家长会上要和大家交流读书心得?这可是头一回呀!徐校长他葫芦里卖的是什么药呀?我想,在座的都和我一样,在犯嘀咕呢。徐校长先逐条解读朱教授对理想的教师的八条标准。然后他说:“对照这八条标准,我发现,我们的老师都是达标的。尤其是郑老师,他的敬业和奉献精神,他的探索和创新精神,都是极为难能可贵的……”原来校长是借着这种方式支持我的改革,肯定我的工作!徐校长竟然把我提到“新教育理想的老师”的高度!这可真让我想都不敢想,我还差得太远!

校长由此话题展开去,谈了自己二十多年来在教育教学方面的改革极其不易之处。然后强调说:“对于郑老师的教学方面的改革,学校是完全支持的。当然,具体的改革措施一定会有不当的地方,还请家长们多提宝贵意见,共同探讨。”

……

校长随后又对照《新教育之梦》中理想家长的标准,表扬了我们班的家长,说他们也是理想的家长,因为他们关心孩子、关心学校、关心教育,

① 李伟健为浙江师范大学教授;吴惠强为教授级中学高级教师,金华市教育局基教处处长;金根福为金华市婺城区基教科科长。

他还和家长们交流了他的教育思想，对人才的认识、对教育的认识和思考、十字方针的概念、什么比分数更重要的思想等等，我跟随校长也有些年头了，还从来没有听到校长作过这么系统的专题讲座。其实对照《新教育之梦》，徐校长才是不折不扣的理想校长！

家长们也发表了自己的看法，多数肯定了我的工作。个别家长也提出了自己的疑问。在大家畅所欲言之后，话筒传到专家领导们的手中。吴处长谈了对我教改的认识，指出我的做法是一个美丽的"错误"，是与应试教育背道而驰的，也就是素质教育所应大力提倡的。李教授对于语文教材的使用问题，肯定了我的做法"在大方向上是正确的"等等。

听了专家和领导的讲话，我心中涌起一阵阵暖流。我知道，这不是对我郑新启个人的肯定，是对广大有志于教育事业改革的一线教师工作热情的极力支持和细心呵护！家长会开到九点多才散。散会后，还有许多家长围着校长交谈，久久才散。这次会议，徐校长不但将一个个棘手的问题处理得十分圆满，还使大家的思想有了新的收获。此后笼罩我多日的阴影一扫而空，夜半醒来难以入眠的现象就这样画上了句号。

每当想起这次家长会，我都会被徐校长对下属的深切爱护之情感动，也被徐校长"四两拨千斤"的高超艺术而折服。①

案例中的郑老师由于教学改革力度较大，一些举措部分家长不理解，甚至反对，但是我知道这位老师是一位富有热情的爱岗敬业的老师，总是千方百计保护他，当然对他的有些做法也进行了耐心的指导，最终使家长们理解、接纳了这位老师。目前，郑教师一如既往满怀激情地投身教育改革中。孩子们也沐浴着他教育改革的春风，健康成长。

（二）"青蓝工程"是教师进步的阶梯

学校发展的核心不在于硬件设施，而在于教师的素质；师资队伍建

① 摘自金师附小郑新启老师的博客。

设，不仅要注重教学水平的提高，更重要的是提高思想道德水平、职业道德水准，增强教育服务意识。在实施“青蓝工程”中，我们着重采取了以下策略：

1. 注重思想建设　塑造师德形象

积极开展职业理想和职业道德教育。结合“爱国守法，明礼诚信，团结友善，勤俭自强，敬业奉献”的 20 字公民基本道德规范，对教师进行爱岗敬业、无私奉献的教育，树立良好的教师形象，使每名教师真正做到尊重学生人格，不侮辱、体罚和变相体罚学生，无伤害学生身心健康现象。引导广大教工确立正确的世界观、人生观和价值观，树立高尚的师德情操，积极投入立文明礼仪、扬文明校风、创文明办公室活动。关注教育事业，关心学校建设发展，关爱学生的健康成长，以教师的文明风尚垂范学生，勤奋努力，为学生创造一片属于他们的蓝天。为配合职业理想和职业道德教育，学校还专门邀请了五位前任校长回校作了“附小优良传统报告”，邀请了省教育厅老厅长邵宗杰、上海师大的燕国材教授、四中教师成彩琴、退休教师黄笑娇等到校作师德报告会，培养教师爱附小、爱教育事业的情感。学校先后被评为市、区群体师德创优先进集体。

每年新教师到校，我们就请老附小人——美术特级教师胡延巨作“夕阳话师魂——特级教师胡延巨感悟附小精神”报告会。

2. 抓实师徒结对，练就过硬本领

俗话说：“新竹高于旧竹枝，全凭老干为扶持。”我们一直开展“师徒结对”工作，几年来，扎实细致的工作，促成了广大青年教师的迅速成长，也提高了全体教师的教学和研究水平。在“师徒结对”上，学校首先选派师德高尚、业务过硬、知识渊博、经验丰富的中老年教师做“师傅”，与青年教师结成“对子”，充分发挥中老年教师的传、帮、带作用，从思想、教学、科研、管理等方面对青年教师进行全面指导，促进他们的快速成长。“师徒结对”的具体步骤是：(1) 由学校牵头，新老教师自主配对，报教科室登记，双方签订协议，学校颁证，师徒双方到教科室领取学校自制“听

课笔记本”;(2)师徒共同制订发展计划;(3)定期检查师徒的听课和交流情况;(4)每年举行优秀师徒评选活动,对优秀者予以表扬奖励,对履行不力者由校长提醒、督促。

为了更好发挥骨干教师的作用,学校从2004学年开始成立了师傅团与徒弟班。由特级教师、省市级名师、省市区级教坛新秀等组成师傅团,下设三个学科组:特级教师胡延巨、徐锦生等为综合组师傅;特级教师滕宝明、姚荣辉、方菊凤、省教坛新秀王春燕等为语文组师傅;省特级教师郎建胜、省名师培养对象张生平等为数学组师傅。全校的青年教师组成徒弟班。

为了使这项校本培训制度化、常规化,并最终形成文化,我们专门制订了教师业务结对制度。通过签订《师徒结对协议书》的方法,对师傅和徒弟都规定了明确的目标和内容。

一、师傅的职责

1. 规范青年教师的教学常规(备课、说课、作业批改、辅导学生等),指导青年教师上好汇报课,热情鼓励并辅助青年教师参加各级各类比赛活动,认真把好教学质量关。

2. 发挥骨干教师的教学示范作用,每学期不少于示范教学二次,师傅以身示教,鼓励青年教师业务磨砺在课堂。

3. 扶持青年教师开展教学研究工作,点评青年教师的“教学实践与反思”文章,带教结束时指导与帮助徒弟修改教学论文。

4. 贵为人师,也该俯下身来认真倾听青年教师的心声,耐心细致帮助他分析自己的教学优势与不足,从而帮助他制订出业务成长最佳方案。

5. 关心青年教师的师德表现,不仅成为他专业发展道路上的引路人,更要关心青年教师的思想动态,努力地为学校培养和造就优秀的青年教师。

二、徒弟的职责

1. 青年教师应珍惜带教机会,虚心向师傅请教,主动、积极地从各方面吸纳师傅的长处。每学期除了听师傅的示范课外,每月必须向师傅公开教学课一节。

2. 跟教期间,每学期至少在年级组以上范围公开汇报课一节。

3. 勤于笔耕,及时记录教学点滴与反思。每学期撰写论文一篇。

4. 师傅领进门,修行靠自身。青年教师在教学常规上力求稳扎稳打,积极参加各项教育教学活动及比赛,业务钻研肯下苦功,尽力把好教学质量关。

5. 积极主动参加各类教学研讨活动,能大胆质疑问难,能努力实践创新,不断提高课堂教学技能。

根据《师徒结对协议书》的要求,每对"师徒"在学期开学初制订具体的《带教计划书》,将学校要求具体化,学期末对照计划进行小结。学校则根据《师徒结对协议书》以及各自制订的《带教计划书》,对师徒的日常表现和带教结果进行考核。

如潘晶老师与我结为对子,拜我为师。她说:

2003 年 3 月,我被评为学校教坛新秀,并将代表学校参加婺城区品德教坛新秀的评比。在积极备战评比的过程中,我有幸成了徐校长的徒弟,让我有幸领略了一位省品德特级教师的大家风范。

徐校长要忙的事情实在太多,刚好那时学校又在忙基建。可是,徐校长——我的师傅,却坚持亲自为我"磨课"。因此,我的课堂上,常常能够看到徐校长及老师们认真听课的身影;办公室里,校长常常为了我教学中的某个环节交流得忘了时间。校长的话,无论是严肃的指正,还是温和的鼓励,都像是一股涓涓的暖流,从他的表情、眼神中流淌出来,静静地滋润着我渴求知识的心灵。更让我感动的是,校长还为我们准备参加教坛新秀评比的教师创造了许多宝贵的学习机会并且严格督促我们多读书,让我们能接受最新的教学理念。

在备战教坛新秀评比的日日夜夜里,压力之大,现在回想起来还有些后怕。在又一次的"磨课"失败之后,面对老师们和徐校长的期盼以及焦急的目光,我有些退缩了。徐校长找到我,笑容灿烂:"小姑娘,有压力了？咱们重在参与，别给自己太大的压力，坚持住，你一定能行!”此时，校长更像我的朋友，就这样，校长的鼓励使我又有了拼搏的勇气。

在一次次的学习中，一次次的“磨课”中，我逐渐地成熟起来了——语言简练了，设计新颖了，教态自然了。

2003 年 6 月，我被评为金华市教坛新秀，并在随后的金华市“教改之星”的评比中获得了金奖。徐校长，以他对教育的巨大热情感染了我，以他锐意而执著的探索影响着我对思品教学的热爱。

师傅团带领徒弟们有计划地开展了一系列活动，如 2009 年：我作题为《我的成长之路》的专题报告；滕宝明老师上了示范课《梳羊角辫的小姑娘》；胡宝玉做班主任工作讲座多次；特级教师胡延巨老师召开了“胡延巨老师美术教育思想研讨会”；在“金师附小名师教学展示活动”中 2 位老师作了论文答辩示范，6 位老师作了说课示范，3 位老师作了上课示范。在徒弟班成员的汇报教学中 9 位老师上了汇报课，之后由师傅点评，集体研讨，均取得了很好的效果。

除了拜自己学校老师为师傅外，我们选派优秀教师到杭州等地学习，拜当地的名师为师傅，如王春燕拜著名特级教师王菘舟为师，姚淑萍向著名特级教师杨明明学习。姚淑萍学习之后，说：

经过这三个月的学习，我一步步走近了人人敬仰的全国著名特级教师——杨明明老师，感受到了她那高深的教学艺术及伟大的人格魅力。

观杨老师上课是一种享受：

今天，我和杨老师去听黄燕老师的课。黄燕老师上的是许地山写的一篇文章《落花生》。课进行到 20 分钟时，杨老师走向讲台，笑眯眯地说：“孩子们，这篇文章对你们来说太简单了，课后自己去读一读就可以了。下面，杨老师和大家一起来学一篇新的课文——毛泽东诗词《沁园春·长沙》。”然后，杨老师就声情并茂地朗诵了起来……此时，我发现孩子们的眼睛一下子都闪着光，目光随着杨老师的身影而移动。杨老师一边朗诵一边领引孩子们抓住重点词语来理解句子。

在教学“鹰击长空,鱼翔浅底”一句时,杨老师先说出一个“鹰”字,然后就做了一个“展翅飞翔”的动作,孩子马上说出了“鹰击长空”,杨老师立即表扬他们“了不起啊”,孩子们个个脸上洋溢着胜利的喜悦。杨老师又说了一个“鱼”,请孩子们猜猜用什么动词来形容,孩子们脱口而出“游!”“游太一般了,这么普通的字,主席是不会用的,再猜猜。”大家又开始猜了,可猜了好久还是没有猜出来,有的脸上露出了一丝沮丧。这时,杨老师说:“主席用的是‘翔’。主席就是主席,与一般的人不一样。如果,你们都猜对了,不都也成了主席了!”听杨老师这么一说,大家都乐了。我想:多么富有创意的教学设计,多么富有智慧的教学语言啊,它不仅保护了孩子的自尊心,还让孩子深深地体会到了主席用词的精妙与不同凡响。

没有课本,没有做课前的任何预习,但孩子们在杨老师朗诵第二遍时有的就跃跃欲试,兴致勃勃地和老师一起念,在读第三遍时,许多孩子已经能背诵出来了,并是那样的有声有色、入情入境,我也忍不住和孩子们一起背诵起来……在享受中,20 分钟就悄悄地溜走了。

用午餐时,黄燕老师走过来,大声地嚷嚷着:“糟了,糟了,杨老师!他们都在那里‘鹰击长空’,而不愿过来吃饭了!”我们大家听了哈哈大笑起来。

教师要有极强的表达能力。教师的每一句话,都得考虑受教育者的接受能力,尤其要考虑到学生的自尊心。因此,一位优秀的教师,要有睿智,要有好口才,还要具备些表演天赋。有些拙于表达的教师把最富有活力的学科搞得索然无味,把精美的教学内容弄得暗淡无光,把最有诗意的课堂糟蹋得鄙俗不堪——由此,我们也就知道了有些孩子为什么会“厌学”。如果我们每一位教师都能像杨老师这样来授课,岂会再有学生“厌学”之忧?

听杨老师的讲座是:享受+禅悟

杨老师讲座中引用的事例是那么的生动有趣,许多时候让人忍俊不禁。如她在提到我们的孩子很会思考时说:“《我的战友邱少云》学完后,有孩子就问‘邱少云牺牲后,为什么会满山遍野响起为邱少云报仇的喊声？当时又没有手机。'"多有趣的话语，多可爱的孩子！又如她说"幸福是自己感觉的"、"包容每个人的个性。接受他的优点，也要接受他的不足。""山越高，谷越深"……这些话语是多么富有哲理啊！

读杨老师的著作让人感到特别的亲切

《燕子过海》可说是杨老师在小学语文教学领域奋斗了四十余年的毕生心血、智慧和经验的结晶。书中所收集的都是已实际施教过的教学设计，而且不少还是多次反复施教的。这样的教育论著具有极强的可读性，读着让人感到特别的亲切与舒服。我在读此书时，在许多处都读到了自己，进而就用杨老师们的思想和理论省察和反思我自己的教育实践，引发深思和探讨……

在与杨老师的交流中，她的话不多，但往往一针见血、画龙点睛，于朴素晓畅中流淌出深刻，而又绝不阻挡我思维的飞翔，更无居高临下的"学术威严"。她从不因所谓的"师道尊严"而固执己见，真正是虚怀若谷！她对我总是那么关心、那么信任、那么宽容，而且充满鼓励。她这也是在用自己的行动教我如何在做学问中做人，或者说如何在做人中做学问。

因此，这极不普通的三个月，让我在思想上、学习上、工作上都取得了较大的进步，成长了不少，也认识到自己的不足之处：首先，在理论学习上还不够深入，尤其是将理论运用到实际工作中去的能力还比较欠缺；其次，是对低学段学生所具有的学习能力把握不准，以至于在制定教学目标时出现要求过高或过低的现象；再次，在教学设计中，创新不够。

在今后的学习、工作中，我一定会扬长避短，克服不足，认真学习，发奋工作，积极进取，尽快成长，把教育教学工作做得更好，不辜负领导和师傅的期望。

3. 搭建展示舞台，挖掘优秀教师

实践出真知。只有在游泳中才能学会游泳，只有在战争中才能学会战争。为此，我们积极创造机会，通过各种途径，为青年教师的成长搭建展示的舞台。

首先，我们每学期都组织青年教师优质课评选活动和校级青年教师

综合素质评比活动。如 2005 年,其中一项是以《托起明天》①一书为主要内容,进行笔试。

2005 年春节,我送给全校教师一个礼物:特级教师方方老师的专著《托起明天——新世纪中小学教师的修养》,要求全体教师在寒假里仔细阅读这一本"为教师写的书"、"为家长写的书"。开学伊始,学校组织全体青年教师写读后感,题目如下:

读了《托起明天——新世纪中小学教师的修养》一书后,你对作者艰难曲折的成长轨迹有何感想?本书作者的学习和奋斗经历,对你的专业成长将会起到怎么样的作用?你准备如何来重新规划自己的职业生涯?

下面是其中一位老师的答卷:

当许多人还沉浸在春节的节日喜庆当中的时候,我们金华师范附属小学的青年教师却利用寒假这一短暂而又宝贵的时间,拜读了方方著的《托起明天——新世纪中小学教师的修养》一书,对作者艰难而又曲折的成长轨迹感受颇深,我作为一个新世纪的青年教师,感受更深。

"是金子总会发光的",这是我对作者诚恳真实的评价。作者大学毕业,未能和很多幸运的年轻人一样分配到城市中,而是来到了小县城,小乡村。但是她并没有因此而怨天尤人,并没有自暴自弃,而是振作起精神,相信自己是一匹千里马,终有遇到伯乐的那一天,相信自己是一块质地非常好的金子,是金子到了哪儿总是会发光的。正是带着这样一种信念,这样一种永不服输的精神,方方奋发图强,加上她在大学打下的扎实的基本功,她成功了,成功只属于那些有准备的人!

---

① 《托起明天——新世纪中小学教师的修养》是浦江县特级教师方方的专著,曾荣获浙江省师范院校教育教学成果一等奖,中央电视台第十套节目"旋转书架"节目曾作专门介绍,浙江人民广播电台"教育在线"节目曾邀请作者就此书内容连续作 12 个专题讲座。

“做生活、学习的有心人”。审视作者的艰难而曲折的成长经历，我们清晰地看到她人生成长的轨迹。作者是一个生活和学习的有心人，对于身边发生的看似微乎其微的小事，作者能审时度势，加以反思，得到与别人不同的感受和结论。留心生活中的小事，留心学习中的积累，把它们记录下来，加以自己智慧的思索，是一个青年教师成长的途径。

“不断学习，反思自我”。新世纪是一个信息的时代，知识经济的时代。一个不会学习的人，终究会被时代所淘汰，一个不会反思自我的人，就不能更好地完善自己，也终究会被自己所打败。一个青年教师成长的历程，就是不断学习，不断反思的历程。作者作为一个母亲，同时又身兼数职，如果稍有倦怠，就会停滞不前。但是正如有位名人所说：“时间就像海绵中的水一样，只有用力去挤才会有。”作者在成长的几十年中，不管有多忙，都如饥似渴地汲取知识养分，不断充实完善自己，才使自己永远站在先进教育理念的“船头”，才会引领潮流，才会获得成功。

本书作者方方的学习和奋斗经历，像一条催人奋进的鞭子，永远鞭策着我们前进。审视作者成长经历，再反思自己这几年的教学生涯，不免有“虎头蛇尾”之嫌。在没有参加工作之前，自己和作者一样，雄心勃勃，斗志满怀。但是一参加工作，众多烦琐的事情接踵而来，整个人就处于一种“疲于奔命”的状态，哪有进步可言。《托起明天》的作者方方真实地向我们叙述了她曲折的人生经历，诚恳地向广大青年教师提出建议，是一剂“强心丸”，重新使我燃起了希望。作者的人生之路同时又为我提供了借鉴作用。

作为老师，我想他首先是作为一个人而存在的。教师是普天之下被人誉为“蜡烛”、“工程师”、“园丁”的神圣职业，对于这样一些美誉，作为一个人而存在的个体不能盲目随从，应重新审视自己，要做一个怎么样的教师。

我认为自己的教师职业生涯中除了应有“敬业、奉献”的共性之外，还应追求自己的个性。提倡教师的个性化。一个没有个性的教师是没有生命力的。毕竟我们国家需要的也是有个性的各式各样的人才，而不是像同一个模子里生产出来的产品。那样的话，一个国家将没有生命力。

只有有个性的教师才能培养出有个性的学生。

类似的考试，我们已组织了多次，其他考核内容如说课比赛，教科研论文评比，培养教师的反思意识，养成其反思的能力和习惯；课堂教学展示，在交流中让教师实现知识共享，形成校内团体学习的氛围。

在对教师的考核上，我们奉行全覆盖原则，要求教师成为一个视野开阔，有拓展能力和能吸纳新信息的现代教师，这种考核既包括教师专业成长的条件性知识，也包括教师专业成长的本体性知识，还涵盖了拓展性知识；在能力上也是全方位的，包括教学内容处理能力、运用教学方法和手段的能力、教学组织和管理能力、语言表达能力、教学科研能力、教育机智和与学生交往等特殊能力。实际上是教师“基本功”的全面考核。

在学校内部开展青年教师大奖赛，实实在在地促进了青年教师的进步与成长，也为学校培养了一批功底较为扎实的教学骨干。一大批优秀的青年教师脱颖而出，如王春燕、刘旭升、姚淑萍、姚晓芳、颜君敏等。

其次，学校肩负起社会责任，在社会实践中锻造教师队伍。有人认为，开展社会服务，会打乱学校正常教学工作，影响学校教学质量，这样的认识是片面的、狭隘的，缺乏系统观念的。一个学校要想成长为名校，就必须成为社区中的积极分子，必须有社会服务的意识、勇气和能力。为此，我们积极开展送教下乡、对外开课等活动。

4. 完善评估机制，开展绩效管理

为了培养教师，学校将长远规划和短期安排相结合，组织教师认真学习《中小学教师职业道德》及有关法规文件，并定期交流心得体会，努力提高教师的责任心和使命感。学校先后出台了《师徒结对工作细则》、《优秀师徒评选细则》、《青年教师优质课评比工作细则》、《五个“一”工程工作细则》等制度，开展各项富有实效的活动，为青年教师的成长搭建平台。特别是加强了对新教师的考核评估工作，分别从课堂教学、教师民主测评情况、家长满意度、备课批改情况、教育科研五个方面进行考核。

同时，还制订了业务进修奖励制度。鼓励教师通过自考、函授等形式

提高自身的知识水平。通过“青蓝工程”使青年教师得到培养和锻炼,促进了教师的专业发展。

当然,对于青年教师,除了严格的制度管理外,我们还十分重视情感管理和学校的人文建设。学校领导经常深入到教研组,关心青年教师的生活、住房、婚姻等实际问题,常与青年教师促膝谈心,与他们交朋友。每年中秋节时,学校都要举行引进教师座谈会,共享亲情;平时,举行青年教师篮球赛、打靶比赛等。

课程改革的大潮正在涌动,青年教师是课程改革的希望和主力,对他们的培养任重道远。虽然我们已经取得一定的成绩,但后边的路还很长。

四、一项课题就是一个培训班

提起非智力因素,教育学界并不陌生,但能将非智力因素进行系统长久持续实验的学校并不多见,我们学校就是其中之一。想起二十年来的坚持,可以说非智力因素实验是与兰溪实验小学、金华师范附属小学一起成长的,已经成了两所学校标识性的教改成果。

“非智力”实践:轻负高效实践

10月17日上午,徐锦生主持承担的全国教育科学“十一五”规划2009年度教育部规划课题《基于“非智力”减负增效的项目学习实践探索》的开题论证会在金师附小举行,上海师范大学资深教授、全国非智力因素研究会会长燕国材,浙江省教育厅基教处处长顾玮、浙江省教科院院长方展画、浙江大学教育学院教授刘力等专家出席论证。会上,燕国材教授称徐锦生为“中国非智力因素教育实践家”。

“非智力因素”在国外心理学界提出已有70余年,20世纪80年代初才被移用到我国学术界。它首先适用于转变“唯智成才”、“重智轻德”的观念和教育现实的需要,后则适应了教育改革的深入发展,由应试教育向素质教育转变的需要。

心理学的研究表明，一般人们的先天智力差异并不大，往往是非智力因素差异，导致了成就的大不同。在这种思维背景下，燕国材教授最先提出要“大力培养学生非智力因素”的观点，并以其系列研究成为全国宣传非智力因素的代表人物。

在这样的大背景下，徐锦生从1989年起，开始了长达20年的“小学生非智力因素培养”的探索和实践。在课题论证中，徐锦生简要回顾了他的三个课题《小学生良好非智力因素的培养实验》、《小学生“学会心理自助”的教育教学研究与实践》、《优化非智力因素，促进小学生多元智能发展研究》的研究情况，并阐述了《基于“非智力”减负增效的项目学习实践探索》课题的研究背景。金师附小教科室主任吴小军向在座的专家们详细汇报了课题的研究工作具体的研究设计。

专家们充分肯定了该课题选题新颖，具有前瞻性，有一定的理论意义与实践研究价值，并分别从不同的角度对课题的立意、研究的重点以及操作的可行性等提出了建设性意见，为课题的深入开展提供了新思路。

“小学生良好非智力因素的培养，是全面实施素质教育，减轻学生课业负担，有效提高学生学习成绩，进而促进学生个性健康自由全面发展的有效途径。”1989年9月，徐锦生和他的团队确立了培养小学生良好非智力因素的实验课题。

在进行了长达十几年的深入研究后，他们发现，小学生非智力因素的培养实验，不仅促进了学生学习成绩的提高，促进了学生非智力因素的发展，而且促进了学生良好个性的形成和发展。1997年9月，他们根据学校现状和科研趋势，以“小学生‘学会心理自助’的教育教学研究与实践”作为非智力因素培养实验的后续研究。实践表明，教师们能把尊重、平等和民主的理念作为学校创新教育、心理健康教育和非智力因素开发的基础，构建了三者相辅相成的教育教学。随后，徐锦生编撰了《学会心理自助》这本学术性和实用性相结合的著作。

“书本由知识的传递者、解说者变成了学习的引导者、促进者；教师由忠实的课程执行者、实施者变成了课程的参与者、研究者……”2002年

9月至2007年5月,徐锦生和他的团队确立了省级重点课题——《优化非智力因素,促进小学生多元智能发展研究》。在实践过程中,学生的智能多元发展了;多元的展示性评价形成了;教师的角色转变了。燕国材说:"减负增效是教育界一直在研究和探索的问题,各级教育部门也发过相关文件,但最终未实现应有的目标。金师附小是科研强校,课题的应有价值如果能够得以展现,其意义重大。"

教育科研是学校可持续发展的不竭动力,是教师专业发展的催化剂。让教师参与课题,开展群体科研是我们一贯的主张和做法。因为教师投身教育科研有利于克服畏难情绪,有利于提升反思意识,有利于增强研究能力,有利于改变角色形象。

我们先后通过四个省级课题的研究和实践,树立了"一项课题就是一个培训班"的价值取向。这四项课题事实上都是以非智力因素为轴心,通过由表及里、由浅入深的研究,不但形成了自身的办学理念,也锻炼了一支研究型反思型的教师队伍。通过"小学生良好非智力因素的培养",我们侧重专家与教师合作、教科所人员与教师合作、部分教师合作的研究共同体的构建;通过"小学生学会心理自助的理论与实践"研究,我们侧重营造科研氛围,完善科研机制;通过"优化非智力因素,促进学生多元智能发展"实验,我们侧重以龙头课题为核心开展校本培训的研究;目前,通过"创建智力与非智力协调发展型学校特色品牌的行动研究",我们提出了"问题即课题,教学即研究,成长即成果"的校本教研理念,并努力付诸实践。

(一)教科研是教师专业发展的助推器

联合国教科文组织在《关于教师地位的建议》中指出:教师职业作为一门专业来对待,这对于提高教师的社会地位,对于促进教师的成长具有制度性保障意义。该文件认为:"教师工作应被视为一种专门职业。它要求具备经过严格而持续不断的训练才能获得并维持专业知识与专门技能的公共业务；它要求对所辖学生的教育与福利拥有个人的及共同的责任感。”这里面我们不可忽视的几个关键词是：专门职业、严格而持续不断地训练、专业知识、专门技能、公共服务、责任感。事实上每一个词所蕴涵的价值理念都是教师职业的特殊性、不可替代性和严肃性。为此，以美国为代表的诸多国家，于20世纪80年代率先开展了教师专业化运动。美国在1982年和1993年先后出台了两个教师专业发展的文件，一个是《国家处在危险之中：教育改革势在必行》，自上而下地以政策的方式推动教师专业发展；一个是《准备就绪的国家：21世纪的教师》，自下而上地推动教师专业发展。两条路径殊途同归，其基本的着力点就是教师的自我教育，而自我教育的衣钵就是教师的反思，反思型教师最主要的载体就是教育科研。[①] 为了打造一支素质过硬的专业化教师队伍，我经常鼓励教师对自己日常教育教学行为和学生的学习进行系统、科学、规范的探索与研究。我认为，对每一位教师而言，只有在“探究和思考”的过程中不断地更新自我、发展自我、超越自我，才能与时俱进，成为知识经济主宰下的学习型组织的有效成员。

1. 投身教育科研有利于克服畏难情绪

通常，不少中小学教师在谈到对教育科研的认识时，往往有人反映出对教育科研有畏惧感，认为科研比较高深，中小学教师根本不具备从事科研的能力与条件；也有人对教育科研持“负担论”，认为中小学教师的本职是教好书，搞科研是额外负担。其实，教育科研并不是那么神秘的事情。只要参加过科研活动你就会发现：教学过程与教育科研过程在基本思想与操作程序上是高度一致的。因此，科研过程并非是高深莫测的，中小学教师完全有能力和条件从事教育科研活动。同时，当我们以教育教学现象作为研究对象时，科学研究是完全可以和日常教育教学工作紧密地结合在一起进行的。因此它不仅不是负担，而且还是促进教师认识水

---

① 摘自张天雪教授为浙江省领雁工程学员第五期校长培训班作的报告《让我们成为一个好教师》。

平与教学水平迅速提高的有效途径。实质上教育教学实践中的问题正是中小学教育科研的起点。作为中小学教师,他的优势不仅在于他是教育过程的当事人,更是教育活动的直接实践者,他占有大量的教育教学第一线的第一手材料,这就更需要加以总结与升华了,在这总结的过程中"教师成为研究者"就无可厚非了。我们在"小学生良好非智力因素培养"的实验开展之初,许多教师不愿研究,害怕研究,甚至有人想退出研究小组,可是经过几年的实践,教师们揭开了科研的神秘面纱,深深地爱上"她",为各项实验着了迷。有的教师在谈恋爱时,把约会的朋友晾在一边,自己琢磨课题中的难点;有的教师不仅在学校里搞研究,而且在家里也搞研究,甚至在骑车买菜时,脑子里想的也都是科研中的问题。后来许多老师成了科研的行家里手。所以,面对科研我们不必有畏难情绪,而是去不断探究,不断地总结提升自己的经验,从而发展自己的科研意识与能力。

2. **投身教育科研有利于提升反思意识**

记得在一次讲座上,叶澜教授曾经掷地有声地说过这样一句话:一个教师,即便写上一辈子的教案,也仅仅是个教书匠;如果他(她)能踏踏实实地写上三年的教学反思,他(她)就一定能成为一个教育家。我认为教育科研中的反思是理论与实践的对话,是两者相互沟通的桥梁,是研究取得成效的重要支撑与保证。再从教师对自己的教育实践和周围发生的教育现象的反思能力,善于从中发现问题,对日常工作保持一份敏感的探索的习惯,不断地改进自己的工作并形成理性认识这个意义上看,教育科研是教师作为专业人员的一种专业生活方式,他们创造着自己的专业生活质量,因此反思也可以说是教师在专业工作中自主性和自主能力最深层次的一种表现形式。我们在实践过程中,要求教师每天反思,并记录实验随笔,把有感而发的事情,棘手的问题,小小的案例,一时的顿悟都记下来;既可以是记叙,也可以是议论,还可以是抒情,内容、形式不拘一格。资料的积累为日后研究提供了丰富的素材,也促进了教师反思意识与能力的发展。

3. 投身教育科研有利于增强专业能力

在美国的《中小学教师专业发展标准大纲》中第四款项就是“教师系统地反思自己的教育实践并从自身的经验中学到知识验证自身的判断，并能作出选择”，其中与教育科研有关的子条目就有“参与教育研究，丰富学识；教师是学习共同体的成员；同其他专家合作提高教学成果”，而在教师的七项专业能力①中就包括教学科研能力，而教学科研能力不但是能力体系的要素构成，也是完善其他能力、提升教师实践智慧的重要手段。实证调查表明，优秀教师的能力形成主要在职后（65.31%），其次在大学前（21.95%），大学期间比例最小（12.74%）。

具有科研意识与能力，是所有专业人员的共同特征。因此提高教师专业化水平，必须强调有关研究能力的要求。教师参与教育科研在探究与反思的基础上可了解自己的行为习惯和思想观念，教师有可能了解自己存在什么不足，进而提出切实可行的教学改革方案，从而采取行动改进自己的工作，促进自身研究水平的提高。如果教师对自己的行为缺乏反思意识，对学生成长过程中遇到的困难不了解，则不能有效地改进自己的教育教学实践。就以我们平时的做法为例，我们要求每个实验教师每个学期撰写一篇研究报告，把自己一学期来教育教学经验、见解表述出来，达到传播、交流之目的。同时，写作过程也是一个自我提高、自我超越的过程，因为在写作过程中要进行实践探索、理论思考，要阅读有关书籍，这自然会提高教师自身研究能力与水平。如今是兰溪聚仁学校校长、特级教师的郭慧老师这样回忆道：

在研究中成长

1989年我师范毕业分配到刚创办的兰溪市实验小学，1990年学校申报并立项了省级课题《小学生良好非智力因素培养》，我非常幸运地成为

---

① 教师的七项能力是指教学内容处理能力、运用教学方法和手段的能力、教学组织和管理能力、语言表达能力、教学科研能力、教育机智和与学生交往等特殊能力。

实验班的数学老师，在课题组组长徐锦生校长的带领下开展了为期六年的研究。

回想起来，就是这六年的研究历程给我的专业成长奠定了良好的基础，课题研究的过程，也是我们年轻老师成长的过程。感触最深的是在这个过程中，徐锦生校长使我们真切地认识到一线教师的科研的本质。当时科研在许多人眼里是海市蜃楼，阳春白雪，遥不可及的事，而我们在扎扎实实的研究中，理解了教育科研的实质就是"实践——反思——再实践——再反思"，从而能够脚踏实地一步步地坚持下去。在研究的过程中，徐锦生校长不断地为青年教师创设各种平台，使青年教师体会到被认可的成功感，激发大家的研究热情。

我能成为一名特级教师，很大程度上得益于当时能跟随徐校长开展的非智力因素研究课题。

4. 投身教育科研有利于改变角色形象

苏霍姆林斯基说过："如果你想让教师的劳动能够给教师带来乐趣，使天天上课不至于变成一种单调乏味的义务，那你就应当引导每一位教师走上从事教育科研这条幸福的道路上来。"①教师从事研究的最终目的不仅仅是改进教育实践，还可以改变自己的生活方式，使自己从日常繁杂的教学工作中脱身出来，起到事半功倍之效，从而在工作中获得理性的升华和情感的愉悦，提升自己的精神境界和思维品位。在这种生活方式中，教师能够体会到自己存在的意义与价值，可以逐步实现教师的专业自主发展。在这种研究的过程中，教师的教育、教学工作将由"经验型"转向"科研型"，教师的角色也将由"教书型"转向"专家型"与"学者型"。

总之，要进一步提高教师专业化水平，必须让其投身于教育科研，因为这是一个重要的途径和方法。对于教师来说，每选择一个研究课题，就是确立并实现一个具体明晰的奋斗目标，每进行一个课题研究，就是不断

---

① B. A · 苏霍姆林斯基著:《给教师的建议》，杜殿坤编译，教育科学出版社 1984 年版，第 494 页。

获取新的教育信息，掌握新的理论与方法，实现对教育实践认识的新的飞跃。在这个过程中教师的教育观念得到了转变，科研意识与能力得到提高，专业能力得到了发展，教师的整体素质得到了全面提升，更重要的是使教师体验到工作的乐趣，收获到人生的意义与价值。

（二）教师是教育科研的主体

在传统的教师意识中，教育科研应是教育学家的事，教师就是“传道、授业、解惑”的教书匠而已，既不善于做科研，也没有必要做科研。这不但导致了理论与实践的脱节，也导致了教育学家与教师两类群体的相互指责。事实上，当今的教育研究从研究范式上已经发生了重大转向，单纯的书斋式学问和躺椅式学问已经被教育学界所摒弃，因为其对快速转型时期的中国教育而言仅仅是隔靴搔痒。那种宏大的理论体系，虚无的精神会餐已经转向为“以问题为中心”的政策分析和实证探讨。教育学家们走出象牙塔，走向广阔的基础教育一线，倾听广大中小学教师的声音不但是一种潮流，而且是一种趋势；不但是一种必须，而且是一种必然。同时，如果广大中小学教师仍然抱残守缺，仍然排斥理论的价值，那么就只能是永远跳不出必然束缚的井底之蛙，永远会做无休止的西西弗斯的苦役①。所以，这两类群体之间的整合是中国教育顶天立地的根本需要，而广大一线的中小学教师本身拥有最为丰富的教育科研养料——那些取之不尽，用之不竭的教育素材，拥有最为方便的教育科研实验的场所和可能，所以教育科研的天然主体不应该是别人，而应该是广大中小学教师，这不但是教师责任、义务，更是教师的权利体现。

首先，教育科研以学生为主要的研究对象，教师相比较专门的研究工作者来说，更了解和接近学生。因此，学校教育科研的主体是教师。教师处于最佳的研究位置，具有较多的研究机会，为教师成为研究者提供了

---

① 转引自张天雪教授为浙江省领雁工程学员第五期校长培训班作的报告《让我们成为一个好教师》。

可能。

其次，教师最主要的活动场所是教室，从实验研究的角度讲，教室是检验教育理论、教育假设的实验室，教师可以通过一个科研过程来系统地解决课堂中遇到的问题；从自然观察的角度来看，任何外来的研究者都难以做到一成不变的课堂自然状态，如想达到观察目的，又不改变原有的气氛状态，就只能依靠教师。教师是最理想的观察者，因为教师本身置身于教学中。对于教学活动，他不是一个局外者，他可以是掌握研究方法，而又不改变原有的教学情境的最佳人选。

再者，教师也有能力对教育行为进行反思、研究和改进，由教师来研究和改进自己的教育教学工作乃是最直接最适宜的方式。同时，教师丰富的教育实践经验又为教师进行教育科研提供了实践的基础。

教师虽然在科研思路、方法等方面不及专业人员，但除了与教育实践联系密切的优点外，还有人数众多的优势。教师与同事合作研究不仅取得成果速度会快些，而且还可以在工作方式方法等方面得到意外收获。具体分析起来，教师进行教育科研有以下优势：

一是研究意识强。能结合自己的教育教学工作选择合适的课题进行研究，课题研究关系到自己的教育教学质量的高低，关系到班级与自己的声誉。因此，老师在课题研究的过程中能做到自觉、认真，并持之以恒。

二是意图明确。教师在课题研究中往往肩负双重任务，既要承担研究者的工作，又要承担实践者的工作。这样一来，任务是重了些，但是研究的意图却更加明确了。一方面从研究者的理论到实践者的理论的转换过程被取消了，保证了信息不会因传播而丧失，研究者的意图也就是实践者的意图。另一方面因课题的研究工作与教学工作的承担者是同一个人，所以，老师能妥善地处理教科研与教育教学的关系，使两者融为一体。

三是实用性强。教师的课题研究工作往往与自己的教育教学工作相结合，并往往是以探讨如何使教育教学工作取得较好的成效为主要目的，因此，这样的课题成果具有较强实用性。

四是推广周期短。成果推广是教育科研的重要环节。学校教师的课题研究具有较强的实用性，同时，老师扮演着研究者、实践者的两大角色，因此,他们的科研成果推广起来阻力更小,周期更短。另外,他们自己还是推广课题研究成果的主力。

教育科研是21世纪教师所必备的一种能力。教育科研作为学校教育教学的第一生产力,愈来愈显示出它强大的生命力。增加自己工作的科研含量、走可持续发展的道路、靠科研推动教学等已逐渐成为我国未来教育发展的大趋势,作为一名教师,由经验型、勤奋型的教师转变成学者型、科研型名师,也必须走教学与科研相结合的道路。

(三)研究的过程就是培训的过程

1989年至今,我们先后承担浙江省省级课题"小学生良好非智力因素培养"、"小学生'学会心理自助'理论与实践"、"优化非智力因素促进学生多元智能发展"以及"创建智力与非智力协调发展型学校特色品牌的行动研究"的研究,其成果先后获得省教育科研成果一等奖3次,省政府基础教育教学成果一等奖2次,二等奖1次;四个课题有300多位教师参与,培养了全国名校长培养对象1名,省特级教师4名,省市教坛新秀、教改之星10多名,省市名师名校长10多名……

通过研究,我们深切认识到教育科研不只是一种个人行为、分散行为,它更是一种群体行为,是团队学习,是一种知识共享的过程。如果学校教育科研成为一种群众行为,教师群体成了一个研究共同体,那么这种人人参与的教育科研必然会充满生机和活力。通过实践,我们形成了"自学感悟—专家引领—实践研究—撰文反思—学术沙龙"的培训模式。现在学校开展"龙头课题带动策略",就是以备课组、教研组、年级组、课题组为核心开展课题攻坚,以群体带动个体,以集中拉动分散,既利用了整体优势,又充分发挥个人特长,相互研讨借鉴,相互取长补短,相互支持鼓励,形成了"人人能科研,人人搞科研,人人有成果"的群体性科研氛围。正如一位教师在科研日记中这样写道:"为了科研,我们要掌握最新的教育理念;为了科研,我们要形成研究的意识和技术;为了科研,我们要科学反思当下的教育现状;为了科研,我们要成为某一专业的行家……"

在此意义上,我说"一项课题就是一个培训班"。

第一个课题:"良好非智力因素培养"课题与教师培训

1. 课题简介

1990年9月至1997年8月,我们本着实验学校要成为"教育科研的基地",成为"教育改革的排头兵"的办学思路,确立了浙江省规划课题——"小学生良好非智力因素培养实验"。当初的设想是:小学生良好非智力因素的培养是全面实施素质教育,减轻学生课业负担,有效提高学生学习成绩,进而促进学生个性健康自由全面发展的有效途径。非智力因素培养的教学探索是深化学校新课程改革,提高管理效能,有效促进青年教师成长,全面提高学校教育教学和科研水平的有效途径。

这一课题,先后在两届学生中进行了研究。在这项课题中,我们的着力点是抓住兴趣、情感、意志、习惯、个性等非智力因素进行培养,通过课内、课外两个渠道,以等组实验设计为主体方法,结合观察法、调查法、文献法、经验总结法、教育测量法,抓住《实验大纲》和实验研讨会两大模式进行了长达十几年的深入的实验研究,形成了实验的指导思想:即以兴趣、情感、意志这三个基本因素的培养为手段,朝着形成学生良好的习惯这一目标去努力,进而培养学生良好的个性,成为全面发展的有创造精神的21世纪的主人。

该课题曾先后获得浙江省1999年度教科研成果一等奖、浙江省人民政府首届基础教育教学成果一等奖。

2. 教师培训:构建科研共同体

通过研究,我们清楚地看到:课题的研究,特别是学校初创阶段的研究,一定要由管理者、专家、教师的共同体组成。只有研究工作主体的合理建构,多种背景的人组合在一起,研究才可能有新的突破。所以,学校教育科研常常体现为一种集体协作,体现为研究者相互之间的合作,是靠团体的力量来从事研究活动,最终达到研究目的。在研究中,研究者之间实际上构成的是一个研究的共同体,彼此进行民主合作。这一共同体主要表现为专家与教师、教科研人员与教师、学校部分教师合作三种类型。

（1）专家与教师合作的研究共同体

这种共同体的构成双方一般是大学教师和普通中小学校教师。这种形式在西方20世纪六七十年代就已出现。人们有感于教育理论长期脱离实际，不能真切地指导学校实践，一方面试图使教师转变成为研究者，从教师身上化解理论与实践之间的矛盾，另一方面强调专业研究者与实践工作者的合作，从实践中吸取营养，在与实践者的合作中体现理论的价值和意义。

从实践上来讲，这两方面的合作也是必要的。大学教师作为专业研究者不乏对教育问题的理论识见，也积累了教育方面的许多学养，但是如果闭门造车，一味做书斋学问，不但理论没有验证的场所，而且由于对实践的认识与体悟上的缺乏，使得理论自身的针对性、现实土壤及意义也就越来越缺乏了，最后有可能丧失理论的功用。特别是对于初创阶段的学校来说，与大学的教师合作就显得更为重要了。因为中小学教师作为工作生活在教育教学实践第一线的人员，虽然积累了不少的经验，对教育教学也不乏感性认识，但对于从事研究，如何通过反思来提升自己的认识，有时难免无从着手。况且，在实践中，他们也需要了解、掌握一般理论，能在一般理论的指导下规范和安排自己的行为。这样，双方就有了合作的愿望，而中小学改革的实际又为合作提供了可能和其他的必要条件。

在合作研究中，双方应该是以平等、合作的姿态开展研究活动的，不应存在上下之分、尊卑之别。这点说来容易，但在实施中却有不小的难度。作为中小学教师，有时也难免会出现这样的现象：把专家的言论、观点看作是金科玉律，没有注意到或者未充分注意到自己对教育的独到见解以及自己实践中所产生的种种认识。这样在与专家的交流中往往会出现只是扮演“静听”的角色，很少发表自己的见解。在学校科研中，中小学教师才是研究的真正主体，如何使研究主体的地位切实得到落实，是学校教育科研成败的关键。专家投入的精力再多，只能缓解学校暂时的困境，但学校面临的其他问题或以后的发展，毕竟是需要教师的共同努力才能得以解决的。所以，在与专家的合作中，教师要注重增强自身的“造血”的能力，要提高自身的科研水平。只有中小学校的教师成长了、成熟起来了，才可能把学校教育科研落到实处。

(2)教科研人员与教师合作的研究共同体

在我国的教育研究体制中，各级教科所的科研人员扮演着一个非常重要的角色。他们与学校的教育科研直接相关，指导着学校教育科研工作的进行，是教育科研队伍中举足轻重的一支队伍。由教科所的科研人员和学校教师组成的共同体与大学专家和教师组成共同体相比，它具有联系普遍、直接、灵活、广泛等特点，因为大学专家由于工作所限，不可能长期、频繁地与学校进行合作，而这恰恰是各教科所科研人员的职责所在。他们的任务就是促使教师积极参与并且以主人翁的姿态从事研究，而不是包办替代教师。

初创阶段的学校要在教科所人员指导下，一是要创设学校科研的氛围，二是建立相应的组织机构——教科室，经常与他们进行联系，三是制定相关的制度。在课题研究的过程中，学校要注意针对不同层次的研究课题特点，取得科研人员相应的指导。如是宏观层面的研究，主要涉及教育体制和教育结构的改革、教育思想的更新、办学思路的转换、现代管理方法的探索等，这类课题的研究目的，学校为了创特色、上层次，其作用是为学校制定前瞻性的发展规划作科学定位。在这个层面的研究，学校要和科研人员密切协作，特别是初创阶段的学校，要在他们的指导下，层层规划，将总课题分解为若干个子课题，调动各方面的积极性，使研究工作在不同阶段和不同方面不断有所突破，以逼近核心目标。

(3)教师之间合作的校内知识共享体

学校教育科研从本质上讲是为了自己学校的研究，是从学校内部发展起来为改变学校的研究。对教师而言，随着教育的发展，科研不再是对教师职业的补充，而本身应是教师职业的生活方式，它体现了教师作为人、作为实践者所拥有的本性。在这种生活方式中，教师体会到自己的责任，体会到自己存在的价值和意义；在这种生活方式中，教师凭借自己的力量，把自己和自己服务的对象紧紧地联系到一起，并且与对象共同构成了他自己的生活世界；在这种生活方式中，必须发展自己的理性成为自己的主人,这样的话,他们不会仅重复别人的经验,而应该通过理性创造自己的世界,只有在这种创造出来的世界中,他们才会感到真正的内心的平安。也许正是在这种生活方式中,学校科研才体现出其原本的意义。

(4)教师经历一个不断深化的科研过程

小学生良好非智力因素培养实验刚开始,大家对出任实验班的青年教师心存疑虑,有的是刚毕业的新教师,有的基础水平似乎还不如对照班教师水平高。经过实验小学教师们七年的努力,非智力因素培养的实验研究不仅培养出了一批好学生,而且造就了几名教学科研和班级管理的带头人,成为实验小学的骨干教师。他们的教学水平有了明显提高,被评上市级先进工作者或教坛新秀,在这过程中教师们研究能力也有了明显的提升,由原先的不会搞课题、怕搞课题到后来的主动要课题和自己去发现研究选择课题,从一开始不知道怎么写教育论文到现在的多篇论文在省级以上公开发表获奖,真如数枝“出墙”的“红杏”,引人注目。

在课题推广会上,实验小学的老师们侃侃而谈——郭慧:“没有课题搞,心里就感到空荡荡的,很难受。”吴小军:“‘小学生良好非智力因素培养的理论与实践研究’实验终于圆满结题。回顾参加实验所走过的路程,虽然是曲折、艰辛的,却使我品尝了从实践到理论再到实践的甘醇,自己的许多方面也有了长足的进步。搞科研实验,开始觉得很神秘,高深莫测,害怕搞,怕搞不好。可搞了以后,就觉得搞实验是引人入胜的,有魅力的。如果现在不让我搞实验,我宁可不教书。”叶茜:“课题结束后,感觉从半空中掉下来,无所适从,接受了新的课题,又给自己定了位,从杂草丛中开辟了一条路。”星星之火引来了燎原之势,在中青年教师中形成了一股读书热、研究热、比武热,从而有效地促进了教师队伍的建设。具体而言,教师经历教育科研主要有四个时期:

实验的朦胧期,工作的摸索期 这项课题开展得比较早,当时正是国内教育实验的高潮期,大家都是摸着石头过河,没有成型的经验和模式可以借鉴。参加课题组实验的教师多是刚从师范毕业不久,或第一次从事教科研工作,大家都觉得丈二和尚摸不着头脑,无从下手。一方面是教学技能的过关要求,一方面又是实验研究所面临的压力,大家备感焦虑。学校要求青年教师一方面加强理论学习,利用业余时间阅读一批与实验有关的教育理论文章和著作,初步奠定自己的理论基础,澄清原先的一些模糊认识和错误观念;另一方面虚心请教老教师,钻研教材教法,使自己尽快走出盲目摸索的无序阶段,请教课题指导老师,尽快进入课题研究的角色。

实验的明朗期,工作的适应期 教师们在前一个阶段的努力下,在实验操作中有了明确的目标和要求,此时实验教师对教育教学工作的兴趣得到了培养,对教育事业的情感也日益加深,适应了教育教学工作。

实验的攻关期,工作的自觉期 随着研究课题的进一步深入,难度势必加大,要求不断提高,成功的喜悦与失败的挫折或面临的困难交替而来,这时实验教师进入一个关键的阶段。学校要求实验教师放下包袱,坦然承担来自各方压力,在继续认真学习教育理论,扎实做好实验工作的同时,开始尝试用自己所学的理论来指导自己的教学和研究工作,由原先的被动参与进入自觉投入阶段,由原先的无意研究进入有意自觉研究阶段。

实验的收获期,教师的质变期 实验取得的阶段性成果,不断激发实验教师从事教育科学研究的热情;实验成果的初步推广和渗透,初步实现了科研促质量,科研促发展的目的,而实验教师经过几年量的积累,再加上专家学者的悉心雕琢,无论在教学水平还是在教学经验态度上,无论是在科研能力还是在个性品质上都有了长足的进步。这时候,学校更鼓励实验教师戒骄戒躁,而应自觉朝着学术型教师的道路稳步前进。

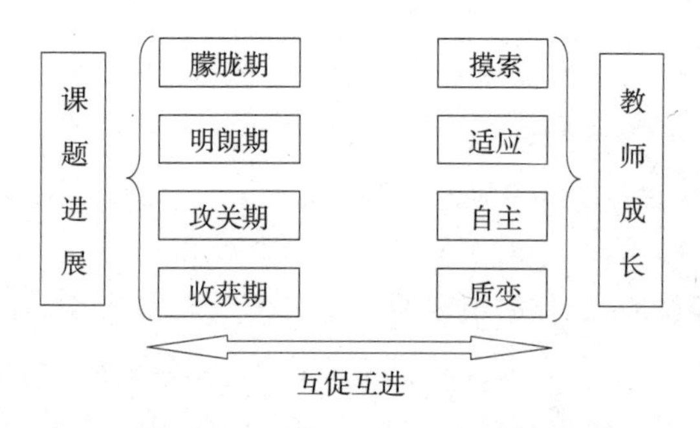

教育科研与教师专业成长互促互进图

第二个课题:“小学生学会‘心理自助’理论与实践”课题与教师培训

1. 课题简介

1997年9月至2002年8月我们根据学校现状及科研趋势,以“小学生‘学会心理自助’的教育教学研究与实践”作为“非智力因素培养实验”的后续研究课题。在广泛调查的基础上确立了语文、数学、音乐、美术、常识等学科教学中培养学生心理自助的一系列子课题,从而确立了“学会心理自助理论与实践”研究框架,后来被立项为省级名校长一类课题。

该课题成果曾先后获得浙江省名校长课题一等奖,浙江省人民政府第二届基础教育教学成果一等奖。

2. 教师培训:营造科研氛围,完善科研机制

如果说,第一个课题是新办学校的培训模式的话,那么这第二个课题是走向成熟学校培训模式的探索。也说明了科研兴校方针的确定与教师素质的提高有着密切的关系。可以说,一个教师的科研史就是他的发展史。课题研究过程中,我们特别为培养教师实施了系列措施。

在学校教育科研过程中,关注学校领导和教师参加教育科研的心理状况,激活学校和教师参加教育科研的动力,是提高教育科研工作成效的前提。具体可从以下几个方面着手:

首先是激发教师积极参加教育科研的动机,确立崇尚科研的理念。无论是薄弱学校还是新创办学校,都希望找到有效的途径和方法,打翻身仗,或有新的突破和发展。从他校、他人成功的事实中,包括科研兴校、科研兴师的先进典型和事例,特别是那些原来与自己相类似的学校,靠科研获得发展的事实,使教师产生较强的感染力和震撼力,看到开展教育科研带来的希望和成效,看到学校发展和教师发展的前景,焕发积极投身教育科研和教育改革实践的热情。从这些事实中,可以看到开展科研能“人换思想校变样”。教育行政工作不是单纯的繁忙事务应付,教师的劳动

不是日复一日的机械枯燥的教书匠工作,学校的经验总结和教师论文再不是一般的工作体会,而成为一种理性的提升。当然,大家也会看到科研给教师带来各种“实惠”,参加科研与不参加科研的老师写出来的论文质量就是不一样,对教师的职称评审十分有利。因此,无论是科研给学校和教师带来的功利性需求还是本体性需求的满足,都能让老师看到科研的成绩具有强烈的正反馈效应,从而对科研产生向往之情。

其次是帮助克服研究中的各种困难,使教师不断地获得成功。要使学校和教师对科研产生兴趣,并把欲望转化为实际行动,需要帮助他们克服研究中所碰到的一系列问题和困难,让他们初步尝到成功的喜悦,从而消除科研的“神秘感”和“畏惧感”,树立科研的成就感和自信心,增加科研的动力,焕发再攀科研高峰的激情。学校和教师在开始搞科研时一般碰到的问题有,如何选择有价值又可行的课题,如何掌握研究所需要的理论和方法,如何形成正确的研究思路,如何撰写科研报告形成研究成果等等。

兰溪实验小学,为了引导教师走向教科研工作,开展了科研培训,做到有计划、有措施,做到全面培训与重点培训,理论培训与实践培训相结合。1996 年上半年,学校以《小学教育科学研究方法》一书为教材,聘请浙江教育学院卢真金教授帮助辅导、出卷,对全体教师进行科研理论培训,学完规定课时及内容后,会同兰溪市教科所,对全体教师学习情况进行考核,考核合格者由市教科所发给科研培训合格证,学校还给教师们按成绩给予一定的物质奖励。与此同时,学校以抓重点课题为契机,以点带面,对教师进行实践培训,有时还根据课题需要,采用“请进来,走出去”的办法,有针对性地邀请上海、杭州、金华、衢州等地的专家来校作科研讲座或赴上海、杭州等地参观学习。通过培训,教师的科研意识逐渐增强,科研知识由知之甚少到不断增多,科研能力也得到提高。许多教师不再视科研为畏途,而是勇于实验,大胆开拓创新。

再次是营造科研的环境和氛围,引入科研竞争机制。教师的科研积极性高低与学校的科研环境和氛围有密切关系。调动更多的教师参加科研,就需要有意识形成催人上进的竞争氛围。勉励教师“要当教育家,不做教书匠”,要提出“培养研究型的教师,造就研究型人才”的发展目标。还可以通过“以点带面”的方式,选择最具代表性的教师,先尝试用科研的方法来解决最实际的问题,并全力促使其成功,进而扩大成功者的示范效应。这时其他教师会想到,一般的教师也能涉足科研,从而激励更多的教师克服科研与己无关、高不可攀的思想,在面上形成普及科研的态势。还可以通过“鼓励冒尖,重点扶持”等激励手段,促使学校科研竞争机制的形成。如建立科研成果在市区获奖和在学术刊物上发表后学校再发给一定数额奖金的制度。对已经获准立项的(校、区、市级)课题,学校发给一定的课题研究经费,并提供技术支持。对于承担课题研究任务的教师,计算一定的教学工作量的措施。学校为教师营造了良好的发展环境,对科研取得成功的老师给予特殊的扶植政策,能激励更多的教师有一种不甘示弱的推动力,产生跃跃欲试的紧迫感,促使更多的教师投身科研的行列。

最后是不断提升教师的科研动机,追求自身发展的理想境界。我们要克服科研的功利性目的,以调动教师参加科研的积极性。随着教师对自身发展要求的提高,要提升科研的动机,激励高目标的本体性需求,将科研视作帮助自我完善、自身发展的手段。要鼓励教师,把确立正确的教育科学观作为科学素养的重要组成部分。要勉励教师不断从合格教师向特长教师迈进,争做研究型教师。在科研起步阶段,在积极发动的同时,有必要实行硬性的管理,让更多的教师参加进来。在发展阶段,硬性管理要结合软性管理,帮助教师克服教育理论修养、研究方法等方面先天不足,通过不断学习来促进教师的专业化发展。

为了确保教改实践工作有条不紊、扎实有效地进行,使这项研究能够取得预期的效果,我们注意从组织上落实,制度上保证,重视和加强研究过程的组织与管理,建立健全组织与管理制度。从组织管理制度上为教改实践提供了保障。兰溪实验小学为保证实验的顺利开展,制订了有关制度。汇报交流制度,对教改中计划的制订、过程的实施及碰到的问题、学习和运用什么理论、解决的办法、效果等定期汇报交流。以上内容有时口头汇报,有时书面交流。口头汇报要求由具体到概括,从看稿到脱稿,书面交流字数由少到多,格式渐趋规范。为教改工作起到了检查、督促、调控作用;学习培训制度,除自己规定学习任务以外,领导、指导小组交给教改者学习任务,定时定量完成。请进专家讲座,外出参观学习等,都有计划、有安排。鼓励将理论运用于实践,实践上升到理论;档案管理制度,做到教改研究的计划科学先进、总结实事求是,过程管理清晰,教改研究随笔详尽,学生案例分析典型,材料保存齐全,归档管理科学。总之,做到教师学习、进修超前化,教改反思、总结经常化,档案管理科学化,科研工作制度化。

通过实践,学校教师迅速成长。例如,2000 年兰溪市教体局开展首届骨干教师评比,小学共评出 18 名,兰溪实验小学课题组成员评上 6 名;又如,2000 年评比兰溪市首届“教改之星”,兰溪市实验小学包揽了语文、数学、艺术学科的三项金奖,另外还有三位老师分别获得银奖和铜奖。

《教育信息报》记者言宏曾采访课题组吴小军老师,在《我的太阳每天都是新的》一文中报道:

吴小军 1991 年毕业于金华师范学校,至今已在小学教育园地里辛勤耕耘了整整 14 年。这 14 年,也是他投身教育科研的 14 年,品尝了从实践到理论再到实践的甘醇,深深地体会到科研的乐趣,尝到了两次获省政府一等奖的甜头。他说:“在生活中,每个人都有自己的太阳,而我的太阳是教科研,我的太阳每天都是新的! 我很幸福!”他无论多忙多累总要挤出时间读书。他坚持每学期精读 2 本教育专著,勤思考,勤作笔记,已积累 3000 余张信息卡。

当我问他,生活中他最快乐的事情是什么时,他笑笑,高高兴兴地抱出了一大摞笔记本让我看。“这是我的宝贝! 是记科研日记的!”他说。我看了一下笔记本,都是 32 开大,塑料皮,厚薄适宜的本子,粗粗一数,竟然有 30 多本。他说,记录科研日记是他最快乐的时候。每个深夜,万籁俱寂,沏上热茶,然后端坐于书桌前,打开心爱的日记本开始心灵的自白,他说,那真是一种享受。有时他也会在清晨,人们还在梦中时就写上了。他说:“写作时真有一种‘世人皆睡我独醒’的惬意。”他坚持“无话则短,有话则长”的原则，多则二三千，需一二个小时，少则二三百字，十几分钟而已。如果出差或有事他则先把提纲记录在纸上，等有时间就补上。他会每天把有感而发的事情，棘手的问题，小小的案例，一时的顿悟记下来，或记叙，或议论，或抒情，内容、形式不拘一格。记满了30多个本子，为教育研究积累了第一手的资料。而他自己的文化底蕴和科研水平逐渐提高。

爱因斯坦曾说，全部的科学不过是对日常思考的提炼。确实，吴小军真正理解了这句话。他说撰写日记不仅可以培养他自己的观察能力，提高自身的写作水平，还可以在每天的记录中锻炼自己的意志力，培养对工作认真负责的精神。当然科研日记像生活日记一样，有什么苦闷和彷徨不妨在科研日记中进行倾诉，同样可以得到缓解，使他以更轻松的心态开始新的一天。

在不同地域，面向不同对象，关于如何写科研日记，他已经做了30多次的报告。在工作中，老师们常常这样问他：“小军，你为什么每天都这样有精神，这样快乐！”他会微笑着说：“因为我从教育科研的工作中体验到了快乐！”他认为，如果对教育科研产生了兴趣，在职业中找到乐趣，不再把工作当成负担，教师的价值就体现出来了，教师的幸福感就找到了。

他不仅在学校里搞研究，而且在家里也搞研究，甚至在骑车时、买菜时，脑子里想的也都是科研中的问题。教育科研让他尝到了“甜头”，而且欲罢不能。当他看到科研项目取得了成果，学生们各方面素质得到了全面发展，他心中的那份甜美与欢愉，别人只有羡慕的份了。

一天晚上，他正为一个屡屡犯错误的学生苦恼不已，打不可，骂不行，耐心说服他不理，循循善诱他不听，当面认错，转身就忘，真是无计可施！此时，电视正播出的一场京剧《打龙袍》的场景使他茅塞顿开。第二天晨会，他首先给学生讲了“包龙图打龙袍”的典故，然后，让那位犯错误的学生走上讲台，并用幽默的语言宣布了他的若干“罪状”。吴小军让他脱下外衣，用教鞭在他外衣上“扑扑扑”，轻轻地打了三下，嘴中念念有词地说：“嗨！主人不对，让衣服受罪！”这出戏引得全班学生哈哈大笑，衣服的主人也哈哈大笑，却也面带了一点羞涩一点惭愧。打那以后，奇迹在这个学生身上发生了,他在各方面都取得了很大进步,还被评为了"三好学生"。吴小军激动地记下了这个案例,后来他根据这个案例,又潜心钻研,琢磨出了一些"刚柔相济"转化后进生的教育方法,在实践中取得了很好的效果。并写成了科研论文,后参加评比获了奖。

第三个课题:"优化非智力因素,促进学生多元发展"课题与教师培训

1. 课题简介

2002年9月至2007年5月,我校立项了浙江省级重点课题——"优化非智力因素,促进小学生多元智能发展"。本课题研究的目标是"让学生的多元智能在生动活泼的学习情境中主动地得到最优发展"。自2003年课题实施以来,课题组成员根据自己负责的子课题,在平时的教学活动中进行了大胆的探索和尝试。各课题组成员在每月的课题研究开放日中轮流上研究课,探索优化非智力因素促进学生多元智能发展的教育教学策略。同时,学校也举办了多元智能展示周等活动,为学生搭建一个展示才艺、表现自我的平台,促使学生在活动中相互交流、学习、探讨,从而促进学生多元智能的发展,丰富校园文化生活。

该课题曾先后获得浙江省2005年度科研成果一等奖,浙江省人民政府第二届基础教育教学成果二等奖。

2. 教师培训:以龙头课题为核心开展校本培训

在实践过程中我们逐渐认识到,以龙头课题研究为中心的校本培训具有很强的操作性和实效性。我们以浙江省重点课题"优化非智力因素、促进学生多元智能发展研究"为中心开展的校本培训,取得明显成效。

(1)以龙头课题研究为中心的校本培训的特点

教师不但要搞好课堂教学,而且要参与教育教学的科学研究。教师投身教育科研是提升自身素养和专业化水平的有效途径。学校与教研组

不仅要关注课堂教学，而且担负着教育科研的任务，通过龙头课题的牵动来提高教育教学水平，较之平常的学习、研究和教学实践，对教师提出了更高的要求。在这样的校本培训中，培训与科研紧密结合，有利于教师的迅速提高。具体来说，这种培训模式区别于其他校本培训的特点突出表现在：(1)龙头课题规定了教师努力的方向。教师做什么、怎么做，都受到课题的制约。如选择了“优化非智力因素，促进学生多元智能发展”课题，就等于在一定的时间内决定了教师学习与研究的方向是促进学生多元智能发展。(2)在龙头课题研究中教师发挥了主体作用。由于是校本培训，教师主要是在校内完成科研课题。虽有专家的参与，但课题研究仍以教师为主体。(3)在龙头课题研究中教师可以因人而异的灵活选题。我校省级重点课题——“优化非智力因素，促进学生多元智能发展”研究课题一确立，全校教师就摩拳擦掌，踊跃申报二级子课题，表现出较高的科研热情和工作的积极性。

(2)以龙头课题指导校本培训的意义

传统智能理论片面地强调人的语言智能和数理逻辑智能，而霍华德·加德纳的“多元智能”理论则主张：智能是多元的，应该从多角度评价一个人，发现其优势智能，促进各种智能协调发展，最终达到提高人整体素质的目的。我们认为，“多元智能理论”在校本培训中有诸多意义：一是在多元智能理论指导下的校本培训有利于我们了解新的教育观、教师观、人才观和评价观。二是有利于我们在开展素质教育、培养学生多元智能的教育工作中，正确把握师生互动、互促、互补的关系，使师生共同发展，达到双赢的目的。三是有助于我们创造条件，建设学习型学校。

(3)以龙头课题研究为中心的校本培训操作模式

我们依据“运用多元智能理论，立足本校实际，通过多种途径、各种方法发展教师的多元智能，从而优化教师的个体素质和群体层次结构，实现教师队伍整体优化，推进学校可持续发展”的指导思想，设计并实践了以下几种操作模式：

导师制模式

该模式以科研骨干教师的经验为“中介”，促进新教师把科研理论、学科知识与教育教学实践结合起来。这既可以缩短新教师适应教学工作的周期,提高其教育科研能力,又可以促进科研骨干教师的再学习、再思考、再发展。其一般程序为:①诊断评价。科研骨干教师通过听课、交谈等方式了解新教师在研究过程中的困惑和薄弱环节,形成总体评价,提出分阶段带教方案;②模仿定格。科研骨干教师通过示范上课、写反思日记等方式让徒弟领会其教育科研思想,感受科研奥妙与乐趣,在师徒间建立传承关系;③创新发展。在新教师学有所得、习有所成的基础上,科研骨干教师鼓励徒弟大胆创新。

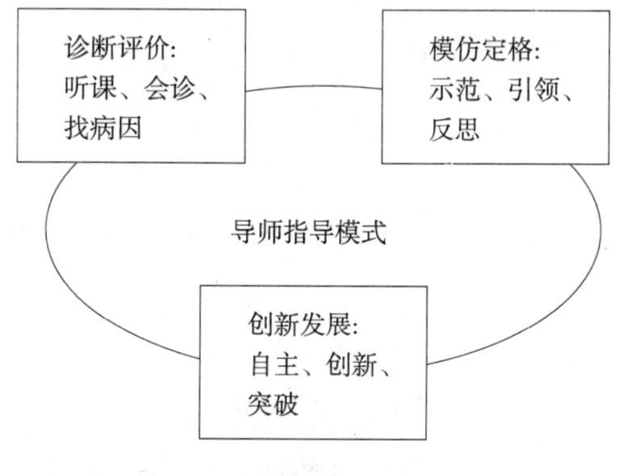

导师指导模式示意图

在开展研究的过程中,我们要求每一位中层以上的领导都加入课题组,参与课题研究的全过程,目的是:一方面给教师作出表率,推动和鼓励教师从事科研;另一方面对教师的课题研究起到指导和帮助作用。我校有区级以上科学带头人,骨干教师二十多人,但绝大多数的教师是35岁以下的青年教师。如何充分发挥这些学科带头人、骨干教师的作用,培养青年教师的教科研能力,这是我校工作的一个重点。以前学校也开展师徒结对活动,但主要是在教育教学常规方面。现在我们提出师徒结对帮教活动要以教科研工作为主,或师徒共同承担一项课题,在合作中提高徒弟的教科研能力,或师傅指导徒弟独立承担一项课题。

此外,我们还通过多种途径,采取多种形式,帮助解决研究过程中的问题。我们用请进来、走出去的办法帮助教师解决理论上的缺陷、操作中的困惑。特别是教科室在课题管理的过程中,加强了对课题的指导和帮助,为教师开展课题研究提供了必要的条件。

研修班模式

研修班模式是指相对集中的培训活动。主要以科研活动的方式进行,侧重于当前教育科研问题的解决;也以集中办班和专题讲座的方式进行,着力于全局性、共同性、前瞻性和系统性的问题解决和信息交流。研修班在时间上可长可短,既可以是1小时的学术报告、专题讲座,也可以是延续几个月的科研方法培训;在内容上既有当前较先进的研究方法的学习,如质的研究、行动研究等,也包括系统性、规范性的教科研进修;指导教师既可以是校内教师,也可以是外聘的科研骨干和专家。

我们对教师进行培训的方式有:一是以理论学习为主的高层次的研修,即派出一批骨干教师参加学习班、研讨会、论坛讲座;二是实验推进过程中的研修,请科研专家每月到校两次,组织课题研修;三是经验成果转化式研修,即将教育实验成果转化到教育实践中、提高教育质量的专题研修。

经过几年的实践与研究,许多教师不仅实现了角色转变,提高了自身的素养,而且在省、市、区级各类教学评比中取得优异成绩。

青年教师刘旭升在《沐浴在科研的阳光中成长》一文说:

> 通过学习实践,我认识到多元智能所倡导的是因材施教。材,就是学生。只有在全面了解学生智能特点的基础上,进行适当的教育和指导,才能取得理想的效果。因材施教,用多元智能的眼光看,就是发挥他们的强项,带动其弱项,努力使他们向最适合自己的方向发展。在课题的实践过程当中,我努力调动学生的非智力因素,促进学生强势智能的发展,从而带动弱势智能的发展,在教学实践中我完成了对两个后进生的转化。从学生身上,我真实地感受到,利用多元智能教与学不仅是一种理想,也是真真切切的现实。它让我认识到,每个学生都有自己的优势智力领域,有自己的学习类型和发展方向,都是可造之材,只要提供合适的教育,他们都能成功。我对学生变得更宽容了,也更充满信心了。

在新课程体系中，教师已不再是传统的“传道授业解惑”者，在教好书、育好人的基础上，应该努力钻研教科研，让科研成为自己从教路上的指路明灯。科研让我学会思考，学会了回顾昨天、把握今天、设想明天！作为一名从教三年的新教师，从不懂到慢慢领会，我在科研中不断进步。在课题实践过程中，经常会出现一些问题，我就会及时分析其背后隐含的原因，提出解决问题的假设，并在实践中检验假设，周而复始，循环往复。在这一过程中，我慢慢地养成了反思的习惯，也渐渐形成了一套能适应教学变化的富有个性特色的知识体系，这个知识体系的构建过程使自我素质逐步提高。通过反思，能够对自己的专业实践活动以及相关的事物有更为深入的理解，发现其中的意义，促使自己既是实践者，又是自身教学行动的研究者。传统的教师只是用别人设计好的课程达到别人设计好的教学目标的知识传授者，在教学过程中多采用线性的传授方式，限于程序性的一套方法或技术，对课堂中出现的问题缺乏关注。但问题是，方法不能在个体之间简单地复制，它必须经过实践的过程，许多教师依靠那些模仿得来的经验性方法进行教学，并等待着专家们传授方法，而当新方法来到时，又因为习惯势力的存在而不自觉地对之加以抵制。参与课题研究之后，我就习惯用反思性思维方式对自己的教学方法、教学内容进行反思、研究、改进，综合应用多种方法对自己的教育教学进行反思，从而提高自身的教育教学能力。

第四个课题：“基于‘非智力’减负增效的项目学习实践探索”课题与教师培训

1. 课题简介

当今时代是一个多元性、多极性、多样性的时代，一所学校要在充满竞争的环境中求生存、求发展，一定要办出自己的特色。学校特色是智慧和经验的结晶，是学校人文精神的彰显。这就要求我们在办学思想、科研理念上强化特色意识，继承和弘扬校园文化传统，促进师生主动、活泼、全面地发展。作为有92年悠久历史的金师附小更应彰显自己的办学特色。

从上述三个课题,我们都以“非智力因素培养”贯穿始终,我们真正体会到学生非智力因素培养的重要性,逐渐形成了“非智力因素培养特色”。然而我们的研究还是从某个领域设计并开展非智力因素培养的,比如第一个课题侧重于课堂非智力因素的培养,第二个课题注重学生非智力因素与心理自助的培养,第三个课题注重“非智力因素与多元智能的培养”。为了更好地、深入地、全方位地推广课题成果,同时根据学校长期以来形成的“厚德载物、兼容并蓄”的人文精神、“诚恳做人、踏实做事”的行为方式和“轻负担、高质量”的价值取向,我们决定继续以“非智力因素培养”为核心,确立“十一五”规划课题“基于‘非智力’减负增效的项目学习实践探索”。我们确立该项研究,不仅是课题本身发展的需要,也是学校可持续发展的需要。这项研究主要运用“非智力”培养理论,开展项目学习活动,从而达到减负增效之目的。

2. 教师培训:问题即课题,教学即研究,成长即成果

我经常鼓励教师注意发现自己教育教学中的问题,不断反思提炼,上升为一个课题进行研究。我始终认为离开课堂的研究是没有生命力的,因此我要求老师们研究要立足于课堂教学。课题组成员每学期围绕承担的课题上好一节实验课,在“课题实验开放日”中展示研究成果,并上交教学案例。我认为在这个过程中教师得到锻炼和提高,即使课题成果在上级部门组织的评比中没有奖,但我还是认为已经达到研究的目的,成长即成果。

(1)问题即课题

所谓“问题即课题”,也就是发现和提出教学实践中的问题,并把它转化为研究的课题。对于很多教师来说,搞教育科研遇到的最大困难就是不知道从何下手,找不到合适的研究课题。实际上,教师们要研究的课题俯拾即是。中小学教育科研的目的和任务就是为了提高教育教学质量,最终要落实到为教学服务这个根本上,因此老师们在教育教学中遇到的问题就应该是要研究的课题。

教师们在实践中遇到的问题可以分为三种类型:

一是直接性问题。就是明显存在,需要我们直接面对,又必须想办法加以解决的问题,比如"学生的成绩很差、学生纪律松散"等等。

二是探索性问题。就是将教育理论、教育观念、教育成果转化为具体的教学实践活动时所遇到的问题,比如"启发式教学应该怎样操作,综合实践活动应该怎样搞"等等。

三是反思性问题。这是具有"问题意识"的教师,为改进自己的专业水平,通过对自己教学行为的回顾和检讨所发现的问题,比如"为什么会这样?""应该做哪些调整和改进"等等。

(2)教学即研究

绝大多数的教育科研,最终都要在教育教学实践活动中进行,在课堂中进行,就是少数基础性的理论研究,其成果也要在教学中得到检验和应用。

教育科研工作从来不是额外的工作,教学和科研也不是截然分开的"两张皮",其实,真正的教学活动有着科研的性质和色彩。有效的教学不是日复一日地简单重复,而是教师自觉学习新的教育成果和理论,充满激情的创造性探索活动。

当然不是所有的教学都是教育科研,必须是"真正的教学"和"有效的教学",除此之外,还必须符合开展教育科研的一般规范。这样说并不是要混淆教学和科研的界限,降低科研的标准和要求,这恰恰是中小学教育科研的独特之处,也体现了中小学教师工作的性质和特点。近年来流行的"行动研究法",从本质上讲就是通过行动和研究的结合,创造性运用理论解决现实中的实际问题。

(3)成长即成果

中小学教育科研成果既有目标指向性,又有过程性和生成性。

在研究结束后,教师们将按计划对整个研究过程进行分析和总结,写出研究报告或论文,发布研究成果。同时在研究的过程中,由于教师不断主动学习最新教育研究成果,积极进行思考和创新,认真寻找有效的解决办法和教学策略,由此促进了研究者教育观念的转变、专业能力的发展、教学水平的提高,教师的整体素质得到全面提升。

因此,其成果既有显性可编码的文字材料,也有隐性不能编码的技能经验。我认为,中小学教育科研的最大成果就是教师的成长和发展,这也是中小学开展教育科研的意义和目的所在,论文等不过是其能力的物化表现形式。

教师在研究与反思中为一些实际问题找到了解决的方法,哪怕没有理论高度,哪怕没有形成论文或者报告,我们也得承认,这些教师是有收获的。过程就是收获,收获就是成长。

教育部规划课题开题论证会

五、名师是名校的中坚

在一所学校的历史中,拔尖的人物,即所谓校园内外的"名人",他们的特别富有创造力的活动,常常集中体现了学校的精神、传统与价值,构

北京师范大学林崇德教授(右二)、浙江师范大学李伟健教授(右三)到校指导

成了历史长河中的“亮点”。正像季羡林先生所说,“一所大学或其中某一个系,倘若有一个在全国或全世界都著名的大学者,则这一所大学或者这一个系就成为全国或全世界的重点和‘圣地’。全国和全世界学者都以与之有联系为光荣。问学者趋之若鹜。”当年梅贻琦先生称“大学者,有大师之谓也。”大学如此,中小学也是如此。

作为金华唯一一所中国名校——金师附小,它的光荣与骄傲,恰恰在于它拥有一大批的“名师”,他们不仅以渊博的学识,更以自己的精神力量、人格魅力,吸引着金华各地的莘莘学子。像朱国雄、徐贤华、胡延巨、赵瑞琳、丁寒玲、胡宝玉、方菊凤等老师,他们数十年如一日,在附小这块教育园地里默默耕耘,送走一批又一批的学子,两鬓如霜,献出自己的青春,献出自己的心血。

如果说,附小近百年来,可谓“群星灿烂”,徐贤华、胡延巨就是其中耀眼的两颗星星。

徐贤华,金华第一位浙江省语文特级教师。1946 年从浙江湘湖师范毕业,同年从事教育工作。1949 年到金师附小任教直至 1988 年退休。

她在小学语文教改中，形成了“乐学、读学、活学、高效”的教学风格。曾获“省先进教育工作者”、“省三八红旗手”等称号。

她视教学为生命，将生命寄托于此。

徐贤华老师在《一切为了孩子》一书中这样写道：“天有不测风云。灾难性的十年动乱中，我身处逆境，遭受迫害。饱经忧患的老母和我那一起在教育战线耕耘了二十余年的老伴的生命相继被夺走了。”“我人生的最爱——神圣的教书权也被剥夺了。”“‘文化大革命’后，我抖擞精神，重上讲台。”

胡延巨，浙江省第一位美术特级教师。1957 年金华师范毕业后，一直在金师附小任教(退休后，继续在附小留教)。胡延巨在美术教育岗位上辛勤耕耘了五十余年，培育了一批又一批艺术幼苗。曾荣获“徐悲鸿奖金”殊荣。

他，虽然年过七旬，但为人天真得像一个小孩，对生活充满了乐趣与希望，无心机，少俗虑。退而不休，如今还留在附小活跃在金华美术教育第一线，带徒弟、作讲座、当评委、上示范课……忙得不亦乐乎，被人们誉为“教坛常青树。”金华有个“美术教师联谊会”，胡老师是这个群体的领头羊，至今已开展数十次“一月一校”的联谊活动，每次活动都轮流上课，胡老师也不例外。一次，他到一所民工子弟学校上课，课后，学生说：“我希望以后有更多的机会向这么好的老师学习，学更多的本领，报答父母，报答第二故乡金华。”这一席话使胡老师感到很温暖。胡老师说：“五十年如一日奋战在美术教学第一线，图什么？就图这种教学的幸福感。”

同样是特级教师的方菊凤老师(也是徐贤华老师的徒弟)，她说：“从风华正茂到人到中年；从普通教师，到省级名师、特级教师、全国模范教师……这一切都没有改变我的生活状态，那就是我一直都在一线，一直都在讲台，一直和学生零距离！我时时提醒自己，我是一名教师，我的生活在讲台，我的生命在学生。”组织上曾先后三次拟提拔她担任学校领导，她都婉言谢绝了，甘当一名“孩子王”。

是的，这种教学之恋，这种教学上的幸福使教师把自己的生命在教学中获得了彻底安顿。很多优秀的教师，在退休不得不告别讲坛的时候，会无比依恋教学，乃至希望自己可以重回教学生涯的起点，再体验一次对教学的虔诚之爱。就如孔子，从30岁执鞭开始，直至去世，孔子最喜欢的事情就只有教学。在教学过程之中，孔子倾尽了自己的"深情"与"真气"。

金师附小作为师范附属小学和实验学校，从创办以来，就非常重视教育教学研究，以促进教育质量的提升，为金华各县的小学教育作示范，提供教育教学经验。如1931年，举行了"珠算笔算合教与分教"的比较实验；1932年，开展了"五线谱与简谱教学"的比较实验；1936年，还编写了《初等教育问题研究集》等。为使小学教育符合地方实际情况，学校尤其注重地方教材的编写，如1933年，先后编写《金区物产》、《金区交通》、《金区的方岩胜迹》、《金区的风俗习惯》等。

新中国建立初期，先后开展教育部编写的第一套教材试用实验和五年改革试点工作。改革开放后，学校继续坚持科研为主导的办学思路。

坚持科研兴教，不断地改革创新，这是金师附小得以长盛不衰的主要原因之一，也是名师辈出的根本所在。

1953年学校开展教育部编写的第一套教材试用的实验研究。由徐贤华担任班主任兼教语文，汤荣福任教数学，并尝试着由跟班教师从一年级一直带到六年级。这在当时的金华地区也是首创。

1957年教育专家、教育部叶圣陶副部长来校视察，听了徐老师的课，热情地赞扬说："学生的朗读能力好，表达能力强，教学有质量。"1958年，她所带的班级评为金华专区少先队优秀中队。1959年毕业时，不出一个留级生，成绩在4分和5分的占总数的89%，升学考试成绩名列全县第一。学生思想表现好，获得了德智体全面丰收。1960年2月，徐贤华老师由于教学成绩突出，出席了浙江省文教群英大会，会上她的六年消灭留级生的经验得到了与会代表的肯定。

"文化大革命"后，重返课堂的徐贤华老师又一头扎进教学改革当中："我把普通话与金华方言进行分析，摸索金华孩子学普通话的难点。"后来，"我仅用两周时间，完成了大纲规定需要四周时间完成的拼音教学任务。"这一改革达到了"时间减半，实现要求"的效果。

胡延巨老师也是一位敢于探索，不断创新的教育改革者。创下了诸多金华乃至浙江省第一:主编了浙江省第一本少儿优秀美术作品集《童心童趣》;主编全省第一本美术乡土教材《金华市小学美术乡土教材》;主编了金华第一本小学美术校本教材《儿童学国画》……用水彩笔作画、用油画棒作画、线描写生、儿童吹塑纸版画、儿童水墨画等,一种种新的绘画工具、一种种新的作画方法,他都率先垂范。

附小人始终神往的“敢为人先,追求卓越”的精神天地,是作为一种象征,作为努力、奋斗的目标,而存在于每一个附小人的心灵深处,它确实又激励着一代又一代的附小人去奋斗。正是在这样的奋斗中,出现了一批又一批的体现了附小精神的“常为新的,改进的、运动的先锋”。

这些名师的风范,作为无形的精神财富,又推动着、促进着学校教风的优化和师风的淳良。这种良性循环,使附小名师辈出,并使之成为推动当前青年教师队伍成长成材的最优化动力。

许多青年教师就是在这些名师的鼓励下,走向成功。

王春燕老师是其中一位杰出的代表。她先后获得全国第七届青年教师语文阅读教学大赛一等奖、省教坛新秀等。这与她不断探索与创新是分不开的。

2007 年 10 月,王春燕老师代表金华市参加了浙江省第七届小学语文青年教师课堂教学评比活动。她上《老人与海鸥》一课,抓“意想不到”、“情理之中”两大板块来展开教学。先让学生默读课文,思考在安放老人遗像的地方发生了什么“意想不到的事情”,通过简简单单的朗读,交流心中的感受,而后顺势一问:假如你就在翠湖边上,脑海中会冒出怎样的问题?从而转入“情理之中”板块的学习。其间又细腻地刻画“有声有色”,一下子吸引了人们的眼球,进入了课文的情景。本课上到最后,两个站起来回答问题的小女孩已经是泣不成声了,许多老师也情不自禁地鼓掌。此种发自内心的情感体验,已经不需要再用文字来评论了。

课堂教学体现了一种研究的趋势,这是提高教学质量的内核所在,专家们也提出了“改革最终发生在课堂上”的观点。所以,我们的课堂首先应该是探索的课堂、研究的课堂。王春燕老师指出:

近些年来,我对语文阅读教学只重课文内容(写什么),而轻形式(怎么写)的倾向已有所反省,以为这还不能算真正的语文课。但在教学实践中却往往还是会惯性地走老路。例如,教小说,整个教学无非是:了解课文大意,品读故事情节,把握人物形象,感悟人文内涵等等。平时听到的大多数语文课,印象中也基本是这个套路。

经过不断学习与反思,她认为"重内容的语文课往往与思想品德课、科学课没有太大的本质区别。只有引导学生去关注课文怎么说、怎么写的言语形式,才能真正提高学生读写听说的水平"。参加全国第七届青年教师语文阅读教学大赛上执教的《猴王出世》一课就展示她的这一研究活动过程,实现了由重"内容"向重"形式"的转变。

我抛开了原先"内容—形象"的套路,紧紧抓经典名著的语言表达,整堂课以引导学生感知、品味、领悟课文语言体现于节奏、韵律、结构等方面的特点为主线,培养学生对文学作品的鉴赏力,从而体验由此带来的深度快感,激发阅读名著的兴趣。

人民教育出版社编审、全国小语会理事长崔峦评价这节课时说:"通过她的引导,学生体验到了阅读的快乐,激发了读名著的兴趣;抓住一些句段,使学生不仅读懂了'写的是什么',而且知道了'是怎么写的',使学生既得'意'又得'言'。在'繁琐内容分析'以及'在人文内涵上深挖洞'仍然充斥阅读教学的今天,王老师的教学给我们吹来了一阵清风,对于正走在回'家'路上的阅读教学有一定的启示、示范作用。从这个意义上说,王老师的课获得了很大的成功,有重要的参考价值。"

更为可贵的是她敢于挑战教材,突破了精读和略读课文简单的划分。"教师是课程的建设者",这是课标倡导的理念。在尊重教材的前提下,根据学生的具体情况,有的精读课文适当略讲,而略读课文中的某些地方适当精讲,是符合课程改革理念要求的。因为教材无非是个例子,教材不应该成为教师和学生们唯一的"圣经"。但实际情况是,教师还只是教材的执行者。王老师由于“略读课文精讲化”与特等奖擦肩而过，不能不说这种看法还占有很大的市场。在全国的大赛中，王老师敢于挑战，敢于尝试不同教法，是非常值得我们钦佩的！

正如她自己所说的：“《猴王出世》的教学，我是一路实践、一路学习、一路反思着过来的。”敢为人先，勇于探索，这也是我校课堂文化的一贯传统。

“浇花要浇根，育人先育心”，班主任工作至关重要。金师附小有一大批优秀的班主任，如胡宝玉老师，她从教三十一年，当了三十一年的班主任，所带班级的班风、学风好，深受学校领导和家长的肯定。

问她为什么当了这么些年的班主任？她说：

第一个原因，受自己班主任——韦晓凤老师的影响。从对班主任的感激转变为模仿。那时，正值“文化大革命”时期开始，我属黑五类子女，在社会上受歧视，在同学中遭白眼，可班主任没有嫌弃我。我十一岁那一年，奶奶死了，两岁的弟弟没人带，爸爸、妈妈要去生产队干活，于是爷爷要我弃学。班主任韦老师了解到这个情况后，主动上门做我父母的工作，并同意我背着弟弟站在桌旁学习。有一次，弟弟把大便拉在了我的背上，有的同学捏着鼻子跑开了，有的同学在一旁取笑我。我很难过，伤心地哭了，可韦老师二话没说帮我换尿布。还有学校举行速算比赛、作文比赛，韦老师本着公正的原则，也让我参加了。为此，我非常感激班主任，觉得韦老师真好。后来，我成了一名老师，我就一直要求自己当一名像韦老师一样的班主任。

另外一个原因就是学生对自己的关心、爱戴。那次我生病住院，孩子们成群结队地来看我，感人的场面，感人的语言，令同房病友激动，令我陶醉……这种体会不当班主任是永远体会不到的。

在班主任工作实践中，她逐渐摸索出班级管理的一套行之有效的方法：注重班集体建设，培养、发挥学生自我管理的能力，培养学生的竞争意识，营造良好的学习环境和学习氛围。她特别注重良好行为习惯的培养，注重言传身教,胡老师在平时的劳动、体育锻炼和其他集体活动中,都能以班级一员的身份参与其间。要求学生按时到校,不准无故迟到,她就每天都提前半小时至一小时到校,这看似简单的一件小事,但30年如一日却也不易。要求学生着装整洁大方,她也不例外。在金银首饰盛行的今天,她从不戴项链、戒指等。她告诫自己,当一天老师、当一天班主任就要做到这一点。

她尊重、热爱、关心每一位学生,对他们永远满怀希望、循循善诱。

学生的腿骨折了,胡老师像对待自己的孩子一样,背上背下照顾他;学生进步了,胡老师买了书籍送给他;她曾先后自己出钱给叶雯霄、广大华、楼超、丁岭、吴迪、陈文心、冯璐等同学订杂志;为了鼓励同学们学习,经常花费几百元,买许多书籍、文具奖给学生。有人说胡老师傻,班主任补贴还不够她给学生花的。但胡老师认为只要能调动学生学习的积极性,这钱值得,她乐意做这样的傻子。

在班主任工作中,胡老师一直告诫自己:“没有教不会的学生,只有不称职的班主任。”她始终坚持“尽可能多地尊重每一位学生,尽可能多地理解每一位学生”,以爱动其心、以严导其行来实施教育。

有一年,她刚新接的一个班,朱某某等五六个人,常常被同学告发,有“拿”别人东西的习惯,甚至会到校外去“顺手牵羊”。

难道这几个孩子真的恶习不改了吗?她一方面与这些孩子交朋友,一方面尝试新的管理方法,决定采用“信赖”法。

她在讲台上的小盒子中,放了两元硬币,告诉同学如果谁有急用可以拿去用,但要有借有还,老师相信你们,可不能让老师失望。两周过去了,盒子里的钱分文不少。她一面表扬大家,一面搞争创文明队员、文明班级的系列活动。又是一周,盒子里的钱多起来了。原来是一位不知名的拾金不昧者丢进去的。这样一来,以往“财案”、“钱案”没有了。盒子里的钱有时空空的(被同学拿去买车票、复印什么了),但不用担心,第二天肯定会如数归还。

就这件事,她与那几位孩子交流过,问他们怎样看待盒里的钱。许某某说:“老师那么信任我们,我们怎么能让老师失望呢?”朱某某说:“有一次，我很想去拿一些，反正没人看管，没人知道，但想到老师信任的眼光，同学们期待的目光，手不由自主地抽回来了。”

是啊，尊重、信赖比指责更有效，信赖能规范人的行为，信赖能改变人的信念，信赖能创造美好的境界！正因为胡老师信任学生，学生也信任胡老师。许多同学上初中、高中了，甚至到了大学，还经常与她联系、沟通。

名师是名校的中坚，是学校的财富。退休教师胡延巨说我是“爱才如命”，他在一篇文章里这样写道：

> 我是1999年退休的，可至今还在岗位上。2003年，我婉辞浙师大（幼师班）、教育学院（幼师培训班）、义乌艺术学校等五家单位的高薪聘请，依然留在附小。是什么原因让我这个头发斑白的70岁老人乐此不疲、流连忘返呢？一句话，是历任校长，特别是近年徐校长的一颗爱才如命的诚心把我留下来的。其实我早该“功成名就”、“见好就收”，安度晚年了。家人也不想让我干到“不会动弹时才罢休”，他们都说：“我们不缺这每月一千多元，我们只想你健康长寿。”几乎每个学期临近结束时，我与徐校长都会有一番开诚布公，推心置腹的交谈。一个想“走”、一个要“留”。究竟是“走”还是“留”呢？最后想“走”的我被诚心要“留”的校长感动了，点头同意——留！
>
> ……
>
> 最令我终生难忘的是，徐校长在省市退协、省市教研室的领导下，成功地为我举办了“美术特级教师胡延巨美术教育思想研讨会”。研讨会在市人民大会堂举行，参加会议的有来自全国的600余位美术同行，市区政府、教委领导、省市退协、省市教研室的领导都到会祝贺。在鲜花和掌声中，我深深体会到作为一名人民教师的光荣和作为一名附小人的幸运。同时，为配合这次研讨会，还专门出版了一本《美术特级教师胡延巨》的精美画册。这是学校和徐校长给我最好的纪念和奖励。我心中只有两个字——感恩。

同时，我还时刻把眼光盯住外地优秀教师，不拘一格揽人才。只要相

寻找教育的新支点

中，就千方百计把他引进，为我所用。几年来，先后吸引特级教师滕宝明、姚荣辉，省教坛新秀郎建胜（现被评为特级教师）、省级名师培养人选张生平等加盟金师附小，大大加强了金师附小的师资力量。在引进特级教师姚荣辉时，上级为了平衡各校之间的力量，想派他到其他一所名校任要职，可姚老师却说："我是冲着徐锦生校长来的，其他任何学校我都不去。"几年来，在我的努力下，一大批优秀教师进入金师附小，附小的师资力量空前强大，一支能深刻理解学校办学理念并有贯彻能力的教师队伍在金师附小初见雏形。

目前附小在职特级教师有 6 位：徐锦生、胡延巨、方菊凤、姚荣辉、李启云、王春燕。省教坛新秀 3 人，市县教坛新秀及省市区名师培养对象 56 人，获省级以上荣誉 65 人次。

我坚持认为，一所学校有没有自己的"文化传统"，最关键的是要看它有没有自己的"名师"，自己的"英雄"，而这些教师之所以是"名师"，决不仅仅是因为他们拥有什么样的职称或职位，更多的是因为他们有真实的个性，有感人的故事。也正因为如此，他们才能给学生留下温暖的记忆，他们的名字才会被学生记住，他们才会成名，才能给学校历史及学校文化以最有力的体现和阐释。

正如《亮剑》一书中所指出的"任何一支部队都有自己的传统，传统

左起:李启云、胡延巨、徐锦生、方菊凤、姚荣辉、王春燕

是什么？传统是一种气质,一种性格……事实证明,一支具有优秀传统的部队,往往具有培养英雄的土壤,英雄(或优秀军人)的出现往往不是由个体形式而是由群体形式出现。理由很简单,他们受到同样传统的影响,养成了同样的性格和气质。”

我想这也是金师附小之所以能名师辈出的原因所在吧!

第三篇

让学校走向品牌建设

没有作为学校灵魂的办学理念，没有整体相通的办学意识，没有精神弥漫式地渗透于学校的各项工作，没有持续完善的坚持和积淀，就难以有真正意义的办学特色。

——叶澜

“特色”是学校的品牌，也是学校发展的助推器，不仅可以提升知名度，而且可以为学校谋求更大的发展空间。因此，一所学校必须办出自己的特色。

——徐锦生

2002年9月,我因工作需要调到金华,担任金师附小校长。学校小记者们对我进行了采访。

开学了,学校来了一位新的校长——徐锦生校长。徐校长有一张和蔼可亲的脸,中等身材。日前,我们采访了徐校长。

问:徐校长,听说您以前在兰溪市实验小学当校长。那么,您以前对金师附小了解吗?

答:有一些了解,知道附小是中国名校,各方面都很好,前任校长们都很有建树,也做了大量的工作,有突出的成绩。

问:您对我们金师附小的印象怎样?

答:到了附小之后,感受到这儿不愧为百年名校,学生团结友爱、天真活泼,老师爱岗敬业,为人师表。

问:徐校长,近年来金师附小的发展很快,对于今后的发展您将采取哪些措施?

答:要搞好东扩工作,还要为每个班配上多媒体,运用现代化的教学手段给同学们创造更好的学习条件。

问:徐校长,最后我想请您对我们学校和师生们提几点希望,好吗?

答:我希望我们老师能团结协作,认真学习,努力把自己培养成名师。把我们的学生培养成能自我完善和发展的人。要求大家在认真学好科学文化知识的基础上,努力培养自己的创新精神和实践能力,养成良好的行为规范,做一个会学习、会创造、懂礼貌的好学生。

我们相信,金师附小在徐校长的带领下,会越变越美丽,越来越辉煌!①

---

① 刘旭升:“金师附小来了位新校长”,载《金华晚报》,2002年9月26日第5版。

我清楚地记得，我刚到金华那天是9月7日。初秋的金华是很美的，街头巷尾的树叶还是翠色欲滴，生机盎然。这时的金师附小就更美了，她虽坐落城市中心区，与四周的商业地带相隔不远，但校园里永远有一份处事不惊、动而不乱的宁静，使她远离尘嚣、远离躁动。

我在区教文体局领导的陪同下，来到了金师附小。会议室，悬挂着一幅非常醒目的会标："欢迎新校长"。教文体局何海洋副局长主持会议并讲话：

"各位老师，今天，2002年9月7日，是个很有纪念意义的日子，教文体局给大家请来一位名校长。这是我们与兰溪市教体局再三协商以后，才让给我们的。他，就是你们金师附小新任的校长徐锦生。"

我从容地从座位上站起，双手握成拳，举高，作揖，笑着向大家点头致意！

会场上响起热烈的掌声！

会后，我在区教文体局的领导、金师附小副校长胡德龙等领导班子成员陪同下，到学校各处走了走，参观了教工宿舍、寄读生宿舍和教工食堂等处。

"这里的设施，确实比兰溪实小强多了。"我边走边这样暗忖着。我知道，这次调动，是一次跨越式的调动，是组织上对自己的信赖！"响鼓不用重擂"，我对今后的工作充满信心！

刚来时，我就住在学校前教学楼顶的一个小房间里。晚上，我缓缓走在校园中，我在思索，虽然曾参观过这所学校，可如今身在其中，我对她毕竟还不熟悉，附小到底是一所怎样的学校？做附小的校长，不了解附小的历史，就不可能真正融入附小。为此，我通过各种方式研读附小。

一、在传承中创新

国学大师钱穆曾说:“有垂统必先有创业,有创业则不尽有垂统。业之可贵,亦在其能有统……中国史有统可垂,有成可守,乌有蔑弃而不问。”我觉得这段对“创业与垂统”的论述和“继承与发展”的关系是相辅相成的。所谓“创业”包含着“开创”与“发展”两重含义。因为“发展”也是一种“创”。而“垂统”与“继承”则是一个问题的两个方面:“垂统”是前人有意识地使其事业具有可持续性,“继承”是后人有意识地延续前人事业的精华部分。

正如上文所说的:“业之可贵,亦在其能有统。”真正伟大的事业,必然不是一现的昙花,而是传之百世亦不磨灭的金石。如果我们对“有统可垂,有成可守”置若罔闻,只为了显示自我,而不传承前人的精华,就是对前人事业的亵渎,更是对人类文明的蔑弃。

金师附小是一所名校,有着深厚的文化底蕴。

文化概念内涵丰富,足以使人越辩越糊涂。据郑金洲收集的文化定义已有310余种。① 我比较认同英国人类学家泰勒的定义:“从广义的人种学的意义上说,文化或文明是一个复杂的整体,它包括知识、信仰、艺术、道德、法律、风俗以及作为社会成员的人所具有的其他一切能力和习惯”②,它包括语言、思想、信仰、习惯、法规、制度、技术及其他有关成分。按这个定义衍生,学校文化应包括学校所实践的教育思想、教育观念和由之而来的教育行为;学校所具有的独特气质与氛围;学校所遵循的规章制度与习惯;学校成员作为整体的价值取向与行为方式……校长在任职前有他自身的文化背景,学校也有其自身的传统,在两者理解、碰撞、交融的

---

① 郑金洲著:《教育文化学》,人民教育出版社2002年版,第15页。

② [英]泰勒著:《原始文化》,蔡江浓编译,浙江人民出版社1988年版,第98页。

过程中，学校文化得到传承与发展。

（一）走进附小历史

金华素有“小邹鲁”之称，人杰地灵，名人辈出。中国诗坛泰斗——艾青就是其中一个杰出代表。金华师范学校附属小学是艾青的母校。

1996年，金师附小被金华市人民政府命名为“艾青小学”。艾青夫人高瑛在仪式上讲了话，并赠送了艾青的铜像。

金师附小校友艾青铜像、题词

在近百年的办学历史中，据不完全统计，学校先后培养了：

一名院士；

二十八名博士生导师；

二十多名博士；

……

1992年，金师附小被中国教育学会、中央教科所编入《中国名校》大辞典，是金华市唯一入选的学校。

拜访校友原哈工大校长、工程院院士黄文虎

翻开金师附小的历史,你会发现这是所历史悠久、文化底蕴深厚的学校。金师附小创办于1916年。据史书记载,创建初年,“修造原通判、经历两署(即侍王府西院)的旧屋作校舍”。目的是实施新教育,并且作为金师学生见习实习基地。创建以来,金师附小逐渐发展成为本地区小学教育的楷模,屡次受重大表彰和奖励。在老百姓的眼里,金师附小成了金华小学教育的“范本”之一。解放前,老百姓说它是婺州的“模范小学”,以自己的孩子在附小读书为荣。校友、著名的儿童文学家鲁兵在他的一篇回忆录中写道:

我上高小了,那是金华中学师范科的附属小学,它有一个美名:模范小学……这是一所金华最好的小学,它的高小却设在一座祠堂里——章氏祠堂,平常叫姓章祠堂。

战火纷飞,日寇入侵。1938年2月,为避敌机轰炸,学校迁移到金华乡下的洪村、澧浦、桥头陆、晚田畈等村。1942 年 5 月,金华、兰溪沦陷,学校迁往宣平溪口。1943 年 4 月,溪口发生鼠疫,学校迁往郑回周达夫先生私宅。1945 年秋,抗日战争胜利。11 月,附小由宣平迁往义乌佛堂镇。

丁鼎荣(1949 届毕业生):那时我们的班主任是严嗣恭老师,学校设在佛堂的友龙公祠、鼎五公祠、汝戬公祠。我是 1949 年毕业的。

何锡钿(金师附小老校长):我的前任校长何遇隆上任时,正值战火纷飞,日寇入侵,学校被迫迁往武义宣平、义乌佛堂,教学设备悉数搬离。近十年的"流亡办学"竟没有一件教学用品遗失。出于对学校的信任,金华县图书馆委托代为保管一批珍贵的图书资料,随师生几经搬迁,也无一流失。劳作教员朱国雄抗战时期接手的 56 把小剪刀,直至 50 年代末退休,这批剪子仍一把未少地安放在剪架上。

1949 年 7 月,党和人民政府派干部接管了学校,并将学校迁至现在校址——中山路 68 号。此后,学校还多次易名,我们无法计算多少师生伴随她的足迹一路飘摇走来,从金华府地到乡间人家再到故地旧址,从浙江省第七中学小学部、中山路小学到市实验小学、艾青小学,历史的车轮,圈圈描画的都是沧桑、血泪和欢歌,它们都深深印进了附小的历史,也融进了每一位附小人的血液,铸就了附小今日的辉煌与荣光。

走进附小,你会发现这里是知识的沃土,这里是成长的摇篮,这里有你的良师益友,这里有你成才的阶梯。走进附小,你会惊喜——原来这边风景独好!走进附小,你会感叹——这里是放飞理想的地方!

中国教育学会顾问吕型伟先生说:"名校必有名师,没有一批学高身正的名师,绝成不了名校。尤其重要的是还要一位不仅善于管理,而且有理想、有理念、有人格魅力的好校长,这是一所学校能否成为名校的关键人物。"①所以说,一名好校长就是一所好学校。这话有一定的道理。金师附小

---

① 刘术红、徐华莹:"'领跑'中国素质教育——揭秘'人大附中现象'",载《中国教师报》,2009 年 9 月 27 日第 4 版。

之所以能成为中国名校，首先靠的是有一批优秀的高素质的领导决策者。

新中国建立初期，百废待兴，附小由金华教育界享有盛誉的何遇隆担任校长。高水准的领导使得附小在新时期的发展中有了高起点。“文化大革命”后，校领导中有浙江省特级教师徐贤华，中学高级教师金义和，全国教育系统先进工作者、高级讲师孙定远，浙江省优秀青年教师、省特级教师滕春友，享受国务院特殊津贴、省特级教师郑宏尖。当年，严济慈副委员长视察学校时，曾对当时的校长说：“讲师当小学校长，全国少有。”

曾在多所学校工作的我，清楚地认识到，新校长上任不要有“踢三脚，烧三把火”的心态，首先要尊重历史，尊重前任校长的工作，吸纳历史的精华，并发扬光大。在我看来，如果每换一位校长都要“标新立异”，那么这所学校就不会有特色，不会有优良传统的积淀。新校长上任的第一要务是尽快地融入其中，了解学校的人和事，领悟其精华，在继承的基础上发展学校。

1942 年以来历任校长

为此，为了让所有的老师包括我自己更了解附小的历史，了解附小辉煌的昨日，一方面把这些老校长的照片挂在校门口的校园文化窗里，另一方面我邀请了部分老校长回校作“附小优良传统报告”。让老师进一步了解附小历史、了解附小的文明，激发起更大的工作积极性。

老校长回校作“附小优良传统报告”

（二）学校文化积淀学校精神

经过一代又一代附小人的努力，附小已是一所有着丰富文化积淀和内涵的学校，它以先进的教育思想，一流的教学水平，优美的校园环境，高素质的教师队伍，在社会上赢得了一定的声誉。

作为一所学校的校长，既要重视学校有形资源的经营，也要充分重视无形资源的经营。这个无形资源指的是一个学校的传统、精神、风貌、知名度等，这些要素的集合就是品牌。可是再好的品牌，如果不去经营，不知道怎么去经营,仍然不能促进学校的健康、持续、快速发展。

作为一个校长,特别是一个拥有优势资源学校的校长,应该敢于和善于营销资源,要通过各种途径和方式把自己的品牌、优势、影响力介绍出去,把校园外的资本、先进的技术设备、一流的科研手段吸引进来,最后达到双赢的目的。

1. 附小精神的大讨论

学校精神是学校人文底蕴的集中体现,是学校悠久历史和整体形象的浓缩。为迎接金师附小 90 华诞,传承和发扬附小精神,学校开展了征集“附小精神”内涵主题词的活动。在这次主题词征集活动中,有近万人次参与讨论,从 2006 年 10 月 24 日到 10 月 30 日,在短短的 7 天时间里,征集到主题词 5034 条。这些主题词的作者除本市的市民、学生家长、教师外,还有许多来自外省市的校友;有在校生,也有年过八旬的老校友。经过专家组评审,初选出入围作品 30 条,最后评出前 9 条入选的主题词。还邀请了书法家题写。学生中也评出一等奖 13 名。

当“附小精神”的评选结果在校庆庆典大会上展示时,全场掌声雷动。通过征集活动,使我们知道了学校精神首先体现在教师身上,体现在教师的师德上。作为一所学校,之所以有名是因为有许多名教师,在他们身上体现出优秀的师德。

教师是人们称为“人类灵魂的工程师”、“先生”、“老师”的人,内心应有一种“尊严感”,这种尊严感可以帮助我们脱离低俗。教师内心应有一种清高,不为金钱所惑,不为“五斗米”折腰。一个教师崇尚什么,热爱什么,追求什么,往往是其精神世界的显露。成小事,可以靠业务本领,成大事、干事业主要靠德行和综合素质。

吴振东烈士是金师附小教师精神的典范。1955 年 4 月 5 日,他在金师附小实习,带领高年级学生到湖海塘旁的大黄山行军野餐活动,为抢救一名失足落水学生,不幸牺牲。其事迹在《中国青年报》、《文汇报》、《浙江日报》、《金华大众报》、《新中国人民教师》刊登。浙江省教育厅号召全省教师和教育工作者向吴振东学习;团省委作出《关于奖励吴振东同志并追认其为模范团员的决定》。浙江省人民政府批准吴振东为烈士。50余年，介绍事迹、清明扫墓等从未间断，一批批老师因此增强奉献一切的教育理念。

吴振东烈士追悼会

又如患有心脏病的赵瑞琳老师，拒绝病休，坚持教学。1982 年 11 月中旬，她承担外出参观老师的教学任务。11 月 19 日下午四时左右，因过度疲劳昏倒在课堂上。经抢救，才缓缓苏醒。校领导命令她住院治疗。第二天早晨，她又悄悄地“溜”进了课堂，继续上课。周行同学，患败血症，住院治疗，她每天早晚两次去医院看望，利用星期天为周行补课，坚持半年有余。赵老师一心为学生的动人事迹，深深教育学生，感动了家长。1982 年她被评为省“五讲四美、为人师表”先进教师。1993 年获得省春蚕奖。

这些名师的风范，是无形的精神财富，又推动着、促进着学校教风的优化和师风的淳良。这种良性循环，使附小名师辈出，并使之成为推动当前青年教师队伍成长成才的最优化动力。为了继承学校优良传统，我们还多次举办“我爱附小”的演讲比赛。

2. 喜庆 90 华诞　传承附小精神

一所学校办学育人的历史，就是一部生动的教科书，是学校德育资源

“我爱附小”演讲比赛

的一座宝库。无论是名校、老校，还是新学校，都有一部或长或短的历史，都有自己的校风、学风、教风；无论是名师的音容笑貌、教学绝技，还是普通师生的逸闻趣事，无不透露出学校丰富的历史文化信息。遗憾的是，这个思想库、资源库被我们长久地忽视了。今天，名校、老校怎样开发、挖掘自己的校史资源，怎样弘扬、传承学校的精神传统，年轻学校怎样书写、积淀自己的文化和历史，显然是一个非常重要而有意义的课题。其中举办校庆是一种重要途径。

2006 年是学校建校 90 周年。隆重而简朴的 90 周年校庆在全体师生的努力下成功地举办，在社会上产生了良好的反响。这次校庆我们以“回顾历史，总结经验；凝聚人心，广交朋友；树立形象，启迪学子；提升水平，加快发展”为宗旨，以“回顾办学历程，弘扬优良传统，展示辉煌成就，共谋未来发展”为主题，通过校庆活动，进一步振奋了师生精神，凝聚校友情谊，也促进和加快了我们附小发展，从而进一步奠定了学校健康、协调、持续发展的坚实基础。

我们把这次校庆当做一个发展的机遇，一个改革的舞台，一个前进的起点，一个凝聚各方力量、推进教育改革、不断提高办学质量的机会！为此，我们在三年前就广泛采集、整理，先后编写了《校庆纪念册》、《特级教师论坛》、《耕耘》、《摇篮》、《苗圃》、《附小人》、《金师附小校志》等，为学校收集了许多散落、断档的校史资料。其中《金师附小校志》是迄今为止，第一部比较完整地记录学校历史发展、传承办学优良传统的校志。

学校自创办至今已有90余年的历史。但由于学校几经搬迁，特别是抗战时期至解放前，曾十多年在外流亡办学，这在金华小学教育史上是绝无仅有的。再加上“文化大革命”时期，学校档案被全部烧毁。编志工作的难度可想而知。如校友名单，1980年以前，学校学生名册尽毁。但校志办工作人员克服重重困难，先后通过查阅省、市、县（区）档案馆，金华师范学校（现金华职业技术学院师范学院）、金华一中、金华二中、金华四中、金华五中等档案室；召开老校长、老教导主任、老教师座谈会，走访老校友；发电致函四方校友联系等方式，寻觅、搜集大量资料。终于将90年断档校史接上线，连成片。先后历时3年，两修编撰纲目，两经评审，四易其稿，于校庆之前付梓成书问世。该书记载了附小各个历史时期，尤其是改革开放后的教育史实。它向人们全方位地展示了附小人90年奋斗不止、自强不息的豪迈历程。此书既可称史，又可称志，史志结合，融史于志，既具有史料的准确、严谨性，又具有志书的文献实用价值。参与撰稿编辑的所有同志付出了很多心血和汗水，可谓众擎易举，众手成志。这是一件很有意义的大事、喜事、善事！也为附小90华诞、为众多校友献上一份厚礼。

校庆期间拍摄了校庆专题片；成功地组织了“多元智能展示周”系列教育教学活动，正如报纸上所说的，堂堂爆满，课课精彩；利用校庆所有资源，对师生进行热爱附小的教育；新装了电子屏幕，完善了校容校貌；出色地完成了各项接待工作。

2006年11月3日举行90华诞庆典活动，则将校庆工作推向了高潮。中国教育学会副会长、国家副总督学郭振有，原国家教育部基教司司长、国家副总督学王文湛,原人民教育出版社社长、校友马樟根,原浙江省教育厅厅长邵宗杰等领导参加。现任浙江省政协副主席、时任金华市副市长徐辉代表市政府向金师附小的全体老师和同学表示祝贺。他说,金师附小90华诞是金华市教育发展中的一大喜事,是金华市教育发展取得丰硕成果的一个缩影和代表,并希望金师附小"传承优良校风,光大'附小精神'"。校友、原人民教育出版社社长马樟根也作了热情洋溢的讲话。

之后,还举行了校友座谈会、专家讲座和曾在附小工作过的十几位特级教师的课堂教学展示等活动。来自北京、上海、天津等学校的代表,听了我校老师的课,反响很好。校庆结束后,紧接着我们又举行校庆活动反思;接下来我们还在师生中继续开展"我知校史多少"、"我知校友多少"等活动。

《金华晚报》连续报道学校的校庆活动,《金华教育》用七个版面介绍学校校庆的盛况,极大地提高了学校的知名度。

3. 打造集团文化,形成集团的标识与品牌

在办学的策略上,我们在原来的基础上,积极创建学校形象识别系统,确立学校文化元素,建构学校理念形象。其中包括:发展愿景、校训、校歌等。

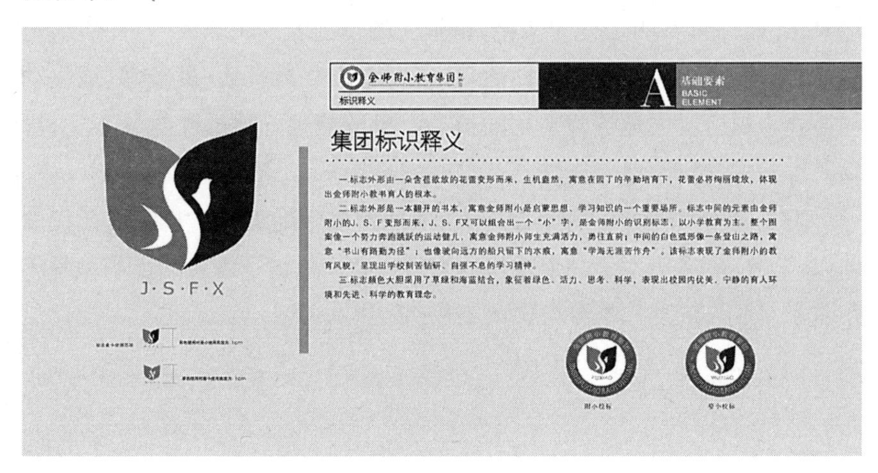

集团标识

校歌、校花、校树及形象大使

我们知道，学校文化是学校全体教职员工共同遵守的价值观念和教育形态的总和。它包括以下内容：一是观念文化，包括思想意识、价值观念、学校精神、办学理念、道德情操、审美情趣、生活信念、校训、校风、学风、教风、发展目标、培养目标、学校传统等。二是制度文化，包括学校的各项规章制度和固定的体制所体现的文化。如学校的章程、条例、规定、办法、公约等，是观念文化在学校管理上的体现。三是物质文化，包括校舍布局、建筑特色、教育教学、生活设施、校园生态环境等，是观念文化的形象化、显性化。四是行为文化，指师生的行为表现出来的一种文化，包括人们日常言行和开展的各种活动，是观念文化最直接、最经常、最生动的体现。观念文化是学校文化的核心。校歌能很好地反映学校文化，可以鼓舞人、激励人、催人奋进。

2007 年金师附小教育集团成立，如何形成新的集团文化？我把校歌创作、学习、歌唱作为了一个重要的内容。我们邀请了著名的金华籍青年作曲家、歌手、校友陈越参与这项工作。

永远的荣光

——金师附小教育集团之歌

作词:徐锦生　陈　越

作曲:陈　越

尖峰山下婺江畔　金星婺女的乐园
百年的时光孕育了一所神圣的殿堂

是你为我打开了窗　是你为我擦亮了眼
是你给了我知识的源泉
给了我灿烂的明天

我要说声谢谢你　我要大声说爱你
我的敬爱的老师亲爱的同学
深深留在我心里

我要说声谢谢你　我要向你敬个礼
我要长成一棵参天大树
尽情地回报你
我要成为让你骄傲的学子
永远的荣光

“尖峰山下婺江畔”,歌词首句点明了金师附小的地理坐标,尖峰山和婺江水是金华人民的父亲山和母亲河,金师附小这座百年名校,就坐落在挺拔的尖峰山和美丽的婺江畔。“金星婺女的乐园”,金华素有“金星婺女争华之地”之说而得名金华,而在金师附小这座美丽校园求学的男生女生,同时也是“勤学、守纪、活泼、健康”的金星婺女的化身。“百年的时光孕育了一所神圣的殿堂”,金师附小自 1916 年 2 月建校至今,已经历近百个春秋,可以说,是金师附小几代人的共同努力,才缔造了这所中国名校如今的辉煌,成为被社会各界所敬重的一座神圣的殿堂。在完成地理坐标和学校历史简介后,笔锋转到学生对学校的深情描述,“是你为我打开了窗,是你为我擦亮了眼,是你给了我知识的源泉,给了我灿烂的明天”。小学的校园是童心的乐园,是人的一生中最重要的知识奠基之地,开启心智,明亮心神,是所有知识的源头所在。只有在小学阶段打好了坚实的基础,才有学子们灿烂的未来。“我要说声谢谢你,我要大声说爱你,我的敬爱的老师亲爱的同学,深深留在我心里”。感恩思想的贯穿,是这首校歌的一个主要创作思路,中国的文化教育史中,报恩感恩的思想随处可见,然而,中国现阶段的学校教育,相对而言,却比较缺乏感恩教育,再加上中国的少年儿童在表达情感上相对含蓄内向,心中有谢意却未必会尽情地说出来,所以,在这首音乐作品中,不仅希望每一个在校的学子要把谢意说出来,而且要大声地把对老师和同学们的爱意表达出来,试想,一个每天都洋溢、回荡着感恩、谢意的歌声的校园,该是多么的和谐和美好!“我要说声谢谢你,我要向你敬个礼,我要长成一棵参天大树尽情地回报你;我要成为让你骄傲的学子,永远的荣光”。在所有附小师生的心中,金师附小无疑是一座闪耀着永远荣光的丰碑。过去,这座名校曾经给国家培育了许许多多的栋梁之材;现在,这座名校以金师附小教育集团的新形象,正在谱写着新的辉煌;未来,所有在金师附小求学的孩子们,也必将会成为这座名校永远的荣光,从而为整个中国的历史续写着永远的荣光。

这首作品由中国国家交响乐团伴奏、中央人民广播电台少儿合唱团演唱,并在中央人民广播电台国家录音棚录制。后来,我们还制作成了VCD,获浙江省广播电视文艺一等奖。

4. 编写校史校本课程

校史是学校文化积累的重要载体和再积累的重要依据,它承载着丰富确凿的史料,其中包括学校发展中形成的共识,学校的发展定位、战略规划、管理体制、学科建设等一系列重要的、可靠的历史依据,蕴含着学校的发展规律和真理,不断启人新知,生成某种“精神”和“理想”。对校史资料进行全面、深入的挖掘和整理，为后人提供一所学校历史沿革的真实记录，即是为学校打下文化复兴的根基。

附小经历近百年的风雨沧桑，经过近百年的精心雕琢，积累了丰富的校史资源。其近百年校史是我校独特的课程资源，是校园文化的精髓。鲜活的历史古迹、优美的自然景致、淳朴的人情与崭新的现代化教育设施，相得益彰，组成了得天独厚的教育资源，这是一部对青少年弘扬和培育民族精神的好教材，是一笔对师生有着巨大穿透力的德育财富。学校把校史教育作为校园文化建设的重要内容抓扎实，抓深入，进一步促进优良校风的形成。而开发校史校本教材是建立校史教育的长效机制。

正是基于以上的一些考虑，我们积极开发相关的课程——校史校本课程。《我自豪，我是附小人》校史校本课程是以学校历史为基础，以培养学生热爱学校、感恩母校，形成认同感为目标的活动型综合课程。

《我自豪，我是附小人》课程设计的思路是：一条主线，点面结合，综合交叉，螺旋上升。“一条主线”即以了解学校历史为主线；“点面结合”的“面”是学校历史各个方面，“点”是学校重大事件和重要人物，在面上选点，组织教学内容；“综合交叉，螺旋上升”指的是某一教学内容所包含的要素是综合的，所涉及的内容也不是单一的，可以交叉；同样的内容在后续阶段可以重复出现，但要求提高，螺旋上升。如对艾青的了解，从了解这个人物到研读他的诗歌，步步深入。

内容的编排上，分“我自豪，我是附小人（低段）”、“走进附小历史（中段）”、“我为母校添光彩（高段）”三大板块。从了解现在学校基本情况、校园文化标识，帮助学生形成归属感，到走进学校历史，从而激发学生自豪感、爱校、感恩母校的感情。

2007年8月，由参与校志编写的王伟文老师执笔起草了《金师附小校史校本课程指导纲要》。之后，根据指导纲要，组织人员编写了《金师附小校史校本教材》①。

---

① 汤丽群、汪妍子、张媛婷、徐丽卿等老师参加编写。

该教材分三部分,共18课时:

低段:我自豪,我是附小人(6课时)

1. 我自豪,我是中国名校的一名学生
2. 画一画我们的雁博士
3. 校长们好
4. 艾青爷爷,我们的骄傲
5. 我们爱听《365夜》故事——怀念著名校友鲁兵爷爷
6. 高清爷爷回母校

中段:走进附小历史(6课时)

1. 模范小学
2. 何校长与抗战中的金师附小
3. 徐(贤华)奶奶,我们为您自豪
4. 吴振东老师,我们来看您了
5. 远方朋友欢迎您
6. 金师附小教育集团成立了

高段:我为母校添光彩(6课时)

1. 我爱这土地
2. 我也要当黄爷爷一样的科学家
3. 我跟蒋爷爷写诗
4. 奥运健儿李杰回母校
5. 寻找身边的校友
6. 我给母校留言

在课程体例上分四个板块:由学校形象大使雁博士引入——介绍学校著名校友、作出较大贡献的学校领导、老师或学校历史上重要事件——实践活动:调查、收集资料——课外延伸。如为了让低段学生了解校友艾青的基本情况就设计了《艾青爷爷,我们的骄傲》这一课。

艾青爷爷，我们的骄傲

雁博士的话：

金师附小历史悠久，人才辈出。艾青爷爷就是最杰出的代表之一。

艾青爷爷，我们的骄傲

艾青（1910—1996），金华畈田蒋人，名正涵，字养源，号海澄，1925 年毕业于金师附小。艾青爷爷从小非常喜爱绘画、诗歌，是中国诗坛泰斗，世界诗坛最伟大的诗人之一。同学们都非常熟悉的诗歌《大堰河——我的保姆》是他的成名作和代表作。他的诗歌朴素、凝练、想象丰富、意象独特、讲究哲理，我们都很爱读。

我跟爷爷学写诗

让老师带领我们一起认真诵读艾青爷爷的诗歌，仔仔细细地体会。

（1）给乌兰诺娃

——看芭蕾舞《小夜曲》后作

像云一样柔软，
像风一样轻，
比月光更明亮，
比夜更宁静——
人体在太空里游行。

不是天上的仙女，
却是人间的女神，
比梦更美，
比幻想更动人——
是劳动创造的结晶。

(2)镜子

仅只是一个平面
却又是深不可测
它最爱真实
决不隐瞒缺点
它忠于寻找它的人
谁都能从它发现自己
或是醉后酡颜
或是鬓如霜雪
有人喜欢它
因为自己美
有人躲避它
因为它直率
甚至会有人
恨不得把它打碎

诗兴大发了吧？你也尝试着写一首吧！

向你推荐

1. 小朋友们，艾青爷爷写过很多很多的诗，有许多收在校本教材《走近艾青——艾青百首诗歌诵读》(低段版)里。到学校图书馆借这本书看看吧，你会爱不释手的。

2. 图书馆还有一本书——《苗圃》，是我校小朋友自己的诗歌作品集。请你看看同龄小朋友是怎样写诗的，相信你一定能超过他们。

考虑到学生的年龄特点，课程内容采取螺旋式上升的编排方式。如校友艾青，我们在低段初步了解的基础上，在高段设计了《我深爱这土地》一课，引导学生鉴赏艾青的诗歌。

运用校史营造优良的育人环境，对激发在校学生的学习热情具有十分重要的作用。校史育人主要是通过历史积淀的校园文化育人，通过校史中真实、生动、感人的人物和事例育人，通过对校史中的大师、优秀人物的"亲近—认同—羡慕—热爱—仿效"等形成培养目标所要求的各种优良品质。

正如四(1)班金欣颖在作文所写的：

今天，我们跟着胡晶菁老师的步伐，走近了徐贤华奶奶的生活。她精湛的教学艺术让我敬佩不已，她的"一切为了孩子"更是让我深受感动，这句话就像烙铁一样印在了我的心上。

让我印象最深的是我校特级教师胡延巨老师的讲述：徐奶奶退休前夕，正遇上金师附小一件大事——拆除破旧的老校舍，新建漂亮的教学大楼。拆到最后，只剩下校门口一副摇摇欲坠的旧屋架。人们经过那里，总是提心吊胆的。不知何故，那一天，拆屋工人都不在。下课时，五六个小朋友在屋架附近玩耍。一阵大风袭来，人们最担心的事发生了，破旧的屋架吱吱呀呀地响着，开始歪斜、倾倒……正玩在兴头上的孩子丝毫没有察觉到大祸临头，眼看惨剧即将发生。说时迟，那时快，正在附近执勤的徐奶奶急速冲上去，把孩子们拉出险区。"轰隆"一声巨响，尘烟弥漫，沙石木屑乱飞，年迈的她来不及躲避，倒在了屋架下……在医院里醒来的徐老师第一句话是："小朋友怎么样？没事吧？"听到这，我的心不禁为之一振，多好的老师啊！

这又让我想起了我们的班主任胡老师，她还很年轻，虽然目前没有耀眼的光环，可是她同样具有和徐奶奶的一颗一切为学生的心。我为有这样优秀的老师而感到自豪！

附小的今天是辉煌的！因为附小有很多像徐奶奶这样的老教师，孜孜不倦，辛勤耕耘！附小的明天更是灿烂的！因为有着越来越多的优秀教师！他们朝气蓬勃，理念先进！徐奶奶，我为您自豪！我为我是附小人骄傲！

通过《校史校本课程》实施，以本校历史为基础建设好校师生精神家园,使办学传统、文化氛围、大师风采、校友事迹鲜活起来,丰富起来,转化为优良的育人环境,并通过潜移默化的方式激发在校师生的工作和学习热情,从而促进学生的发展;也帮助学生了解了学校历史,热爱学校,以自己学校为荣,养成自尊自主、乐观向上,团结同学的态度。通过学习著名校友的事迹,激发了学生为校添彩、为国争光的精神,初步形成认同意识、归属意识和荣誉感。增强了学生对学校的亲切感,尊敬老师,尊重学校工作人员的劳动。

二、制度面前人人平等

"没有规矩,不成方圆",但如果规矩制定了,没有执行,那么再好的规矩也会失去效力,甚至其后果还不如没有规矩。在管理科学和政策科学发展的历程中,人们最初仅仅注重决策的理性,决策效益的最优化,忽视了对执行力的研究与关注,最终形成了"上有政策,下有对策"的制度博弈现象。近三十年的管理实践,使我逐渐明晰了自己的管理思想,那就是通过强化制度执行力,提升管理效度。

(一)我的教育管理之路

我的教育管理之路可以从两个方面阐述,一是显性的职务变迁,一是隐性的思想变迁。从职务的变迁来看,我走的是一条从农村到城市,从薄弱到重点之路;从思想的变迁来看,我经历的是从"人治"到"制度"再到"文化"管理之路。

1. 从农村到城市

1983 年 8 月,组织上任命我为兰溪市登胜乡中心小学校长;1987 年 8 月担任兰溪市永昌区小学教研员;1989 年 4 月公开招聘为兰溪市实验小学校长;2002 年 9 月调入金华师范学校附属小学任校长。我用自己对教育的热情,用一腔真诚的热血,走过一段又一段的人生历程。

2. 从决策到执行

学校的管理工作,除了做好内部校务、教务、总务、教育、教学、科研、师生、环境、公关等硬件、软件的常规管理之外,还需要做好学校与教育部门、媒体、社区、家长等外部各界的公共常规管理。同时,当前学校还承担着很多非本职、非本专业的社会职能,政党基层组织、社会组织及群众组织使学校成为一个“小而全”职能多元的社会。特别是作为一所有规模、有质量、有知名度的学校,所承担的管理压力更大。就内部而言,不仅要保持一如既往的办学优势和教育教学质量,同时还要伴随着时代发展和教育改革的进程,不断创新、提升办学思想,确立办学特色;就外部而言,不仅要承接各级教育部门和同类学校的行政、业务等工作,还要协调好与社会其他部门和团体的关系。面对如此多级、多层的各类复杂事务,学校要保证正常的运行,并取得各方面工作的效益最大化,关键就在于提升管理效能。

管理学认为,组织成效取决于三个方面:管理效能、管理效率和个体的满足感。其中管理效能是指组织预期目标的实现程度。而预期目标的实现程度并不取决于投入产出的比率,而是取决于制度的保障力度和制度的执行力度。那么,一所学校中有了一位有才识、有魄力的校长,一支有能力的管理队伍,一套较为完备的管理制度,是否各方面的工作就能顺利实施,并且在多方面有创新,能取得显著成绩,不断提升整体办学水平了呢? 事实不尽然。我们现在很多学校,不乏优秀的校长、优秀的教师和相对完备的制度体系,但在实际的运行过程中,经常会出现各种各样的小问题,要么各项工作落实不到位,要么效果不明显。虽然在重大工作上不会有明显差错,日常运行也无甚大的差池,但细节可以决定成败,各种小问题足以影响学校内外部的和谐氛围,因为小问题积累到一定程度,就会产生质变,从而破坏整个管理系统。究其根本,在于制度保障有余,执行不力。事实上,这里涉及了这样一个问题,即如何保证学校的各级管理人员和管理系统能充分发挥效用，使得学校的办学思想、近远期规划和各项具体工作能落实到位，不出现人浮于事、职责不到位、互相推诿等管理失位的现象。也就是说，管理者与管理制度只是管理过程中的前提条件，而要取得管理效度，还需要明确管理过程中的核心要素，找到管理的抓手。

从事教育管理工作这么多年来，我一直思考、实践并倾力追求着提升管理效能的有效途径或者说一种核心要素，使得学校的运行呈现顺畅、和谐状态，而不需要管理者花费过大的精力。就目前的情形来说，一个有才识、有气度、有魅力的校长在一定程度上是可以带动一所学校的发展，但从科学的角度来说，这只是一种"人治"的思想，会不可避免地出现各种随意性、盲目性，从而影响学校的可持续发展。因为"人"存在着不确定性，不同的发展阶段，有不同的思维状态，影响着他的行为处事方式。再退一步，假如换了其他人担任这一岗位，学校的管理方式与效度还能继续维持吗？还有一种观点，就是实现学校管理制度化，用制度来推动学校的有序运行。这个观点也涉及两个问题，一是制度本身的科学性、合理性、系统性，二是制度能否落实到位。这两点若不能很好地解决，就会出现制度只是"挂在墙上，贴在桌上，说在口上"等现象。

通过对自身多年管理经验积累、反思和对理论的学习，特别是近年来对执行力理论的学习和研究，我逐步明确了提升管理效能的要素不仅仅是"人"和"制度"，教育管理的核心在于制度的执行力。只有增强"人"和"单位"切实落实各项职责和规划的能力，也就是保证制度执行到位，强化制度执行力，我们的管理才能趋向科学、高效并且"轻松"。

（二）制度执行力是推动学校有序运行的保障

1. 制度执行力概念的解析

制度执行力源自执行和执行力。20 世纪 60 年代以前，政策研究大多偏重于政策制定，研究关注点集中于改善政策制订的方案、优化政策制定的模型等方面。直至 20 世纪 70 年代，随着世界上第一本政策执行研究专著《执行——华盛顿的宏大期望是如何在奥克兰破灭的》①一书的出版，执行问题的研究开始进入人们的视野，并在西方国家掀起了政策执行研究的热潮，开始了执行运动（Implementation Movement）②。但执行问题引起我国学者的关注，是近几年的事情。2003 年，随着以拉里·博西迪和拉姆·查兰所著的《执行——如何完成任务的学问》为代表的国外关于执行及执行力书籍的传入，执行力问题才受到中国诸多企业及企业家的广泛关注。目前，执行力的研究正在成为我国各界研究的热点问题，不仅在企业界研究相当多，而且正从企业界逐渐扩展到其他社会组织及个人，以至于各行各业的组织部门和管理者都在思考和关注执行力。同时，随着研究的逐步深入，“执行力”的概念也出现了分化和扩展，如谢文辉把执行力分为号令执行力、制度执行力、创新执行力三大类别。我国教育管理领域对执行力的研究也刚刚起步，目前已衍生出“组织执行力”、“学校执行力”、“校长执行力”等概念和观点，充实了执行力的概念体系。

所谓制度执行力，即形成制度的规约性，制度的规约性来自两个方面，正式制度的规约和非正式制度的规约，正式制度的规约是由法律法规、政策条例、体制机制构成的，而非正式制度的规约是由非权力影响力、组织氛围和习俗、组织成员的信念与信仰三个维度构成的③。对于学校而言，制度执行力在于在正式制度方面确立学校组织的目标体系，形成学校组织的规范体制，建立近点领导、多方参与的学校组织体系，并由人治向机制逐步转换，形成良性的学校运行机制；于非正式制度方面，在于弱化校长的职位权力，凸显自身的非权力性影响力，也就是人格魅力，形成良好的组织文化，杜绝学校内潜规则事件的发生，让校务在阳光下运行，同时形成团结向上、互助共享的人际关系，并最终树立起教职员工对人民教育事业的忠诚感和职业信仰。

---

① Jeffrey L. Pressman & Aron B. Wildavsky, *Implementation*, University of California Press. Berkeley. 1973.

② 邓旭：“制度规约下的教育政策执行研究”，北京师范大学博士学位论文，2009 年。

③ 同上。

2. **制度执行力的要素**

如前所述,制度执行力的第一要务就是形成具有法理性的规章制度。应该说,现在每个学校的制度都不可谓不“健全”,如我们附小在 90 周年校庆前编著出版的《学校管理手册》,所列学校制度条例就有“工作职责类”、“条理规定类”、“规范守则类”、“公约制度类”、“安全工作规章制度类”五大类,共 119 种,涉及学校管理各个层面和全体师生员工。制度虽多,能否都一一执行到位,就在于制度执行力的高低了。具体而言,提高制度执行力需要具备以下几个要素:

(1)制度的合理性

制度的合理性包括制度内容的合理性、制度程序的科学性两个方面。制度制订得不合理,包括不公平、不流畅、太复杂、太难、漏洞多等,执行者就会对这些制度产生怨言,执行动力就会不足。如果在制度的执行过程中出现问题,执行者就有了不执行或执行不力的理由,从而导致制度执行力的减弱。因此,除了上级部门制定的各项制度外,学校自身在制定制度时,必须依据学校实际,明确执行者的权益与职责,保证制度内容的合理性,让大多数师生员工都能认同。比如,一般工作职责,需要考虑到工作量大小的适宜性;奖惩条例,要考虑到规格与基准的匹配性;权职条例,要考虑到权力与职责的均衡性等等。

如学校的科研制度(条例)一般包括学校的科研机构设置情况,课题的申报、实施研究及总结等环节的秩序和要求,以及对科研成果的评审与奖励等内容。为了使制度内容尽量合理可行,我们在制订时尽可能充分吸收广大教师的意见,使大家对制度产生认同感,觉得制度不再是套在大家头上的“紧箍咒”,而是教师们开展教育科学研究工作的一个指南,是一种激励机制。在《金师附小科研工作条例》中,我们就具体规定了“课题内容及申报程序”,使教师们有章可循。

①课题研究的内容应属于小学、幼儿教育的范畴(管理人员例外),研究的类型可以是理论研究、教育调查、教育实验、科学的经验总结、文献

情报以及应用技术方面的研究。

②课题研究人员是本校教职工，可以聘请学校同意或推荐的专家指导。

③课题负责人一般不同时承担两个以上的课题（成熟一个，推广一个）。

④教科室组织老师做好课题的申报工作，并呈送上级教科所审批立项。工程秩序：选题（查阅文献或初步调查了解）——申报立项——制订计划——组织论证——操作实施（搜集并整理资料，进行分类研究）——总结成果。

又如在经费方面，我们规定：申请课题经费，必须详细制订经费预算，教科室根据课题研究的周期、规模、方法、手段及实施情况（论文发表情况）进行核算，初步提出经费数额，送校领导审批再下拨。课题经费的使用必须遵循自行节约、注重效益、专款专用的原则，严格遵守财务制度。我校条例规定经费使用范围：

①购置课题研究必需的书刊资料；

②调查、测试、文印等费用；

③课题研讨、鉴定等活动的开支及聘请专家的有关费用；

④主要课题成员的考察学习的费用；

⑤研究人员课时补贴及课题研究的经费补贴；

⑥论文奖金开支；

⑦其他与科研有关的零星开支。

从制度制定程序的科学性上看，每项制度的制定、出台都需要通过一定的程序，让制定者、执行者都参与其中。这样，经过科学合理的程序，一可以保证制度内容的合理性，二可以保证执行者对制度的信赖度，从而增强制度的执行力。这里，我们千万不要忽视执行对象，即使是一项与执行者利益关系不大的制度，都不能由校长或几个人说了算。否则，虽然本项制度或因利益性小仍遵照执行，但这样的做法会影响到制度执行者对制度制定者的信赖度，最终影响到执行力文化的营造。一般而言，一项制度的出台，可先由相关部门制定初稿，再交领导班子审核，然后让执行对象表决通过，最后正式颁布。

金师附小在每年的教师代表会上，坚持全体教师集体审议学校重大决策事项。一是审议讨论学校的发展规划，学校的重大建设项目及财务情况。二是对学校的年度计划、年度总结、教学目标、实验课题等，进行认真审议，积极参与实施。三是制订民主评议学校领导干部细则，教师代表会中，每年对校级行政领导都进行评议，使被评议者认识到位，做到评议有理有序，切实有效。四是对涉及教职工切身利益的奖惩条例、师德规范、教师累积分制、工资浮动、职称评定、住房分配、福利待遇等进行审议决策。比如《教职工工作量计算办法》，直接关系到每个教师的切身利益，教师们对此办法讨论就更加激烈。为了真正落实“决策从群众中来，到群众中去，全心全意为人民服务”的目标，我干脆把教师分成几组，自由讨论发表各自意见，然后各组长将小组的修改意见，汇总到学校，学校连夜召开校委会，集体讨论解决教师们的每个修改意见。那一夜，一直到深夜十点半才结束，而次日凌晨，我一早就在办公室，将昨晚讨论的结果整理成文。为了给每位教师一个明确的理解和答复，召开了“校长与教师民主对话会”，就工作量量化问题答全体教师问。对教师关心的问题，一一予以解释……老师们的疑虑解开了，制度的执行力也提高了。

(2)制度的可执行性

制度的可执行性也就是制度的可操作性，能让执行者清晰地知道应该怎么做。对于执行者来说，要执行某项制度，当然得明白制度要求怎么做。我们现在很多制度，除了奖惩类的比较清晰外，大多是描述性的，只是有个大概的约定。当然，也不是说每项制度都要规定得非常细致，一举一动都得照章办事，这一不可能，二没有必要，更主要的会约束执行者工作的空间和开拓性。我所要说的是，一方面，我们在制定制度时要尽量想得周全些，防止概念模糊，让执行者感到模棱两可，无从下手，影响了制度的执行力；另一方面，我们可对某些制度进行附加说明。比如《金师附小教育集团教职工考核细则》，为了做到其可执行性，公平合理，我们先后召开两次教师代表会，十余次会议讨论后才予以通过。

(3)制度的延续性

很多领导到了一个新的单位，往往会对单位原先的一些做法或制度进行改动。当然，这不排除这些领导是为了进一步健全工作机制。但是，如果是一个已经有比较深厚的文化积淀和相对稳定的行事方式的单位，原本的运行就很顺畅，作为管理者就不能基于自己思想和行事方式，或为了确立自己的权威，而轻易地改动或制止原先的某些做法。因为破坏了原有制度的延续性，不仅会打乱单位的工作方式和工作节奏，而且也会影响执行者的情绪和想法，从而影响到新制度的执行力。面对这种情况，新的管理者需要很好地融合到单位的管理文化中，即使有很好的想法，也要在融合之后再做定夺。

(4)对制度的学习

根据工作性质和内容的不同，制度的重要性和内容也都不同。对于比较重要的或内容比较复杂的制度，执行者并不是每个人都能一下子清晰明了，因此，要做好关于制度的重要性、制定意图或具体做法的解说辅导工作。否则，对于某项制度未培训学习就直接实施，执行者不知道如何做，再收回执行进行学习或减轻执行，都会对后期工作留下阴影。每年我校都有一批新教师加入，为了让他们尽快融入到新集体，一般在暑期我们就安排专门的时间组织他们学习学校制度，做好关于制度的重要性、制定意图或具体做法的解说辅导工作。

(5)制度执行的及时评估与反馈

管理学家西蒙认为“管理就是决策”，事实上，他强调的是决策的全过程性，强调决策的执行与决策的评估及反馈。作为决策产物的规章制度并不是一纸公文下发后就能顺利地执行，很多时候或会因为制度内容的合理性、执行者对制度的不够熟悉等原因而导致执行中断或不能很好地完成制度所规定的工作要求。所以，在每项新制度实施的开始阶段，需要制度制定者或相关人员做好对制度执行情况的监察工作。一旦发现制度执行不力时，就要查明原因，并根据不同的情况做好相应的完善工作。

如果是制度本身的原因，可以先中断执行，对制度进行修订；如果是执行者不能很好地理解制度内容及具体操作，可以进行学习辅导；如果是执行者因不正当理由不执行，就要依据相应考核办法进行处理。

安全是学校重要工作，根据《浙江省中小学安全工作暂行规定（试行）》及上级有关部门对安全、综治、创安工作的文件精神，为了加强学校安全教育工作，落实“安全第一、预防为主”方针，进一步做好学校安全教育工作责任制，切实保障广大师生安全和学校财产不受损失，维护正常的教育教学秩序，根据上级部门的要求，先后制定了《学校安全工作规章制度》、《学生安全责任承诺书》、《意外事故处理预案》、《学生寝室失火的处置方案》、《在校学生伤害事故的处理》、《实验室突发事件的处置》、《学生外出请假制度》、《师生离校外出活动报批制度和安全事故报告制度》等。为了对执行情况进行有效的监察，学校与各科室、年级组、班级签订安全教育工作管理责任目标，学期结束时对各部门工作进行考核。

很多制度经常会因为没有相应的考核体系或者考核力度不够，使得执行者遵守和不遵守制度没有相应的奖惩，或奖惩不及时、不到位，长期下去，执行者也就丧失了遵守制度的积极性，最终导致制度执行力的下降。一个好的考核体系，应该包括明确的考核部门、考核标准以及奖惩标准。同时，必须坚决地做到奖惩的及时和不打折扣，以维护考核制度的权威性，激励执行者遵守各项制度的信心。其实这也是对制度中的核心制度——考核制度执行力的一种表现。

（6）领导对制度执行的表率性

如前所述，制度规约的核心在于其非正式制度的形成，而非正式制度的第一要素就是领导的非权力影响力。学校管理学认为，校长对教师的影响力主要由权势影响力和非权势影响力两个方面构成。校长的权势影响力往往使教师口服心不服，而校长的非权势影响力则使教师口服心服。所以，校长作为学校中最主要的领导，在制度执行方面必须身体力行，积极发挥“引领”和“指导”的作用。这样上行下效，不仅有利于增强全体人员对制度的执行力，也有利于单位执行力文化的营造。

（7）执行力文化的构建

非正式制度规约第二构成要素是组织文化、人际关系的建设及对潜规则的消除。执行力文化是学校文化的重要组成部分，构建浓厚的执行力文化必将促进制度执行力的提升，从而提高管理效益。文化的构建是一个循序渐进的过程，需要在一定条件下，全体人员的共同努力。就学校执行力文化的构建而言，第一要营造和谐的氛围，学校各类人员都能彼此信任、平等、开放地沟通；第二要建立学校全体教职工的共同愿景，让每个人都明确学校的发展方向，为共同的目标而努力；第三要构建执行力组织，培养团队意识与合作精神，执行不只是一个人或几个人的事，更多时候需要一定的组织协力合作，共同完成任务；第四要建立完善的考核体系，把工作绩效与奖惩相结合，从而激发教职员工的积极性。

3. 制度执行力的原则及保障

首先，通过既定程序产生的制度，必须坚决按照相应流程执行。每个人都有自身的价值观，因此任何一项制度都不可能完全顾及每个人的利益，总会有个别教师从自己的“私利心”出发对制度提出异议。但是，通过既定程序产生的制度已经符合绝大多数人的利益，就应当成为学校的“内部条法”，任何人必须遵守，在执行时不得以任何理由提出异议。如果有个别人因不合理、不正当的理由执行不力，妨碍了工作的顺利开展，就必须按相应的考核规定作出处理。

其次，在执行过程中发现无章可依时，必须坚持先做事情后汇报。很多工作整个流程比较复杂，同时也会伴随不可控因素的出现，而制度是预先制定的，工作是后续开展的，所以制度不可能在事先把整个过程都设计清楚。但是，执行者在工作过程中如果遇到新情况，无章可依时，大家首先应对该事情进行解决，而不能停止工作。同时，在解决问题的过程中把情况反映上去，由相关部门对该事情进行分析，如果是以后还可能发生的事情，就组织相关人员将该事情制度化；如果是一次性的事情，则可以按特例处理。

再次，制度执行力必须坚持以结果为导向。虽然制度执行力多为一种过程，但是对于学校工作来说，是只相信功劳而不相信苦劳的，执行者不能因为在工作中付出过努力，就可以推脱不能完成既定任务的责任。因此，制度执行力是以结果为导向的，根据执行力结果的不同给出相应的奖励或处罚。执行者对任务负有全责，同样也对任务的结果负有全责。

如何保障制度的执行呢？首先，领导是管理者，同时也是执行者的风向标。不可否认，我们现行的人事体制中，领导的作用是举足轻重的。而且，我认为，学校事情无小事。制定的制度就要认真执行。

有一次，我身体有些不适，在校园里走的时候，无意中往花坛里吐了一口痰。这一幕刚好被诸葛璀雪同学看到，她马上向我指出这个行为是不对的。

2009 年的开学典礼上，我向全体师生道歉，并把诸葛璀雪请上了主席台，表扬了她。

因此，领导的执行意识如何，在执行过程中能否身体力行，并保持一贯的执行作风，会影响到整个单位的执行状况。执行意识包括制度意识、制度面前一律平等的意识和宣传意识。作为校长，一方面要十分明确自己的权力与职责，严格按照相关条例行使校长的职权，同时不能搞特权，应当与普通教师一起遵守各项规章制度；另一方面，要在学校中倡导执行的风尚，不断在各种场合作宣传，并对下属进行督促，引导他们加强制度执行力。校长的率先垂范，必将能够增强学校的凝聚力和制度执行力；其次，奖惩机制是保障制度执行力的核心，奖惩是否公开公正，是否及时到位，必将影响执行者的情绪和态度，从而减弱制度的权威性，导致制度执行力的下降。在公开公正方面，必须要提防“面子文化”，也就是所谓“生人文化”和“熟人文化”的侵袭。我们知道，同样一个奖惩措施，对“生人”会坚决按照规定执行，但对于“熟人”就不尽然。特别在惩处时，很多时候，我们会因为“私交不错”而减轻处罚或不处罚，这样会极大削弱制度的权威性，产生负面影响。在及时到位方面，无特殊情况，务必坚决按时按量履行。我们不要认为有些所谓无关轻重的奖惩，因为其他重要事情拖延一下没关系，事实上至少也会影响当事人的情绪。如果不断积累，形成习惯，会扩展到相应制度的执行，最终导致制度执行力的下降。

三、领跑者要带头“跑”

现代社会发展有三驾马车:一是科学,二是技术,三是管理。一个组织仅有科学和技术,没有良好的管理,那么也是徒劳的,也会因内耗不断而使组织生命周期缩短,最终走向衰亡。教育管理与其他管理最大的区别是其系统的弹性和人本性,也就是说,世上没有任何一个系统会像教育系统这样充斥着价值理性。教育系统完全是一个“人—人—人”的系统,单纯的工具理性只能导致教育的科层化,不但不能提高管理绩效,反而会因组织成员积极性的下降,而导致教育失去其生命色彩。

作为一名基层的教育管理者,我也一直在思索、探究,以期根据自身的学习和实践经验,与先进的管理理论相融合,找寻到有效的管理抓手,最终提升学校的管理效能,为把学校真正办成一所学校,而不是学堂,更不是教堂而努力。在现代管理意义上,管理学大师彼德·德鲁克曾经将管理者的概念加以扩充,指出管理者不再是单纯由职务和职责所决定的,也不再是由管辖下属的多少来衡量的,管理者还包括那些知识工作者、专业技术人员及对组织决策具有整体责任性的人。他明确指出:“关于体力工作者,我们已有一套完整的衡量方法和制度,从工程设计到质量控制,但是这种衡量方法和制度,并不能适用于知识工作。”“我们无法对知识工作者进行严密和细致的督导,我们只能协助他们。知识工作者本人必须自己管理自己,自觉地完成任务,自觉作出贡献,自觉地追求工作效益”。[①]《纽约客》杂志曾刊载一幅漫画。画中一间办公室玻璃门上写着“……总经理”。办公室内墙壁上只有一块单字标语:“思考”。画中的经理大人,双脚高搁在办公桌上,面孔朝天,正向着天花板吐烟圈。门外刚好有两位年长的人走过,一人问另一人说:“天知道斯密斯是不是在思考

---

① [美]德鲁克著:《卓有成效的管理者》,机械工业出版社2008年版,第3页。

我们的肥皂问题(这是肥皂公司)!”[1]的确,谁也不知道一位知识工作者在想些什么。然而,思考却正是他的本分,他既然是在思考,他就是在工作。知识工作者的工作动力,取决于他是否具有有效性,及他在工作中是否能有所成就。知识工作者生产的是知识、创意和信息。而我们的老师更多是一个知识工作者,对他太多的制度约束,并不能激发他的创造热情。

只有在平等、轻松、民主的氛围中,智慧的火花才会相互碰撞、激活,因而,管理者必须要完善自己,民主管理,发挥最大的制度执行力。

陶行知先生说:“做一个学校校长,谈何容易!说得小些,他关系千百人的学业前途;说得大些,他关系国家与学术之兴衰。”为此,他提出“国家把整个的学校交给你,要你用整个的心去做整个的校长。”

(一)当校长要学会“做人”

当校长首先要以身作则、率先垂范;要宽以待人;要敢于让老师超越自己;要有人格魅力:做事公开、公平、公正;心中装着老师:没有学生就没有老师,没有老师就没有校长;要有批评与自我批评的意识;学会自律、学会自护……

为了事业,我不能顾及个人的名和利,任何决策总要设身处地为他人着想。当教师做错事时,对他们批评能把握好分寸,晓之以理,动之以情;当老师与家长之间有矛盾时,老师错了,我就带着老师上门诚恳地向家长道歉;家长错了,我就据理力争,保护好老师;个别家长不讲道理,我就向家长宣传相关法律,用法律的手段维护好教师的合法权益。我充分发扬民主,对大事及敏感性较强的问题,总是召开校委会讨论,或听取副职和有关下属的意见,做到事前通气;我一直保持与教师谈心交心的习惯,和教师谈人生,谈工作;我关心教师生活于细微处;生病了,我去看望慰问;到生日了,我捎上礼品去祝贺;遇到困难挫折了,又及时送去鼓励的话语;

---

① [美]德鲁克著:《卓有成效的管理者》,机械工业出版社2008年版,第4页。

过年过节，我不忘向教师寄上一张贺年卡、发送一条祝福短信……教师们说：徐校长真正做到家了。教师信任、喜欢我，有什么话都愿意与我谈，与我形成了融洽的关系。

（二）当校长要学会学习

人类已经步入了终身学习时代，学会学习就意味着学会生存，教育工作者不断地学习意义尤为重要，而作为教育工作者领路人的校长，学习的价值更不言而喻。这种学习有助于我们用更广阔的视野来思考和实践新课程，用更为厚实的文化底蕴来支撑教育教学，用更完善的人格魅力去熏陶和感染下一代。

我平时通过读书、看报、上网等途径，一方面注重学习党的路线方针政策，树立正确的教育思想，为学生的可持续发展负责；另一方面学习有关教育法律法规，增强法规法律意识；注重学习新课程理念，不断更新自己的教育观念。自 1982 年中师毕业后我一直坚持学习，1992 年大专毕业，1997 年本科毕业，1999 年硕士研究生主干课程结业，2008 年获得硕士学位。学历的提升只是一个学习经历的体现，学习的内涵则在于智慧的提升，这种提升来源于自身不断的思考，对于自我心智模式的不断改善，它才是个体成长与进步的永动机。

（三）当校长要学会合作、沟通

管理学上对于领导有三类划分，三等的领导是用自己，用自己的劳动来完成组织的工作，严格意义讲，这样的领导只能称做“明星式的员工”，他们眉毛胡子一把抓，事必躬亲，经常扮演“救火队长”的角色；二等的领导是用别人，用别人的工作来实现自己的旨意（组织的宗旨），这样的领导事实上是个管理者，他们能够协调人与人的关系，具有分身之术，但他们还不能使组织可持续的发展，如果领导不在场时，可能管理就会出现“短路”或“断路”现象；一等的领导是用组织，用团队，锤炼一支队伍去打天下,这样的领导才是卓越的领导者。①

一个好校长就是一所好学校,而好校长的现代标准就是成为一等的领导者,带领追随者和自己一起创造学校组织的辉煌。这样的领导者有愿景、有方向、有理念、有文化、求合作、重沟通和协调。拿破仑·希尔把这种合作称为"团队努力"。面对新课程改革的逐步推进,面对鲜活灵动的教育对象,要求我们从教者要学会合作,合作双赢。校长需要学会合作,学会与兄弟单位合作;学会同教师群体合作,特别是要善于与自己有意见的或在工作上有过分歧的老师合作;学会与家长合作,共育栋梁。要有科学、民主、服务意识;大事讲原则,小事讲风格。

随着信息时代的到来,网络使我们的联系更为便捷了。为了更好地与人沟通、合作,我加入许多 QQ 群,被称为九个 QQ 群的"在线群长"。

徐锦生早在1995 年就尝试使用电脑。现在电脑已经成了他的"第二夫人":出差时带着,吃饭时带着,可以说是形影不离。记者在徐锦生的电脑里发现了九个 QQ 群,分别是:家长委员会 QQ 群、市教育科研 QQ 群、"徐特与我们"特级教师师徒 QQ 群、婺城区小学校长 QQ 群、全国小教专业委员会浙江研究基地 QQ 群、学校继续教育 QQ 群、浙江师范大学中澳硕士研究生班同学 QQ 群、婺城小学 QQ 群、学校信息组 QQ 群——徐锦生由此被人称做九个 QQ 群的"在线群长"。

徐锦生每天总是雷打不动地提早半个小时上班,第一件事就是浏览 QQ 群留言,并进行回复和交流。在"徐特与我们"特级教师师徒 QQ 群里,徐锦生有 11 名来自各县市区的徒弟,会向他请教各种各样的教育教学问题,徐锦生总是不厌其烦地予以解答。"现在老师们汇报工作,信息交流,基本上是通过网络来完成的,我在国外也可以现场办公。2008 年 10 月我随浙江省华文教育示范教学团考察瑞典、挪威、意大利三国,学校

---

① 引自张天雪教授为浙江省领雁工程校长班作的学术报告《让学校更加民主和有效》。

的工作一点也没落下。”已成为“电脑通”的徐锦生感慨地说。①

（四）当校长要学会做事

学会做事，要求校长要有责任意识、科研意识、经营发展意识等。

“人类道德的基点是爱心与责任感”，一个校长不但是爱的集大成者，更应是学校责任的担当者。一个优秀的校长要有强烈的事业心、责任心和使命感。校长还应成为教师的导师，为此，一校之长要有强烈的科研意识，经常与教师交流工作，交流你对教育教学的理解，交流你的不足和反思，这样才能得到教师的尊重。校长是什么？校长就是教师中的“头”。校长还要有积极的发展意识。我主张适度超前，在有偿还能力的前提下，适度负债经营，让学校形成良性循环。

我还清楚地记得，1989 年 4 月，兰溪市人民政府、教育委员会公开招聘实验小学校长，经过角逐，我有幸成为兰溪市实验小学第一任校长。离开学只有三天时间了，17 名招聘来的教师也陆续到了，而实验小学的现状呢？硬件奇缺别说了，厕所还未建成，食堂有待于清理，教室里一塌糊涂，六个教室的课桌凳还挤压在一楼房间，走廊上到处是七零八落的杂物，道路上很多碎石泥块，操场也坎坷不平。第二天清晨，我带领教师一起上阵，直到深夜才清理干净。可到了报到那天，下午三时只来了一半学生。我马上召开教师会，用沙哑的嗓音说道：“我们服务的对象是学生，但学生未到齐。现在以班为单位，相互帮助，学一学毛泽东同志的所说的‘愚公移山’的精神，一次不行，二次不行，三次，四次，去动员，总会感动上帝的。我们的上帝是家长，你们可以大胆、明确、自信地去告诉家长，请他们放心，教学质量决不会差于城关其他几所小学。我们应该把实验学校的优势讲透。老师们，请记牢解决问题的办法总比困难多。我相信大家！”于是，学校老师头顶烈日，四处奔波，敲开一家又一家的门，许多家

① 吴重生、方令航：“实践‘教育思想的领导’”，载《教育信息报》2010 年 3 月 13 日《教师周刊》第 4 版。

长对实验小学心存疑虑:“拿我的孩子搞实验?还是算了吧!”更有甚者,连门都不让进。有的教师受不了,就跑到校长室在我面前直抹眼泪。但功夫不负有心人,我们还是如期开学了。正是靠着这股精神,我与师生们一道使实验小学在短短几年里,从最初的170名学生发展到拥有1700多名学生、近30个班级的学校,成了兰溪市初等教育标准化、规范化建设窗口。

四、善于“借脑”的管理艺术

管理的要义在于协调,这协调就是对资源的协调。资源中有两大资源是最难协调的,即人的资源和信息资源,而这往往决定着管理的成败。如何利用他人来完成组织目标,这是管理的本质之一,而如何借助信息来实现管理绩效的最大化也是现代管理所追求的。上述两点阐述的都是一个问题,善于借外力来发展自身。“登高而招,臂非加长也,而见者远。顺风而呼,声非加疾也,而闻者彰。假舆马者,非利足也,而致千里。假舟楫者,非能水也,而绝江河。君子生非异也,善假于物也”,一个人有无智慧,往往体现在做事的方法上。山外有山,人外有人。自然,借助别人的智慧助己成功,也是一种成事之道。

要想借助别人的智慧,就不要嫉妒别人的长处,要善于发现别人的长处,并能够为自己所用。如能诱导别人为自己做事,与合作者之间能够建立良好的信誉,也能成就自己的事业。善于借助别人的智慧,就是一大智慧。真正高明的人,就是能够借助别人的智慧,让自己成为一个不受蒙蔽的人。在现代社会中,借势也是一种高智慧的谋略。借助势力进行斗争,可以以少胜多、以弱胜强、以小搏大;借助势力解决自身危机,是一种获得优势或转危为安、转弱为强的策略。总之,生活中需要借势的情况很多,所以我们说,借势是不可缺少的成功谋略。不过,尽管“势”人人都可以借用,但是,如果借势不得法,小之借不来势,大则“引狼入室”。因为凡是有能力把“势”借给你用的人,往往要比你的“势”要强。否则你就不必向他借“势”。如果对方是个贪心之徒,在你借用他的“势”之后,往往就非常危险了。因此,如何借势是十分关键的。如果你觉得有必要培养某种你欠缺的才能,不妨主动去找具备这种特长的人,请他参与你的事业计划,吸引这些优秀的人才为自己所用,让他成为你的朋友,你的伙伴,你的顾问,你的事业就会如日中天,更上一层楼。能够发现自己和别人的才能,并能为自己所用,就等于找到了成功的支点。聪明的人善于从别人的身上汲取智慧的营养补充自己,有时候,从别人那里借用智慧,比从别人那里获得金钱还要重要。

要想借助别人的智慧,就要学会用心去倾听每个人对你的构想、计划的看法,这是一种美德,是一种虚怀若谷的表现。也许,别人的意见你不见得各个都赞同,但有些看法和心得,一定是你不曾想过、考虑过的,借用过来就是财富。打出一张“借”字牌,从别人那里获得资源,获得力量,获得智慧,不管你是明借暗借,正借反借,借势就有机会成事。管理学家普拉哈拉德说:“所有的企业都应从全球多个企业甚至竞争者那里获取资源,以形成一个全球化的系统。因为没有一家企业的经营范围和规模,足以达到满足任何一位消费者在任一时刻的体验。”①同样道理,所有的学校也应从全球多个学校和其他领域甚至从竞争者那里获取资源,以形成一个广泛的资源系统。因为没有一所学校的内部资源,足以达到满足任何一个学习者任一时刻的需求。

借船出海,借鸡生蛋,懂得借助才能梦想成真。要善于借助一切可以借助的思想、能力、经验、智慧、资金、人才等一切可借助的东西。借助是一种智慧,真正高明的领导者,往往善于捕捉时机借助一切可以调动的力量,实现理想的目标。

---

① 引自陶西平会长为中国教育学会小学教育专业委员会第四次年会所作的学术报告《挑战教育的智慧》(2009 年 11 月 28 日)。

(一)借脑就是尊重老师,倾听真实的声音

一所学校建立规章制度,用一定的纪律和制度来规范全体教师的行为以保证教育教学活动的顺利开展,这是必要的。但更重要的还要理解、尊重、关心教师,科学地调动教师积极性,追加感情投资,使教师在工作中实现自我价值,在心情舒畅中提高自身素质。

要做到理解尊重教师,必须学会"角色置换"。特别是在教师切身利益问题上,我总是设身处地,站在教师的位置思考问题。只要不影响本职工作,就允许老师适度地发点"牢骚"。让教师把心中的不痛快发泄出来,这样既有利于沟通,也有利于工作,更有利于教师的身心健康。我们分析教师时要想着他们的优点,想他们的长处,这样也避免了偏听偏信,就是对于"后进"的教师,我们也看到他们工作中的一些长处,想方设法激励他们奋进。对于反对过自己并被实践证明反对错了的老师,更应寻找他们的"闪光点",使他们消除自卑感,增强内驱力。如一位青年教师,分房时因为楼层问题,对我有意见,到校长室与我理论。经过解释,他慢慢地消了气。后来,这位教师因为业务能力强,还被提拔为中层干部,学校还推荐他当了教研员。理解、尊重教师就要做到宽宏大量。1999 年 5 月《人民教育》刊登了记者采访我校报道《滋兰养蕙写春光》一文,其中写道:"我们校长,是个宽宏大量的人,我们这些年轻人,火气上来了,就到他办公室里冲着他喊,他从不计较,说得对的,他就会接受建议;有的教师是为了个人利益跟他吵,只要他认为合情理,就会想办法去帮着解决;有的意见不对,他也不当面说,而是等对方静下心来时,再心平气和地去帮助分析。"

理解尊重教师就要承认教师的原有基础不一样,每个人的发展总是不平衡的,总存在相对的先进与落后,因此,我对教师提要求、作评价不是笼统地比高低,而是尽可能看到每个老师在原有基础上的提高,这样就会客观地评价每位老师付出的劳动。"人非圣贤,孰能无过",对教师工作中出现的偶然失误,不管后果如何,我都首先承担责任。万一遇到偶发事

件或家长有些反映，家长不理解时，我都挺身而出，虚心听取家长反映或批评，确实属于老师过失的，我就代教师向家长接受批评，以避免家长与教师直接冲突。有一位音乐教师上课时用绳子捆在学生的肚子上，然后拎了几下。学生回家后，妈妈给他洗澡时发现了此事。第二天孩子的父亲怒气冲冲地来到学校，在大门口他见到了我，向我讲了事情的来龙去脉，要求见到这位老师，并扬言要打这位老师。我当即向他表态：一是留一点时间让我了解一下事情的经过；二是如果确有其事，我要对这位老师进行严肃的批评；三是老师有过错，校长有责任，是校长的思想工作没有到位。另外教师在执行规章制度过程中，偶然有点失误，我往往点到为止，不深究到底。当然如体罚学生、无故旷课等现象，就不在“宽容”之列了。

要关心教师就要做到“知人之难”。在兰溪实验小学时，招聘的许多乡下教师没有住房，而工作又是那么辛苦，为此，我东奔西走，找门道求人情，借资建造教师宿舍，终于解决了教师住房问题。教师的家属下岗了，我也常挂在心里，跑部门、找领导，积极为其排忧解难；教师家里的老人病了，我及时登门慰问，带去问候，祝他们早日恢复健康，并给予物质上的资助。

1997年的4月，才工作了半年的小伍老师的父亲，身患癌症，一家人都沉浸在痛苦之中。我得知消息后，就带领学校副校长和工会主席一行人直奔小伍家。到了他家，我们顾不上喝茶，就来到小伍父亲的病榻前，轻声安慰他。小伍父亲连声说：“谢谢，谢谢……”

“这是我们应该做的。小伍爸爸，你安心养病，不要东想西想，小伍在学校表现很好，你放心……”我凑到他父亲跟前说道。

“……全托付给你们了……”

“……我们学校就是一个大家庭，一家有难，八方支援，我们会对小伍好好培养的。我们对待每位老师，就像对待兄弟姐妹一样，请你一定放心。”

“……真是太感谢你们了……小伍遇上这样的好领导，真是他前辈修来的福啊！……”说着说着，小伍的父亲，已经泣不成声，深陷的双眼里注满了泪花……

由于病情严重，不久小伍父亲带着几分宽慰去世了。学校根据小伍家的特殊情况，帮助安排了小伍的母亲到学校食堂工作。小伍也很快地从丧父的痛苦中走了出来，工作更出色了。在一次中层干部竞聘中，由于他出色的表现，当上了办公室的副主任。

（二）借脑就是民主处事，集聚团队的智慧

校长在管理过程中自然而然处于发号施令的位置，孔子曰：“其身正，不令而行；其身不正，虽令不从。”校长只有真诚待人、公平处事，才能使人感到诚实可信、有安全感；只有廉洁进取、心底无私，才能勇于开拓，不断创新。

一个人格高尚、正直无私的校长，教职工对其会有深厚的感情，心悦诚服地接受其影响，心情愉快地工作。反之，试想一下：一个唯利是图的校长在主席台上道貌岸然地大谈要提高师德修养、要廉洁从教会是怎样的效果呢？除了让教职工感到反感、生厌，甚至恶心之外还会有什么呢？一个自私自利的校长，很容易使教职工产生以点概面的晕轮效应，连其他优点也一齐被彻底否定掉。这样，一方面会使教职工感到抑郁，情绪低落，另一方面会造成工作上的不配合，影响学校工作的正常开展。

心底无私天地宽。只有这样，我们才可能做到处事民主。我觉得如果失去民主，就像失去耳目一样。作为校长如何做到处事民主呢？我的主要做法是抓教职工大会的建设。

我把教师代表大会列为重要的议事日程，定期研究教代会的有关工作，强化领导，把握方向。以工会为阵地，带领全体教职工，主动积极地参与学校的各项工作。如坚持开展“我为学校献一计”活动，动员广大教职工为学校改革和发展献计献策。许多群众提出的优秀提案、合理化建议成为学校的工作内容与政策。

在每年的教代会上，坚持全体教师集体审议学校重大决策事项。一

是审议讨论学校的发展规划，学校的重大建设项目及财务情况。二是对学校的年度计划、年度总结，教学目标、实验课题等，进行认真审议，而且积极参与实施。三是制定民主评议学校领导干部细则，教代会中，每年都对校级行政领导进行评议，使被评议者认识到位，做到评议有理有序，切实有效。在评议前，每位行政领导把自己置身于广大教职工之中，实事求是、开诚布公地向全体教职工汇报自己的工作业绩及今后努力的方向；评议时，广大教职工遵循实事求是的原则，对被评议的领导作客观、全面、公正的评价；评议后，评议小组将评议意见和测评结果进行综合评价，整理成书面材料反馈给被评议者本人，并上报上级主管部门。通过民主评议干部，增强了学校领导干部勤政廉洁、严于律己的意识，有利于强化民主监督力度，有利于提高学校民主决策和科学决策的水平，有利于密切党群、干群关系，有利于调动干部和教职工的积极性。四是对涉及教职工切身利益的奖惩条例等进行审议决策。学校一系列的规章制度，装订成册——《岗位规范汇编》。在实际工作中，以此为标准，对广大教职工进行考核，并将考核结果公布于校务公开栏中，接受大家的监督。

任何一个决策者，即使是非常高明的决策者，在决策过程中也不可能事事都想得很周到。“智者千虑，必有一失；愚者千虑，必有一得”。学校各年级、各部门发展不一，新情况新问题层出不穷，这就大大增加了决策工作的复杂性和困难性。稍有不慎，就会失之毫厘，差之千里，造成难以挽回的失误。在这种情况下，我认识到，要作出正确的决策，校长不仅要依靠本人在长期实践中积累的智慧和经验，而且要依靠其他各个部门，社会各界的决策帮助，依靠那些知识和信息以及实践反馈信息的综合体。就要善于利用这些“外脑”，发挥决策辅助机构的作用。

学校开展的各项工作一直坚持“民主、公开、公平、公正”的原则，学校的一切重大问题都经校务委员会商定，并做好监督工作。一年一度的财务稽核从不间断，学校设有专门的财务稽核领导小组，并将稽核的结果向全体教职工公布，这样不仅有利于学校财政得到合理使用，而且强化了学校财政使用监督。学校在基建工作、硬件设施建设中，采用投标方式选择施工单位，工程决策时，具体经办人员对基建中所用的材料调查核价，进行审核，然后上报审计部门审计结算。对学校大宗物件的购置，同样采用公开招标的办法。如多媒体教室的配备，就通过公开招标的方式进行。学校还采用民主集中、开放办学的管理模式，成立了家长委员会，让家长委员会参与学校的管理，充分发挥"外脑"的作用，集思广益，广纳群谏。

在中层干部的选拔中，也做到"公开、公正、公平"，不是校长一人说了算。如办公室主任与副主任的选拔，个人先自愿报名，给每位教师一个机会，然后通过命题作文，限时写作，择优录用，再通过校务委员会讨论，对他们的政治思想、工作态度、工作表现诸方面进行考核，最后上报教体委备案同意。通过如此层层选拔和严格考核才定下来。

在这种民主管理中，下属教职工可以设定自己的工作目标和成就目标，以及实现这些目标的途径和方法，极大地调动了教职工的积极性和创造性。在实际工作中，我做到"疑人不用、用人不疑"，放手让各个部门主动地开展工作。学校的各项工作开展得生动活泼，而又秩序井然。

在实行市场经济多年的中国，平均发钱发物失去了推动工作的意义。多劳多得、奖优罚劣已逐步成为国民的共识。所以，在发挥经济"杠杆"作用的过程中，一定要打造一把真正能量出"多"与"少"、"优"与"劣"的好"尺"，即建立公正、合理、完整的评价体系。公正是对教育工作进行评价的首要原则，评价要以实事求是的态度，恰当把握评价依据，合理制定评价标准，科学运用评价方法，力争使评价全面、客观、公正，使教育评价能准确完整地反映每一位教职工的职业道德、工作态度、工作能力及工作实绩。只有创设了公平的竞争环境，才能使评价发挥其应有的积极作用。

另外，在奖罚的操作过程中要注意几个问题。一是应发的奖项要及时兑现，发奖时还要大张旗鼓营造气氛，因为这样是对获奖者的再一次加温，也是对其他员工的一次鞭策，不能拖到种种心理效应"失效"之后再去发奖。二是对被罚者要处罚与做思想工作同步进行，因为处罚只是手段，不是目的。教师群体中往往会有少数经济有特殊困难的教职工，他们有的因为家庭的特殊困难，有的是不幸遇上了什么天灾人祸，一时经济十分拮据。学校领导者要及时了解情况，主动给予力所能及的帮助，让其感受到组织的温暖，也必定会激发其工作的热情。

(三)借脑就是和谐办学,汇集社会力量

在今天这个时代,校长的社会角色往往很多,要扮演不同的角色:既是教育家,又是社会活动家,要考虑学校发展所必需的经费。作为校长,如何用好“经济杠杆”来提高教师工作效率是非常值得我们研究的课题。

除了思想政治工作与精神鼓励外,学校领导把提高教职工经济报酬作为促进工作积极性的一种重要手段是符合当前我国学校广大教师的优势需要的,我们应当重视教师这一优势需要,建立科学、合理、切实可行的奖罚制度,提高经济待遇,尽可能地发挥“经济杠杆”的作用。让教职工在享受奖金的过程中,既感到是物质回报,更觉得是精神满足。教育社会学研究认为:学校对教师来讲是功利性组织,教师都是活生生的人,是靠劳动所得生存的社会个体。教师在学校工作,不仅仅是为了教育儿童,奉献社会,而且是为获取一定的经济收入,满足自身的各种生活需要。所以我们不能总是自欺欺人地把教师看成“燃烧自己、照亮别人的蜡烛”,是完完全全的“社会奉献者”。上海建平中学校长冯恩洪非常直率地说:“针对教师工作的特点,我们注意帮助教师两方面富裕起来,既要富裕脑袋,也要富裕口袋。”

数年前,有人对中小学教师就当前职业心态进行的一项调查中发现:追求改善物质生活的教师占大多数。在回答“就当前的教师待遇你是怎样工作?”时,近半数的教师认为是“一边发牢骚,一边认真工作”。从中可以看出大多数中小学教师对自己的经济待遇不满意,当然近几年中小学教师的工资待遇有了较大幅度的提高,但大环境也发生了深刻变化,其生活仍处于中下水平,远远达不到《教师法》所规定的相当于或略高于国家公务员待遇。所以,学校领导应把改善教师的经济待遇放在重要位置上加以考虑,做到“岁岁有长进,年年有提高”,让知识升值,真正树立教师的职业自豪感。在实际工作中,提高教职工的经济待遇,依然是激发其工作积极性的有效手段。

2007 年 12 月,为了金师附小的可持续发展,我们成立了教育督导

团。督导的工作是为了提高学校整体的办学水平。督导团由省人民政府督学、浙江大学刘力教授为团长，省人民政府督学、市教育学会副会长许璋为副团长，浙江大学、浙江教育学院、浙江师范大学、杭州师范大学、金华职业技术学院师范学院、市教育学会、市教育科学研究所等单位的10位学者教授组成，其中省级督学有5名。

2008年6月20日至21日，督导团成员对学校进行了首次发展性的督导，为学校的发展提出建设性的意见。媒体对此事进行了报道：

教授督导团为金师附小发展指路
发展性评估工作全省首创①

本报讯（记者任文林）“请一至三年级班级里最矮的学生和四至六年级班级里最高的学生到阶梯教室集中。”这是市教科所所长吴惠强布置给金师附小所有班主任的一个任务。这不是什么游戏，而是金师附小教授督导团对于班主任诚信和信息传递渠道的一个考察。

通过两天的巡视和调查，昨天上午，“金师附小教育集团教授督导团”交出了我省首份对于基础教育督导的发展性评估报告。“用全省高尖端人才的智慧来指导办学，提升办学理念，提高教学水平，我们以后的发展方向更加明确了。”金师附小教育集团校长徐锦生说。

……

“过去的督导工作侧重于行政性、认定性的评估，在那种形势下，督导的另一个功能——基于改进学校教学工作、提高教学质量的专业性、发展性评估的功能逐渐被弱化和忽视。”刘力教授说：“教授督导团的好处在于可以通过这些教授的专业素养、专业知识，对学校进行全面的评估，帮助学校总结经验、发现问题、提出解决问题的建议。通过专业的督导，使得学校的发展更上一个台阶。应当说，这种对于基础教育的发展性评估工作在全省乃至全国都是首创，属于新生事物。我们希望对金师附小

---

① 任文林：“教授督导团为金师附小发展指路，发展性评估工作全省首创”，载《金华晚报》，2008年6月21日第5版。

的督导工作，对于全省的中小学都能起到借鉴和示范作用。教授督导模式虽然套用了行政督导的模式，但这种发展性评估可以促进学校的可持续发展。"

2008 年下半年和 2009 年上半年，督导团成员又分别对学校的科研、教学进行了专项的督导。

首次督导活动反馈会

学校作为社会一个构成部分，校长为了学校的发展必须与社会打交道，必须要处理好各种关系，这一点特别重要。

第一是要处理好与上级主管部门的关系，争取领导的支持。任何一所学校的发展都离不开上级主管部门的支持，因此，校长要经常主动听取上级主管部门的意见，主动接受他们的指导。

第二是要处理好与企业的关系。现阶段我国的企业没有形成完善的制度来支持教育，这就需要校长主动与有关企业建立联系，争取企业的支持。说到企业的支持，可能有人只想到办学经费上的支持，这当然是很重要的一点。吸纳社会和企业的资金辅助办学,是政府所提倡的。但是企业的支持,还不仅仅是经费上对学校的赞助,还应包括让企业家们从社会的角度,从经济的角度,对教育发展提出建议或通过与企业联系,加强学校教育与社会的沟通,甚至包括拓宽学生社会实践的途径,都是很重要的。

第三是处理好与社区的关系。要学会主动关心社区,关心社区的发展,关心社区的命运,让学校和社区共同成长,学生和社区的居民共享教育成功的喜悦。如开展"社区困难我来帮"活动,学校为社区捐赠电脑等物品,为社区的公共设施维修、社区的卫生环境改善等出钱出力。我们还利用寒暑假,与街道办事处一起,开展"小小楼道长"等社区服务活动,均取得了较好的效果。

第四是处理好与兄弟学校的关系。竞争并不妨碍合作,而是在竞争基础上的合作,合作基础上的竞争。竞争也好,合作也好,并不是只有一个赢家,也不是只有一个输家。学校之间的正确关系应该是既做对手,又做朋友。对于一些条件差的学校,我们都有义务去帮助它,提升其办学水平,走共同发展的道路。教育均衡化发展也是国家的要求,我们都应该尽自己努力做点实事。

第五是处理好与其他领导、教师的关系。有人群的地方必然有分歧,矛盾与冲突自然不可避免。那作为校长应如何面对呢?首先要冷静分析,弄清性质。有的是"好心冲突"。如:认为学校的发展目标不切合实际;认为学校的某项制度不合理,需要改革;认为学校领导处理某具体事情失当等,这是为了学校的利益而产生意见分歧,甚至发生争论。而有的是为了一己之利,寸步不让。如争待遇、推任务,大事小事都斤斤计较,生怕自己吃亏等。前者,冲突是因为有责任感、事业心引起的,那共同的事业、共同的追求终究会有共同的语言,通过交心或等到事实证明一切时,问题也就迎刃而解了。对于后者,应是"先礼后兵",在解释、说服的基础上,要依靠学校的规章制度来解决,因为制度是对事不对人,可以避免直接的人际冲突;其次要善于换位思考,体谅他人。若不是大是大非的原则性问题,如教师发发牢骚等,应提倡"和为贵",使大事化小,小事化了,绝不能人为地激化矛盾;有人说"校长是学校的灵魂",也有人说"一个好校长就是一所好学校"。这些话不无道理,但这并不是说仅靠校长一人就能办好一所学校,而是要求学校领导者,特别是校长要善于依靠全体教职工,调动大家的积极性,发掘出大家的潜能,众人一心、同心同德办好学校。因此,在学校管理过程中必须讲民主,充分调动教职工的工作积极性,善于借脑,发挥团队的智慧。

邀请浙江师范大学教授到校指导课题

五、扩充优质资源

"扩充"这个概念,是孟子在谈到个人修身时提出的,孟子认为人皆有"四端",即"恻隐之心"、"羞恶之心"、"辞让之心"、"是非之心"。但是仅仅具有这四端是不够的,他说:"凡有四端于我者,知皆扩而充之矣,若火之始然，泉之始达。苟能充之，足以保四海；苟不充之，不足以事父母。”四端是一个人的“优质资源”，而对于一个团体来说，也如个人具有四端一样，有着各式各样的“优质资源”。如果我们不能将优质资源“扩而充之”，又怎能加快提高全民族的教育水平？

（一）把“围墙”打开，构建教研共同体

一个封闭的系统是很难有激情、张力和创意的，同样一个封闭的个体也是不可能有梦想、活力和智慧的。建立一个富有激情、充满理想、凝聚智慧、放射活力、敞开胸怀的教育环境和教育教学机制，是我们构建教研共同体的目标，特别是教师发展方面，这也是我们对新教育新教研的孜孜追求。

教师是教育活动的主要实施者，教师队伍整体水平的高低，决定着学生培养质量的高低，影响着学校教育改革工作的顺利开展，也决定着学校办学水平的高低和办学声誉、办学质量的提升。当前，各所学校都认识到培养教师的重要性，都通过多种形式的校本教研来提高教师队伍的整体水平。打破各校围墙，谋求校际之间优势互补，相互促进，开展校际联谊活动，组建教研共同体，有利于广大教师专业的发展。

“教研共同体”主要以研究和解决教师在课程实验中面临的各种即时性问题为主要任务，以集体备课、案例研讨、课题研究、主题学习、教学叙事为主要方式，以建立在教师个体反思基础上的团队合作为主要形式，以促进教师实践性智慧成长为主要目标的校本教研工作方向。我们可以将它视为一种教研的形式，即通过教研共同体倡导的活动方式进行教研；可以将之视为一种组织关系，即通过它来考察教育教学中教师的人际关系；可以将之视为一种教研环境，正如它所试图构建的为促进教研的各种条件。

1. 教研共同体的组织形式

（1）官方型

为了发挥名校教育优势，2007 年婺城区教研室依据强校示范、名师

引领、方便参与的原则，分别建立以部分名校为龙头的教研基地，我校作为附小片的龙头学校。针对学校教师专业成长的需要，确定活动主题，以学科为中心，以主题式教研为载体，开展联片活动。

（2）半官方型

“城乡校际合作教研共同体”的构建，是城乡教育均衡化发展的呼唤。

目前，基础教育均衡发展问题，已成为教育改革的“热点”和“难点”，而城乡教育均衡发展问题更是基础教育均衡发展的题中要义，是实现教育现代化的重中之重。它代表着一种理想的发展境界，一种新型的教育发展观，一种科学合理的政策导向。① 为了推进城乡教育的一体化，2008年1月，我校与金东区东关小学正式签署“友好学校缔结协议书”。与东关小学缔结友好联盟就是在婺城区、金东区两区的教育管理部门牵头下达成的。学校省特级教师方菊凤、姚荣辉等5人被东关小学聘请为学科顾问，按学科分别与东关小学的教师们师徒结对，我被聘为东关小学教学管理顾问。

结对互助工作开展以来，在教学科研活动、教师业务培训、学校管理等方面进行合作。东关小学派送骨干教师到我校短期培训学习、参加重要教研活动，我校的骨干教师定期到东关小学指导帮助，取得了初步的成效。让教师走上“资源共享，方法共享，成果共享”的均衡发展之路。

（3）民间型

如金华“三区”（婺城、金东及开发区）美术教师联谊会组织的活动。由我校的省美术特级教师胡延巨老师牵头，成立了金华市美术教师联谊会。每月定期举办一次教学研讨活动，活动中我们与兄弟学校的美术同行对美术教育的诸多方面进行广泛而深入的交流与探讨，共同提高。我们在自己发展的同时，不忘带动周边农村学校，每年都派教师到农村学校送教下乡，将先进的美术教育理念向周边薄弱学校辐射，这一活动取得了

① 吴重生：“‘城乡校际合作教研共同体’的构建与实践研究”，《中国教育报》，2008年9月26日第5版。

与东关小学友好学校缔结仪式

很好的效果,得到了各界的好评。

2. 教研共同体的管理方式及管理策略

如何使教研共同体的开展有效呢?在管理方式采取紧密型与松散型相结合。

(1)紧密型

这种紧密型的教研共同体又分为集团内部和集团外部校际间两种。从集团内部讲,就是金师附小与新成立的婺城小学之间的知识平台的打造。2007年9月,为了扩大优质教育资源,学校率先成立金师附小教育集团,将婺城小学纳入金师附小统一管理,使金师附小的优质教育资源覆盖到了婺城新城区。两校之间,采取紧密型的管理方式,"捆绑"在一起,一个法人代表,一套领导班子,实行领导互派,教师交流,资源共享。随着这一模式的推进,其效益在不断地显现:"捆绑式"发展模式盘活了城乡教育资源;提升了教育理念,实现了优质资源的共享,教育质量明显提高。

从集团外部校际间讲,就是构筑了金师附小与金华红湖路小学之间

美术联谊会上胡延巨执教《民工子弟画民工》

的兄弟加伙伴的互动平台。2008 年 3 月 20 日，两校在红湖路小学举行教研共同体缔结仪式，“共同体”的形式是一种创新，要探究教育的科学性，达到两校共进，引领新方法、新思想、新举措。双方学校达成协议，并签订了协议书。

与红湖路小学的教研共同体缔结仪式

我校 13 名名师与红湖路小学的 27 名青年教师“师徒结对”，每个星期，红湖路小学派相应学科的教师到金师附小教育集团参加教研活动。金师附小教育集团派相应教师到红湖路小学指导教育、教学工作。师傅身上有很多值得学习的地方，徒弟身上也有很多闪光点。两校本着“资源共享、品牌共建、互利多赢、和谐发展”的原则，精心策划和组织每一次的大型教研活动（集体备课活动、语言文字的测试、我的教学故事的评比活动等）。两校教师积极参加“说课—上课—评课”的“磨课”系列活动，开诚布公地交换意见或心得，使两校教师教学水平在交流活动的过程中得到提高。红湖路小学的青年教师说：“附小的教育教学专家们活跃在课堂的第一线，走在教改的最前沿，不管是教书育人的业务水平，还是爱岗敬业的精神、师德，都是大家学习的楷模。我们的青年教师一定会更严格要求自己，虚心求教、刻苦钻研，以诚心、精心、细心的态度，勤学、勤问、勤思的方法，迅速成长、成熟、成才。”

（2）松散型

“教研共同体”，就组织来说，更多的并非紧密型，而是松散型的。孔子说：“君子和而不同，小人同而不和。”通过合作扬学校之优势，破解发展瓶颈，形成各自学校教研特色。2007 年 11 月 29 日，我校与琅琊小学举行结对仪式。学校还先后与沙畈小学、蒋堂小学、东关小学、白龙桥小学、北苑小学等学校签订了“结对帮扶协议书”。

在管理策略方面，我们主要采取了：

组建有效的学习团队

首先，建立由分管业务副校长、教务主任、教研组长组成的合作教研共同体领导小组。其次，建立外部人力资源系统，外聘知名专家、教研员、学科带头人组成教育专家组及名师顾问组，指导开展研究活动。再次，施行“师徒结对”青蓝工程：组织省市教坛新秀、名师等骨干教师与新教师、年轻教师结成学习对子，进行传、帮、带的指导帮助。

搭建教研平台，形成知识共享机制

在共同体中，我们积极为教师营造一种互相学习、互相交流的学习氛围，搭建一个动态的、展现教师专业技能不断提升的平台。每学期选派一定数量的各学科的名优教师到结对学校进行教学示范活动。如有重大的主题教研活动,互派老师参与,相互学习和借鉴,以提高教师课堂教学技能和技巧,提高课堂教学的有效性。我们在共同体中开展"教学沙龙"等形式,不定期举行教师教学联谊活动,在活动中增进教师间的交流,提升教师教育教学理念。

活跃网络教研,开展虚拟学习

沟通结对学校间校园网,能互相点击进入,及时了解双方的教育、教学动态和师生的活动情况,相互学习和借鉴。我们建立教师 QQ 群和博客群:每位教师,特别是青年教师以自愿的形式加入到学校 QQ 群或博客群中,利用网络及时交流信息。建立网上资源交流制度,使学校教师在网上共享。

3. 教研共同体的活动形式

(1)集体备课

2008 年暑期,我们与红湖路小学教师一起开展跨校际集体备课。分年级分学科设立了主讲人,除了两校的省特级教师胡延巨、姚荣辉、郎建胜等名师们的精彩讲座,还专门邀请了全国著名语文教育专家、浙师大语文教育研究中心主任、央视"东方之子"——王尚文教授,省教坛新秀、杭州市现代小学数学教学研究中心主任唐彩斌作专题报告,对教师的实际备课情况进行系统、细致地指导。"集体备课的目的是为了集思广益、优势互补、资源共享、提高效率。而两校的'教研共同体'活动给红湖路小学教研工作的发展提供了广阔的空间和机遇。"省特级教师、红湖路小学校长郎建胜说:"金师附小是我市的一所百年名校,历史悠久,办学经验丰富,教育教学质量突出,是龙头学校。两所学校教师一起集体备课,在很大程度上促进了红湖路小学教师的专业成长,可以说是当前教育形势下促进教育均衡发展的有效举措之一。"

(2)师徒结对

对于兄弟学校要像春天般温暖,学校之间的竞争不是你死我活的竞争,而是力争上游、相互帮衬的竞争。作为我们联谊学校的琅琊小学是一所年轻的农村学校,当他们找上门来的时候,我们就采取师徒结对的办

特级教师方菊凤在集体备课上主讲

法，与其互助共学、教学相长。

早在几年前，北苑小学的优秀青年语文教师就与我校的4位特级教师结成了师徒对子，通过“师徒”间的和谐互动及良好交流，使“徒弟们”的教学业务水平得到了全面的提升，邢丽君老师被评为婺城区首届语文教坛新秀，叶燕萍老师在婺城区语文优质课比赛中荣获一等奖。

（3）教研互动

2009年4月16—17日，学校组织三十多位教师赴上海竹园小学参加教学互动研究活动。活动由上海浦东竹园小学、浙江金华师范附小、江苏无锡吴桥实验小学共同举办。旨在探索教师专业成长的最佳路径，寻找教师与教学共同成长的内在本质规律，实现优质教学智慧分享与优质教育资源的共享。本次活动内容丰富，设语文、数学、英语三个专场和教师专业成长论坛。我校姚晓芳、颜君敏、陆莎三位老师的教研课得到著名特级教师贾志敏、上海师大教授吴忠豪、著名特级教师曹培英等专家的好评。我校还先后与上虞文澜小学等多所学校开展了教研互动活动。

浙江省教坛新秀、杭州市现代小学数学教学研究中心主任唐彩斌作专题报告

(4)交流论坛

平时,我们与婺城小学、红湖路小学经常开展读书交流、讲述“我的教学故事”等活动。我校还与上海的竹园小学就“教师专业成长”话题举行论坛活动。活动还邀请了台湾的教学专家何琦华老师,为大家介绍台湾流行的一些教研活动。

(5)网络交流,虚拟学习

为了克服传统教研的弊端,我们各教研共同体利用网络,开展网络教研。构建以网络议课、教师博客群为互动、交流平台,以专家及名师为专业支持,以网络研讨、集体备课、专题研讨、教学反思为主要内容的网络教研活动模式。网络已经不仅仅是一个巨大的资源库,更由于它与教研活动紧密结合起来,开创了新的校本教研形式。它给教研带来的不仅是多主体、跨时空、低成本和高效率,更是一种民主、平等、对话、协商、合作的新的教研文化。网络已成为一个教研场!

特级教师方菊凤、姚荣辉与徒弟们的合影

经过多年的实践摸索,不但作为资源辐射体的我们有了进步,那些和我们结对的学校,学校内部的教师,学校自身的品牌,学生团队之间都收到了“1+1>2”的整合效果,具体而言,教研共同体的价值体现在如下几个方面。

教研共同体建设,促进学校间的发展。红湖路小学一位教师感言:教研共同体之间的交流使每一个参与者都成为一个投资者,一个为“资源银行”作出贡献的人,同时又是一个获益者,一个可以分享“信息资源”的人。不少参与培训的教师认为,这种紧密型的结对活动使他们受益匪浅,这样的方式,除了有利于集中智慧,运用新的教学理念对各科教材进行更深入分析外,两校教师聚在一起也是一个难得的相互交流教学经验的机会。

两校“捆绑”,资源共享。红湖路小学校长郎建胜对学校的这种发展战略感到非常自豪,集体备课的目的是为了集思广益、优势互补、提高效率。两校的“教研共同体”给红湖路小学教研工作的开展提供了广阔的空间和机遇。正如红湖路小学一位老师在听了我校姚荣辉的精彩评课后,备受启发,说:“今天收获很大!姚老师给我们上的课提出了很多针对性的建议,对我们今后的教学成长极有帮助。这样的机会很难得,希望今后会越来越多。”

教师素质提高,学校也得到了长足的发展。近年来红湖路小学发展非常迅速,学校在社会上的知名度迅速提高,这与“教研共同体”的构建是分不开的。我认为我们教育部门应努力实现城乡教育均衡,继续办好教育集团,即办学集团化,加大送教下乡、农村教师培训力度。捆绑式教育有两种方法,其中第一个是教研共同体……让名师去其他学校上课,做示范,传授教学理念。金师附小将努力实现软件平衡,为婺城区教育事业做出贡献。

随着校际间的联合,为教师们搭建更广阔的舞台。在资源共享的同时,教师成为教研共同体的主体,相互切磋,共同进步。在活动中受益,在活动中成长。一位农村老师在听了我的讲座后说:“听了徐校长的讲座,我茅塞顿开。抓质量,并不是给学生压担子,而是循循善诱。”三年级学生陈皓说:“每个月,我们都有特级教师、国家级名师来上课,真高兴。”如美术教师联谊会活动,我校的胡延巨老师是这个群体的领军人物。一次,他到一所民工子弟学校上课,课后,学生说:“我希望以后有更多的机会向这么好的老师学习,学更多的本领,报答父母,报答第二故乡金华。”这一席话使胡老师感到很温暖。胡老师说:“五十年如一日奋战在美术教学第一线,图什么?就图这种教学的幸福。”①

教研共同体打破了校际间的“围墙”,使大家从“学校人”渐渐变成了“共同体人”。我校名师不仅仅是发挥优质资源的辐射作用,而是更加立足于在教研共同体合作共享中锻炼、充实、提高自我。教师的工作不仅繁忙,而且经常还是孤军作战。教师需要不断地解决许多突发教学事件,由

---

① 吴重生:“‘城乡校际合作教研共同体’的构建与实践研究”,《中国教育报》,2008年9月26日第5版。

此导致他们在教学过程中,往往缺少时间考虑他们在做什么或计划做什么。以往许多优秀的老师都只知付出,兢兢业业于教学和班级管理,甚至放弃了学习和研究。其实应该指出,若教师与社会发展相脱节,即使坚守教师工作并认真奉献,也可能因理念不合时宜或技术受限而使其教学质量下降。因此,教师必须通过相互教学观摩或与同事交换经验,以提升教学能力和相互学习的意识。教师必须不断地吸收新知识、不断地学习,通过同伴相互观摩或教学反思,彼此激励对方并提供相互支持,如此方能形成合作的教师文化,教师由封闭的心态转变为开放的心灵,让教师认识到提升专业素养的重要性,并逐渐形成追求专业成长的文化。"教研共同体"使教师们彼此之间经常在教研过程中进行沟通、交流,分享各种教学资源,共同完成一定的教学业务工作,它具有两种基本功能:第一,建立教研共同体是满足教师的教学和归属需要的重要途径。在教研共同体中,成员感到自己和其他教师同属于一个团体,在进行共同的教研活动,遵守共同的规则,具有一致的价值取向和偏好。第二,在教研活动中与成员间进行交流和合作,可以看到不同的信息,看到理解问题的不同角度,而这又会促使他们进一步反思自己的想法,重新组织自己的理解和思路。教研共同体的实践体现了团队力量。共同体不仅汇聚了教学研究活动的人气,激发了教师主动表达的欲望,促进了同事之间智慧的碰撞,也显示了广大教师潜在的力量。

促进教师专业化发展,特别是青年教师的成长。实践表明,教师的专业成长需要专业引领,需要有行为跟进的全过程反思,专家、优秀教师和本人通过共同的备课、听课、评课的过程得到了共同的成长。构建校际合作教研共同体,正可以为各校教师成长、发展提供一个良好的平台。教研共同体的出现打破了传统的以学校为单位建立综合教研组的单一模式,充分体现了教师组织的自主性和研究的针对性,激活了教师参与活动的积极性,也激发了在实施新课程中教师的主人翁意识。

(二)成立教育集团,让更多的孩子享受优质教育

集团化办学是盘活优质教育资源,实现“教有所学”目标的重要路径,也是实现教育均衡发展的重要举措,是浙江省近几年办学体制改革的主要模式之一。2007 年 4 月成立金师附小教育集团,9 月新校区婺城小学如期开学,标志着我们金师附小教育集团以航母的姿态起航了！期间,我们又成立了一所新的幼儿园——金师附小教育集团第一幼儿园,就坐落在宾虹路塔水桥村。现今附小教育集团旗下有“两校两园”,实行同步管理。

当时,社会上有一种质疑的声音:名校集团化办学,这杯牛奶会不会被稀释？婺城小学是否与金师附小存在差异？婺小与附小只有两点不同:地理位置不同:婺小坐落在婺城新区文津路 1 号,附小坐落在中山路 68 号;硬件设施不同,附小占地 20 亩,婺小占地 61 亩,现建有配置齐全的多功能教学楼、实验楼、综合楼、全天候体艺楼、标准化田径场、宾馆式师生公寓及多媒体教室、微格教室、报告厅、餐厅等现代化教学设施。拥有省内堪称一流的教学设施。除此之外,两校没有差异。无论办学理念、办学目标,还是教学管理、师资配置都是完全统一的。在办学理念上,我们都坚持“实施十字方针[1],走轻负高质之路”;在办学目标上,我们规划了相同的远景目标;在教学管理上,两校区同频共振,一起组织各种教研活动;在师资队伍上,两校区教师统一调配,完全互通。

桃李不言,下自成蹊。婺小的校园不仅大,不仅美,而且处处洋溢着附小文化的气息。简单地说:婺小的楼,彰显一份骄傲;婺小的墙,秉承一种理念;婺小的路,延伸一种文化;婺小的园,蕴含一份情怀;婺小的梯,步步都是学问。

---

① “十字方针”即兴趣、方法、习惯、能力、个性。

1. **楼楼显文化**

进校所见的小广场名为“艾青广场”，行政楼称为“艾青行政楼”，皆以我校著名校友艾青命名。艾青是我国现实主义诗人的杰出代表，世界诗坛巨匠之一。行政楼后排的实验楼称为“文虎实验楼”，以我校杰出校友黄文虎命名。黄文虎是我国著名的力学及振动工程专家，中国工程院院士，曾任哈工大校长等职。三幢并列的教学楼分别称为“蒋风教学楼”、“鲁兵教学楼”、“圣野教学楼”，蒋风、鲁兵、圣野皆是从我校走出的优秀学子。蒋风是我国儿童文学研究会创建人，国际格林奖评委会委员，曾任浙江师范大学校长，现为我校“蒋风文学社”顾问；儿童文学家鲁兵是“首届韬奋奖”获得者，主编过《365 夜》等几十部儿童读物；圣野，儿童文学家，曾任《小朋友》杂志主编。艾青广场东侧的体育馆称为“李杰体育馆”。1985 年毕业的李杰是原国家射击队男子移动靶选手，曾获亚运会冠军，世界杯总决赛冠军。多功能报告厅名为“贤华厅”。徐贤华老师在附小从教 40 余年，是省第二届语文特级教师，其“乐学、读学、活学、高效”的教学风格也可以说是我校的一个缩影。在婺小，每一幢楼，都彰显着一份骄傲！

2. **墙墙能育人**

蒋风楼、鲁兵楼、圣野楼、艾青楼、文虎楼，各自成楼，又以文化长廊连为一体，每层的文化长廊，都有各自的主题。一楼是集团主题文化，二楼是安全主题文化，三楼是礼仪主题文化，四楼是科技、环保主题文化。生动形象的图片和文字，深入浅出地将各种知识传递给孩子们，让孩子们走在校园中，行之所在，目之所及，就受到了教育熏陶。在婺小，每一堵墙，都秉承着一种理念！

3. **路路有主题**

环李杰体育馆的是“五环路”，路两侧的太湖石上分别刻有体现体育精神的诗句；艾青楼、文虎楼东侧的是“清风路”，体现廉政主题文化；蒋

婺城小学的行政楼和实验楼

风楼、鲁兵楼、圣野楼西侧是“学礼路”，体现了礼仪主题文化；环食堂的是“悯农路”，意在体现勤、俭的美德。在婺小，每一条路，都延伸着一种文化！

4. 步步皆学问

我校楼梯的每一级台阶上都有一组英语单词，英汉对照，既强化了词汇积累，又在无形中，让孩子们放慢了上下楼梯的速度，避免了在楼梯上追打嬉闹，使孩子们上下楼梯更有序。在婺小，每一级楼梯，都是学问！

5. 园园蕴深意

婺小楼宇之间有三园：沁园、潜园、静园。沁，意在润物无声、沁人心脾；潜，含有潜心涵泳、育人育己之意；静，旨在静能生慧、宁静致远。在婺小，每一座园，都蕴含着一份情怀！一份对教育执著而博大的情怀！

婺小学礼路

6. 婺小是快乐的学园，也是温馨的家园

婺小不仅是一所快乐的学园，也是温馨的家园。宾馆式的师生公寓内，空调、电话、太阳能热水器等一应俱全。不仅配有专门的生活指导老师，照顾学生的饮食起居，培养他们的生活自理能力，而且，早晚的课余时间安排了不同的课程，培养学生的综合素质，使得住校的孩子学习生活快乐高效、丰富多彩。

六、品位品质铸品牌

学校品牌是一所学校区别于其他学校的特性，是其个性化的表现。一所能够称之为知名品牌的学校，应该是能够为学生一生的幸福奠定基础的学校，是能够不断激励人生和始终引以为豪的学校，是能够让人有着美好回忆和充满精彩故事的学校。在当今激烈的竞争、变革中,创建学校品牌是学校立于不败之地的法宝。作为一校之长应有品牌意识,要由管理迈向经营。

(一)品牌是学校发展的关键

学校管理有诸多形式,除了常规管理外,还有危机管理、战略管理、品牌管理、营销管理、文化管理等,而品牌管理是其中非常重要的组成。在市场经济的今天,在国家取消了重点校政策后,在示范校到底示范什么的语境下,在我们要打造什么样的"中国名校"的理想憧憬下,我和我的同事们的共识就是要实现金师附小的品牌化发展。

1. 学校品牌的定义

什么叫品牌呢?据我的老师闫德明教授考证,"品牌"一词源于古挪威语,意思为"打上烙印",用以区分不同生产者的产品或劳务。20 世纪 50 年代,美国人大卫·奥格威第一次提出品牌的概念;而在中国,直到 90 年代才有学者开始系统地研究品牌并界定这个概念。闫教授认为:学校品牌是一所学校在长期的教育实践过程中逐步形成并为公众认可、具有特定文化底蕴和识别符号的一种无形资产。它的特点是:(1)学校品牌是一种识别符号。任何一个品牌都具有其特定的识别符号,这是品牌必不可少的组成部分。品牌之所以成为品牌并能够被记忆和区分,首先是因为它具有独特的识别符号。一个富有个性的识别符号,能够整合和强化人们对一个品牌的认同,成为人们记忆品牌的工具。当人们感知到某种特定的符号时,就会产生相关的"品牌联想";(2)学校品牌是一种文化载体。文化是品牌的灵魂,品牌是文化的载体。文化与品牌的结合是灵与肉的结合。学校文化丰富了学校品牌的内涵,学校品牌展现了学校文化的魅力。成功的品牌之所以成功,不仅仅是因为其功能效用和视觉感受,更多的是因为所蕴涵的价值取向契合了消费者的心理需求;(3)学校品牌是一种公众认知。学校公众是指与学校相互联系相互影响的个人、群体或组织的总和。公众可以分为内部公众和外部公众。学校内部公众主要是指师生员工,而外部公众则主要是指与学校有关的社会各界人士,包括:上级领导、学生家长、历届校友、社区人士、友邻单位、兄弟学校、专家学者、新闻媒介等等,他们与学校有着千丝万缕的联系,学校品牌正是基于他们的认可(认同)才形成的一种无形资产。

2. 学校品牌的教育特性

理解了品牌与学校品牌,必须指出的是,学校,特别是义务教育阶段的学校,其是纯公共产品,作为教育的品牌,与市场行为下的企业品牌有很大区别,学校品牌必须要具有教育的特性。这些特性包括:(1)学校品牌是一种以育人为目的的品牌。企业创建品牌的目的是为了卖产品,追求利润最大化,从而在竞争中立于不败之地。学校则不然,学校创建品牌的目的不是为了卖产品,不是为了增加利润,而是为了培养人。有以育人为目的的品牌,才是符合"教育本性"的品牌,才能称之为真正意义上的学校品牌;(2)学校品牌是一种以人为载体的品牌。学生品牌形象是学校品牌形象最生动、最直接的体现,学校品牌形象的最终检验是对人才培养质量的检验。当然,学校中的"人",不仅仅包括学生,还包括校长和教师。校长是学校品牌形象的代言人和设计师。有些时候,正是校长的教育理想和人格魅力成就了一所学校的品牌;(3)学校品牌是一种需要迟效评价的品牌。育人是一项具有综合性、复杂性和长效性的工作,它不是短期内可以准确评量的。学校品牌的评价不能急功近利,只有坚持科学发展观,用心做教育,学校品牌的创建才有希望获得成功。

可以说,一个社会越成熟,品牌效应越明显。随着中国教育供给方式的日趋多元和家长对学校选择性的增加,教育品牌的竞争力已不容忽视。新课改下,新的市场条件下,品牌已经成为学校赢得家长和求得生存与发展的关键。在这种情况下,学校必须树立品牌意识并认真审视其品牌管理策略。而作为一校之长,必须树立品牌意识。因为品牌是消费者对产品的全部(物质的和精神的)体验。学校的品牌是学校与教育消费者(学生和家长)之间的一种心理"契约"。其实硬件建设的影响力是有限的,而品牌越来越引领着学生、家长和社会的目光。当办学条件趋于同质化的时候，人们已很难从学校的外在特征、物理属性上去区分其优劣，作出选择。从某种意义上说，学校品牌形象的差异正在取代传统意义上的学校差异。在学校的经营管理过程中，独特鲜明的品牌形象就是办学质量的符号，就是学校传递给教育消费者的“感觉”。对于教育消费者而言，品牌是一种经验，也是一种保证。在品牌和非品牌之间，消费者更愿意选择什么是显而易见的。

所以，作为校长就应该有一种品牌意识。那么学校品牌是怎样的，我们的管理又应该作哪些改革？

（二）校长要学会经营品牌

传统的学校管理倾注于学校内部的教学管理、课程管理、教师管理和学生管理，与系统外环境的平衡度关注得不够。当然上述的管理内容是学校管理的核心，是学校发展的基石，但仅仅有这些是不足以挑战21世纪的学校发展的。作为全球化背景下的学校发展，其战略性、品牌性、经营意识愈发突显，所以在常规的学校管理基础上，学者们更倾向于校长应从学校管理走向学校领导，从学校领导走向学校经营，有政治家和企业家的决心和能力，把学校建设成为一个学生的精神学园、教师生活的乐园和公众信任的家园。

学校品牌是一所学校区分于其他学校的特性，是它的个性化的表现。成功的学校品牌至少具备几方面内容：(1)教育理念。即一个学校以什么为它的价值取向，它的教育目的是什么，要培养什么人；(2)组织建制。包括管理机制和员工群体。它直接在教育理念的领导下，具体关系到一所学校的教育教学的整体氛围，对外则代表学校整体形象，具有相当强的共通性和共用性；(3)员工。学校品牌主要依靠它的核心员工群来维护，培养一支深刻理解学校的教育理念，并具有相当的执行力和贯彻力的员工队伍尤为重要，这要靠许多具体的措施来实现；(4)资源。如人力资源、制度资源和物质资源。对于一个教育文化品牌来说，制度资源和人力资源最重要;(5)市场营销。以品牌形象为内容的市场营销机制,包括包装、宣传推广,完整的教育品牌必须能够在多方面体现出它的价值。

学校校长要从学校管理走向学校经营,进而建设学校品牌。学校经营是按照经营者的理念经营,它较之传统意义上的学校管理更注重办学的质量和服务,而品牌经营则是从学生的成长需要,从社会发展的需求来进行的经营,它更重视学校形象的传播,更重视学校(教育)品牌与教育消费者沟通的所有环节与活动,如学校进行整体形象包装和广告宣传,就是要形成和加强教育消费者对学校品牌的认知。

(三)学校品牌经营策略

学校品牌的建设至少应包括根本价值取向和制度的执行两个方面。品牌的一个特性是,品牌可能被无限制复制,而不会影响它本身的价值。品牌的外在形式(名称或标识)通常都非常突出。而品牌持有者有着更具体的任务,例如品牌架构的形成、组织架构和管理流程的建设、品牌识别及定位、创建(利用)品牌的计划等。

1. 找准自身定位,明确发展方向

自身定位是创建学校品牌的首要环节。定位决定地位,思路决定出路。无论是一项产品或服务,无论是一个组织或个人,若定位不当,其发展就会受到阻碍。张扬学校个性,熔炼品牌精髓,打造名牌学校,要在"创新"上求发展,在"特色"上做文章。依法治校,改革活校,科研兴校,特色立校。

2. 构建稳定的培养模式

培养模式是在一定的教育理念指导下,对人才培养目标、方法、机制、措施及人才培养过程中各种关系的规范。先进的人才培养模式是先进的教育理念的客观化,是先进的教育思想在教育实践中的反映和表现。"相对稳定"反映学校掌握教育规律的程度。相对稳定的"培养模式"是

一所学校核心竞争力的重要组成部分。

“轻负担高质量,全面发展学有专长”一直是附小的培养目标。这也是高一级学校对我们一直以来的评价。我们几年来,坚持以德治校,重视学生特长的培养,促进学生的多元智能发展。通过德育为首,培养学生做一名讲礼仪、讲诚信、学会感恩的附小人;通过健康促进学校的创建工作,让学生做一名健康的附小人;通过多元智能的课题研究,让学生做一名全面发展、学有专长的附小人。

3. 建设良好的校园文化

优秀的学校文化就等于卓越的品牌。此时,学校和品牌已经融为一体,传统积淀、文化氛围、办学理念、学风、教风等要素构建起了学校品牌的根基。

4. 广泛争取社区参与及支持

一所学校品牌的存在与否不是由自己说了算的,而是存在于家长和学生心目中的。培育品牌的过程就是建立和维护与家长、学生、员工和社会关系的过程。所以,一个成功的品牌也就意味着良好的品牌关系,它不仅获得服务对象的信赖和忠诚,还赢得了员工的努力支持和社会的广泛认可。一般认为,学校的社会参与度越高,学校越好。现代社会是开放的社会,现代教育也必须是面向社会的教育。这种教育在积极服务社会的同时,也能广泛地吸引社会的支持与参与。

品牌是伴随学校成长和发展的产物,它不需要惊天动地的举措,也无需豪言壮语般的承诺,只需实实在在地在每一个细微之处用心去做,当家长和社区把你当作可托付的朋友时,品牌关系就同建筑一样牢固。

在学校品牌经营过程中,就家长工作具体来说,有三个方面内容:一是推动家长对教育理念的认同,使家长更加深入地理解学校的教育行为。由于教育本身的特殊性,家长并不一定能够完全理解课改理念和教育规律,为此,学校要采取相应措施,推动家长对现代教育理念的理解。例如我校采取开办家长学校的办法,每月邀请教育专家给全体家长作一次专题讲座，帮助家长对当前的教育形势有一个全盘的理解和掌握，对常见的教育现象有了新认识，对我国教育改革的深层原因和过程有了体会。于是，家长对学校教育行为有了更深的理解，对家庭教育和学校教育如何吻合的问题也有了更多的感触，对学校工作的支持度迅速上升；二是加强信息的交流和沟通，及时高效落实家长意见和建议。家长的意见和建议是学校工作得以改进的重要突破口，为此，学校要及时通报有关信息，主动征求家长建议，不断改进学校工作。例如学校组织学生参加各种级别的比赛时，如果涉及参赛费用的收取，学校就把各级单位就该项赛事的文件全部复印给家长，充分保障家长的知情权。如此认真主动做好沟通工作，使家长们了解到学校工作的流程和指导思想。更重要的是，家长们时刻感受到学校交流的坦诚和负责任，从而对学校的评价越来越好，学校的品牌无形中树立起来了；三是整合家长资源，推动学校品牌的创建。家长对参与到学校工作本身是有需求的，作为学校，需要正视和重视这个需要，想方设法给家长们创造参与学校工作的机会。例如学校举办各项比赛时，轮流请家长来担任评委；开展家长开放日活动，请家长来校听课、指导。

家长对学校工作有了深入的理解，对学校有更大的信任度，就会主动地调动资源，参与到学校工作中来。例如我们学校，在交警队工作的家长主动安排学校全体学生到交通指挥中心参观，在茶花园工作的家长组织学生参观茶花园的活动。这些活动，帮助学生开阔了视野，增长了见识。从学校层面上来讲，这也有利于提升办学品位，打造学校品牌。

5. 打造一流的师资队伍

一流的学校追求的不是一流的分数，分数只是结果，不是目的，在一流学校建设过程中，首先要有一流的教师，有了一流的教师才能有一流的课程，有了上述两个一流才能吸引一流的学生，有了上述三个一流就可以营造一流的文化，而一流的文化下必然产出一流的升学率，所以万事之源在于一流的师资队伍，这是实现学校教育目标的核心和关键。品牌学校离不开品牌校长和品牌教师。

谁赢得了教师,谁就赢得21世纪的教育。素质教育呼唤教师素质的提高。当前,师资队伍的整体素质尚难以完全适应以培养学生创新精神和实践能力为重点的素质教育的需要。能否建设一支具有优良师德,胜任现代教育教学工作,具有现代教育理念,适应教育改革和发展需要的高素质师资队伍,从根本上关系到一所学校的生存与发展。“个体素质较高,群体结构合理,富有创新精神”的师资队伍本身就是学校品牌的重要内容。具体到我校,我们采取了以下策略:一是加强校本教研,促进教师专业化发展,二是开展群体研究,建立科研型教师队伍;三是构建学习型组织,营造书香校园。

当然,先进的教育设施、浓厚的科研氛围和充分的主体发挥也是打造品牌学校所不可或缺的。铸造品牌对一所学校来讲,是一个十分艰辛而又漫长的过程。这就意味着学校和社会对教育品牌都需要有一个更深刻、更理性的关注。学校要想长久赢得家长的信任和忠诚,需要走的路还十分漫长。市场环境的完善、家长的逐渐觉醒,将作为一种外在压力,促使教育品牌的创建者进一步规范和理性地运作。

百年附小,百年树人。经历过风风雨雨的金师附小,已经成为八婺大地基础教育的一面旗帜,一个品牌。这个品牌的形成是时间的沧桑记忆,也是附小人共同努力的结果;这个品牌是学校发展的见证,也是未来前行的动力;这个品牌靠的是真抓实干,更靠智慧与爱心的凝聚。

附　录

一、用行动解决成长难题

原载《教育文摘周报》(2008 年 11 月 12 日第一版)

■人物主张　徐锦生:让“智力”与“非智力”协调发展

教育就是让学生的“智力”与“非智力”因素协调发展。

智力因素包括观察力、记忆力、想象力、思维力和注意力等,是保证个体成功进行认知活动的各种稳定心理特点的综合。而非智力因素,是指在个体学习发展过程中起动力、定向、引导、维持、调节和强化作用的系统,主要包括兴趣、情感、意志、习惯、个性等方面。

智力因素和非智力因素的关系是辩证统一的,在个体成长过程中有着同等重要的作用,两者综合影响、共同制约着个体的成长速度和质量。

然而,一些学校受传统教育观念影响,往往只重视智力因素的开发,忽视非智力因素培养,导致学生学习兴趣下降,学业负担加重,个性得不到张扬。

学生非智力因素的培养,要立足课堂,着眼课外,课内外结合,校内外渗透。非智力因素的培养可以通过八个“一”的方法体系实现,即:确立一种思想——学生是发展的主体;突出一种手段——民主教学;架起一座桥梁——走向成功;创设一种模式——差异教育;抓住一个契机——求真求实;建立一种感情——爱护学生;加强一个环节——实践活动;寻找一种突破——班干部培养。

“兴趣、习惯、方法、能力”是促进学生“智力”因素与“非智力”因素协调发展的最好诠释。兴趣是学习活动中最为直接、活跃的推动力,要培养学生各种良好的兴趣爱好。习惯是学生长时期逐渐养成的行为、倾向和品质,因此,要培养学生"知书达礼"的习惯。方法是解决思想、行动等问题的门路、程序,"授人以鱼,不如授人以渔",在教学中要让学生举一反三。能力是指能胜任某种任务的主观条件,要通过优化非智力因素,促进学生多元智能的全面发展。

■人物速写

徐锦生,1954 年 12 月出生,教育学硕士,浙江省特级教师。现任浙江省金华市金师附小教育集团校长、书记。

1983 年 8 月,任兰溪市登胜乡中心小学校长;1987 年 8 月,任兰溪市永昌区教育办公室教研员;1989 年 4 月被聘为兰溪市实验小学校长。先后荣获全国优秀教师、全国模范教师等荣誉称号,是全国中小学千名骨干校长培养对象。

主持浙江省普教课题"小学生非智力因素培养的研究"及"小学生学会心理自助"课题的研究工作,两项成果均获浙江省人民政府教育教学成果一等奖。在省级以上报刊发表论文 20 余篇,撰写专著《学校教育科研的实践与思考》,编著《非智力因素的培养理论与实践》、《一线教师与教育科研》、《十年足迹》、《学会心理自助》等。

■用行动解决成长难题

作为校长重在带领学校办出特色,形成教育教学优势,如何实现校长与学校的共同成长?这是摆在每一个校长面前的重大课题。

对此,浙江省金华市金师附小教育集团校长徐锦生以其忘我的付出和丰硕的成果有力回答了这一难题。

用行动说话

1989 年 4 月,在浙江省兰溪市实验小学校长竞聘中,徐锦生脱颖而出。

上任后，他即刻来到兰溪市实验小学工地考察，杂乱的场地让他惊呆了：坎坷不平的路面，坑坑洼洼的操场，还没有建起的食堂……

当时离 9 月 1 日开学只剩 3 天时间了，但扫尾工作却没有如期完成。当天夜里，徐锦生召开了一次特殊的教师会。

“老师们，开学时间就要到了，而我们却连起码的开学条件都不具备，雇用清洁工、搬运工要花钱，怎么办？在座的 17 名聘用老师加上我，共有 18 人，就像人们崇拜的十八罗汉。明天，我们就使出十八般武艺，大家各显神通，争取把活干完。”

第二天清晨，18 名“搬运工”、“清洁工”一起上阵。

3 天后，学校如期开学。

徐锦生感动地说：“拥有一支同心同德的队伍，就没有战胜不了的困难。”

老师们感叹道：“校长就是我们的榜样，榜样的力量是无穷的。”

短短几年，徐锦生与师生一起奋斗，使兰溪市实验小学成为兰溪市初等教育标准化、规范化建设窗口，成为全省文明学校和示范性小学，给兰溪市的基础教育事业增添了光彩，受到学生、家长和上级教育主管部门及社会各界的广泛好评。

注重良好习惯

2002 年，徐锦生担任浙江省金华师范学校附属小学校长、书记。

“徐校长，我觉得你晨间讲话太啰嗦了！你讲来讲去，无非是安全、礼仪、卫生等方面的问题，我们听得耳朵都起茧子了。”一名叫吴漾的学生对他说。

“那我就考考你。”他高兴地提问：“上下楼梯应该怎么走？东西不小心掉在楼梯上了，该怎么办？”

吴漾回答：“上下楼梯要靠右。东西掉在楼梯上了，要等身边同学都走过去了，再去捡。”

“那你们班的其他同学都知道吗？”

吴漾说：“认真听的同学都知道，不认真听的同学，可能还不知道吧。”

“那以后晨间讲话时,你们知道的同学先回去,不知道的同学留下来听好不好?”徐锦生与吴漾同学商议说。

在徐锦生心里,学生们良好的行为习惯比分数更重要。他提出了教育教学管理的“十字方针”,即“兴趣、方法、习惯、能力、个性”。他强调,兴趣的激发比分数重要;习惯的养成比分数重要;方法的掌握比分数重要;能力的形成比分数重要;个性的张扬比分数重要。因此,在金师附小,分数绝不是衡量学生好坏的唯一标准。

打造教育品牌

徐锦生认为,一所学校能否称为一个品牌,不是由学校自己说了算,而是由公众来决定。品牌是伴随学校成长和发展的产物,它不需要惊天动地的举措,也无需豪言壮语的承诺,只有实实在在地在每一个细微之处用心去做,日积月累,才能形成品牌。

徐锦生着手创建的“非智力发展型”特色学校就是一个品牌。

他指出,“非智力发展型学校”是相对于智力发展型学校而提出来的。智力发展型学校是专门以传授知识为主要任务的学校,而“非智力发展型”学校则是重视非智力因素在人的发展中的重要地位,并推动学生良好的兴趣、情感、意志、习惯、个性等非智力因素品质和良好的智力品质和谐发展,全面提升学生综合素质的学校。

小学生良好非智力因素的培养是全面实施素质教育,减轻学生课业负担,有效提高学生学习成绩,进而促进学生个性全面发展的有效途径。

从 20 世纪 90 年代初,徐锦生就开始主持全省“非智力因素培养”课题研究。18 年来连续三次获得省政府奖励,并有 3 项省级“非智力因素培养”序列课题的研究升华了学校的办学理念、丰富了教师的教学思想。小学生“非智力因素”的培养实验,不仅促进了学生成绩的提高,而且促进了学生良好个性的形成和发展。与此同时,小学生良好“非智力因素”培养实验探索出了一个培养教育的新模式,即科研兴教,教研相长,带动了学校各方面工作的顺利开展。

2007 年 4 月,金华市第一家小学教育集团——金师附小教育集团成立。徐锦生充分发挥集团化办学的优势,推出"四统一"品牌战略:不同校区后勤与硬件建设管理的统一;各校区人事编制的统一;教学科研资源的统一;德育资源的统一。"四统一"品牌战略让金师附小教育集团很快得到社会各界的普遍认可。

二、做孩子生命中的贵人

原载《教育信息报》(2010 年 3 月 13 日第四版)

从普通教师到中国名校校长,徐锦生的人生经历了 30 年的斗转星移、沧桑巨变,在推动中国基础教育改革发展的同时,徐锦生完成了自己人生价值和使命的跨越,其本身也成为一个时代的符号。蓦然回首,徐锦生发现自己寻梦的足迹已经走得很远很远,中国教育事业发展的潮流浩浩荡荡,融入其中的他却分明感到,自己一如 30 年前那样激情满怀。

徐锦生用爱的情感为孩子们播种理想,增长智慧,积蓄力量;以满腔热情和甘为人梯的精神,引领青年教师献身教育事业,掌握科学的教育艺术,使他们在教育园地里迅速成长;以艰苦创业、开拓创新的精神,带领师生让学校走上新的发展道路。他说:"从我的学校毕业的学生成千上万,他们在各个建设岗位上作出贡献或成为骨干,从他们的身上我看到我的理想,接力棒已经在他们手上传递。我是普通的、平凡的,但我不因我的渺小而平庸,我所有的生命价值就在于教育让我和孩子们结缘,并力求成为他们美丽生命中的一个贵人。"

九个 QQ 群的"在线"校长

在徐锦生的眼里,提倡以学生的发展为本,教师不发展是不行的,而教师发展的质量与信息化程度是分不开的。推进教育信息化,校长要带头。徐锦生早在 1995 年就尝试使用电脑,电脑已经成了他的"第二夫人”:出差时带着,吃饭时带着,可以说形影不离。记者在徐锦生的电脑里发现了九个 QQ 群,分别是:全国小教专业委员会浙江基地 QQ 群、婺城区小学校长 QQ 群、家长委员会 QQ 群、市教育科研 QQ 群、“徐特与我们”特级教师师徒 QQ 群、学校继续教育 QQ 群、浙江师范大学中澳硕士研究生班同学 QQ 群、婺城小学 QQ 群、学校信息组 QQ 群——徐锦生由此被称作 9 个 QQ 群的“在线”校长。

徐锦生每天总是雷打不动地提早半个小时上班,第一件事就是浏览 QQ 群留言,并进行回复和交流。在“徐特与我们”特级教师师徒 QQ 群里,徐锦生有 11 名来自各县市区的徒弟,向他请教各种各样的教育教学问题,徐锦生总是不厌其烦地予以解答。徐锦生的网名就叫“非智力”,他在 QQ 上以“非智力”的身份与年轻教师交流,与学生家长共同探讨教育的成败得失。

在金师附小门口,有一块显眼的 LED 公告屏,不仅有学校近期工作计划、通知等,还有天气预报等大众资讯,深得师生、家长好评。这种在当地刚被商场、超市引进作为广告手段的公告屏,矗立在学校门口很是惹眼。这与徐锦生的教育信息化带动教育现代化的办学理念是分不开的,在他的倡导下,学校先后建成计算机网络教室 2 个、电子阅览室 1 个、语音室 1 个,还建成了电视演播室、课件制作室、多媒体办公系统、校园闭路电视系统和校园网,并设立了少年雏鹰网站。

让更多孩子享受优质教育

徐锦生常对师生说:“人与人之间智力差别不是很大,学习的动力在于意志品质和情感等非智力因素。”高中毕业后,徐锦生到兰溪永昌公社樟村小学当民办教师。1980 年他考入衢州师范,1982 年 7 月被安排在兰溪县永昌乡中心小学成了一名公办教师,1983 年,年轻的徐锦生被委派担任登胜乡中心小学校长。在扎根农村的从教过程中,徐锦生十分珍视学生创新精神与创新能力的培养,认为“学生能有尊严地学习和良好生活习惯的养成”比什么都重要。

让每一名孩子都能接受更为优质的教育，是作为浙江省党代表的徐锦生近年来最为关注并一以贯之地奔走呼吁的。2007 年 4 月，金华市婺城区人民政府下文成立金师附小教育集团，这是该市第一家小学教育集团。集团下辖"两校两园"——金师附小和婺城小学，金师附小幼儿园和附小集团第一幼儿园，这让徐锦生有了一个崭新的"教育实验区"。他采用"名校+新校"的集团化办学模式，实行管理一体化，师资统一调配，促进基础教育的均衡和谐发展，真正实现了让更多孩子享受金师附小优质教育的目标。学校按照现代企业制度的要求，邀请专业形象策划机构，通过 CI 设计统一标识系统，先后在婺城小学设立了"附小集团校史陈列室"、"文化长廊"，营造了浓浓的附小文化。

经过两年的磨合，集团确立了"以人为本，和谐发展"的办学理念，初步形成"全民化办学，企业化管理，社会化服务，规范化经营"的管理与发展战略，并形成了"四统一"集团化办学的方针，即不同校区后勤与硬件建设管理的统一；各校区人事编制统一；教学科研资源的统一；德育资源的统一。在此基础上，徐锦生还将"四统一"的办学实践经验辐射到其他学校。金师附小相继与金华市北苑小学、白龙桥小学、沙畈小学、蒋堂小学、长山小学、琅琊小学、武义柳城小学等学校结对子，明确了具体的帮扶项目。学校每学期至少开展一次教学帮扶活动，每学年组织选派教师上县级以上的各类公开课、示范课，组织教师到磐安、兰溪、浦江及婺城、金东等地的兄弟学校送教下乡。

与"非智力因素"较劲 20 年

1989 年，兰溪公开招聘实验小学校长，经过综合考核，徐锦生脱颖而出，成为兰溪市实验小学第一任校长。根据兰溪溪西新区教育底子薄、家长要求高、独生子女普遍的特点，徐锦生开始了小学生良好非智力因素培养理论的实证研究，并选择了"非智力因素对学生成长影响"作为研究课题，一做就是 20 年。

以课题研究领头的关于"非智力因素"的综合整体改革实践中，徐锦生从理论上探索了智力与非智力因素之间的辩证关系，打破了传统的课堂教学结构模式，探索了非智力因素培养的途径、方法，形成了具有鲜明特色的一整套可操作的指导大纲，改革了教学目标、教学形式、教学内容、教学手段及其评价方法，形成了一整套具有自己特色的备课、教学及评价的指标体系。这一新的教学改革方式，充分体现了教师的主导作用和学生的主体地位，造就了一支具有优良素质的教师队伍，取得了良好的教学改革效果，这项科研成果被评为浙江省教育科研成果一等奖。1999 年，该课题还被评为浙江省人民政府基础教育教学成果一等奖，成果在广大中小学中推广。

抓住“非智力因素”科研这条主线，徐锦生引导教师“走从事教育科研这条幸福的道路”，用感化、激励等“非智力”手段，实施学术成绩激励机制，培养学术型的教师。跟“非智力因素”较劲的 20 年，兰溪实验小学面貌为之一新，成了兰溪市初等教育标准化、规范化建设窗口，并获得省文明学校、省示范性小学等称号；金师附小也一跃成为当地教育的领头羊。

理解科研　享受科研

徐锦生深知强化科研是学校发展之本，因此许多课题他都亲任组长，参与实验的全过程。尤其是对省重点课题，从申报立项到制订计划，从组织论证到操作实施，到总结成果，他都和实验教师一同参与。他的两项科研成果，先后被评为浙江省人民政府基础教育教学成果一等奖。2005 年，省重点课题《优化非智力因素　促进小学生多元智能的发展》科研成果获省一等奖，获第三届省人民政府基础教育教学成果二等奖。同时，他积极营造全校科研的氛围，制订了科研激励机制，注重对教师进行全员科研培训，为教育科研提供了有力的物质保证。

徐锦生从不强求教师参与教育科研活动，而是希望教师们以一种享受的心态去理解科研和从事科研。学校通过课题培训班和龙头课题促进校本培训等途径来提高教师的科研素质，推动教师的专业成长。在金师附小,教育科研已经成为一种群众行为,教师群体已然成为一个研究共同体,这种人人参与的教育科研充满了生机和活力。徐锦生说:"只有教师本身成为教育改革的动力,教改的成功才有保证。教师的思想更新了,教育能力增强了,感觉到传统的教育方法已不再适应新的教育形势,自身就会产生变革学习的要求。"

"这里就是中国第一座童诗博物馆,分为艾青、蒋风、鲁兵、圣野四大板块,还设有当代童诗展览区、童诗朗诵区等功能性活动区,校园建立国家级的博物馆,不仅是我们附小的事情,也是金华城市软实力的一个重要文化载体。"近日,徐锦生带着记者参观了该校"中国童诗博物馆"的施工现场,中国当代文学研究会已经正式批复附小筹建"中国童诗博物馆",并要求把该馆建成推动素质教育、振兴儿童诗的重要载体。对学校未来的发展,徐锦生有着缜密的思考、超前的规划:把金师附小办成一所面向世界、促进对外交流的国际学校,一所崇尚中国传统文化、具有地方特色的现代化学校,一所以人为本、提高人的全面素质的新型学校,一所强化外语的双语学校,一所开放式的学校,一所环境优美、无污染的花园式学校,一所具有现代化设备的网络学校。

三、"非智力因素"研究20年大事记

1989年

4月　徐锦生成为兰溪市人民政府公开招聘的实验小学首任校长。

9月　对兰溪市实验小学所在学区——溪西新区深入地调查研究,根据新区教育底子薄、家长要求高、独生子女普遍的特点,以及当时教育现状,开始构思"小学生良好非智力因素培养"的实验课题研究框架。

1990年

5月16日、12月19日　课题指导师、杭州大学郑继伟博士(现任浙

江省副省长)来校作讲座并作课题指导。使我们深刻认识到:实验学校要成为“教育科研的基地”,成为“教育改革的排头兵”。确立了“小学生非智力因素培养”的实验课题,提出“高起点、高水平、高难度、高效率”的研究思路。不久被列为浙江省教育科学规划课题。

1991 年

1 月 23 日、3 月 6 日、7 月 3 日　郑继伟博士来校作讲座并作课题指导。

5 月 12 日　“小学生良好非智力因素的培养理论与实践”开题论证。

8 月、9 月、11 月　浙江教育学院卢真金教授来校指导课题。

1992 年

1 月至 11 月　卢真金教授、浙江大学张定璋教授先后五次来校指导。

4 月　徐锦生到上海参加全国“非智力因素研究会”理事会的筹备会议。

7 月 22 日　《刍议小学生非智力因素的培养》发表在《光明日报》。

12 月 24 日　开始编写《非智力因素培养大纲》第一稿。

1993 年

4 月 10 日　浙江大学刘力教授来校作课题讲座。

8 月 5 日　完成《非智力因素培养大纲》第二稿。

10 月 16 日　课题组赴上海、嘉兴等地参观学习。

1994 年

3 月 3 日、7 月 5 日　卢真金教授来校指导课题。

8 月 10 日　完成《非智力因素培养大纲》第三稿。

9 月 20 日　在《浙江教育报》上发表《小学生良好非智力因素培养的途径和方法》。

1995 年

5 月 2 日　赴上海参加全国“非智力”研讨会。

5 月　《再论非智力因素的培养》一文发表在《中小学管理》第 5 期。

8 月　完成《非智力因素培养大纲》第四稿。

10 月 12 日　上海师范大学燕国材教授来校作课题指导。

1996 年

3 月 8 日　中央教科所范志兴研究员来校为课题作指导。

5 月 5 日　北师大林崇德教授来校指导，对课题研究作了充分肯定。

12 月　被“浙江省教育学会”、“省教育科学研究院”等单位评为“浙江省实验学校明星校长”。

1997 年

4 月 7 日　卢真金教授对《小学生非智力因素培养的理论与实践》一书作指导。

7 月 15 日　“小学生良好非智力因素培养”课题结题鉴定会，燕国材等专家到会。

11 月　《激励教师持久积极性的实践与探索》发表在《浙江教育》1997 年第 11 期。

1998 年

3 月　《三议非智力因素的培养》一文编入《如何实施素质教育》（人民出版社）。

4 月　《小学生非智力因素培养》课题成果获浙江省教育厅基础教育科研成果一等奖，为金华市中小学首获省一等奖。

5 月 11 日　浙江省教育厅邵宗杰主任来校指导，充分肯定了非智力因素的研究成果。

5 月 22 日　兰溪实验小学十周年校庆，展示非智力因素研究成果。

10月13日　兰溪实验小学承办了全国首届“非智力因素”年会。

1999年

5月　《小学生非智力因素培养的教改实践成果》一文发表在《上海师大学报》1999年第5期。

5月15日　《人民教育》发表了续梅记者的《滋兰养蕙写春光》的长篇通讯，报道了非智力因素研究成果。

10月　《培养学生非智力因素，促进课堂教学改革》成果获得浙江省人民政府首届基础教育教学成果一等奖。

2000年

1月9日　燕国材、朱永祥、刘力、卢真金等专家为“非智力”研究后续课题“小学生‘学会心理自助’理论与实践”作开题论证。

3月14日　《家庭教育导报》记者来校采访开展小学生良好非智力因素培养的研究情况。

4月7日　浙江大学刘力教授来校作课题指导。

2001年

9月29日　上海师大燕国材教授来校作课题指导。

9月—12月　金华曹宅小学、鞋塘小学、罗埠小学、衢州石梁中心小学、莲花中心小学、东阳巍山镇小学以及本市的一些中小学教师前来观摩非智力因素研究成果。

2002年

4月—5月　《小学生学会心理自助的实践研究》一文发表在《小学校长》杂志2002年第4期，第5期。

9月　徐锦生调任金华师范学校附属小学任校长。

10月　“优化非智力因素促进小学生多元智能发展”，列为浙江省重点规划课题。

2003 年

1 月—10 月　开展非智力理论和多元智能理论的学习分析，进行教师培训。邀请了上海师范大学燕国材教授、浙江大学刘力教授、浙江师范大学李伟健教授等作讲座，研讨会议共 20 余次。

5 月　《小学生“学会心理自助”的教育教学实践》成果获得浙江省人民政府第二届基础教育教学成果一等奖。

5 月 28 日　浙江省教科院方展画院长、朱永祥副院长、浙江大学刘力教授、市教育局应恩民局长等 10 位领导、专家，进行了“优化非智力因素促进小学生多元智能发展”开题论证。

2004 年

1 月　开展调查研究，重新反思、构建学生发展过程中的非智力因素支持系统，探索学生多元发展与关键性非智力因素之间的关系。

4 月　《优化非智力因素促进小学生多元智能发展》课题获得浙江省教育厅基础教育科研成果一等奖。

2 月—12 月　开展推广性实践研究，继续探索非智力因素促进学生多元发展的教育教学的途径与方法。

2005 年

1 月—10 月　全面实践、总结非智力因素促进学生多元发展的教育教学的途径与方法。

5 月—12 月　浙江大学刘力教授、金华市教科所吴惠强所长、浦江教师进修学校方方老师的课题专题讲座。

6 月　专著《学校教育科研的实践与思考》由辽宁师范大学出版社出版。

2006 年

6 月 22 日　金华市教科所召开“优化非智力因素，促进学生多元智能发展”课题推广会。

9月8日　浙江大学刘力教授、金华市教科所吴惠强所长来校指导课题研究工作。

9月10日　《金华晚报》头版头条报道《徐锦生与非智力因素较劲了16年》。

11月　全国副总督学王文湛、郭振有来校作报告。

12月23日　赴江苏省张家港市参加燕国材教授学术思想报告会。

2007年

5月　《小学生非智力因素培养的教学探索》成果获得浙江省人民政府第三届基础教育教学成果二等奖。

5月23日　徐锦生校长给浙江师范大学研究生作非智力因素研究成果报告。

11月5日　广东教育学院闫德明教授来校作课题指导。

11月15日　参加“全国非智力因素”研究会2007年理事会。

12月29日　“创建智力与非智力因素协调发展型学校品牌的行动研究”被列为浙江省教育科学规划2008年研究课题。

2008年

4月14日　举办“创建智力与非智力因素协调发展型学校特色品牌的行动研究”课题开题论证会议。

5月5日　《创建非智力因素发展型学校的若干思考》一文发表在《上海教育科研》2008年第5期。

5月16日　在“浙闽京三省五地草根教育家论坛”会上作《一项课题就是一个培训班》的报告。

9月3日　北京师范大学裴娣娜教授来校作课题指导。

10月15日　获“2008全国教育科研管理先进校长”荣誉称号;《小学生非智力因素培养的教学探索》课题获得全国优秀教育科研成果一等奖。

11 月 20 日　到北京参加了全国非智力因素研究会第六届年会。作《坚持“非智力因素”草根研究 20 年》的专题发言。

2009 年

3 月 29 日　由省人民政府督学、浙江大学博导刘力教授为团长，12 位学者教授来校作课题指导。

7 月 9 日　“基于‘非智力’减负增效的项目学习实践探索”立项为全国教育科学“十一五”规划 2009 年度教育部规划课题。

9 月 11 日　到北京师范大学参加全国教育科学“十一五”规划课题培训会。

10 月 17 日　课题组成功举行开题论证，得到燕国材、顾玮、方展画、刘力、朱永祥、王健敏、李伟健、程江平等领导专家的指导。

12 月 26 日　学校被评为浙江省首批教育科研“孵化基地”。

12 月 31 日　课题组就学生的学业负担进行家长和学生问卷调查。

2010 年

1 月 20 日　浙师大李承先教授指导问卷调查统计工作。

2 月 24 日　刘力教授来校指导《关注非智力因素培养的小学教学改革探索》成果参加“全国基础教育课程改革教学研究成果”评比申报工作。

3 月 10 日　《关注非智力因素培养的小学教学改革探索》成果推荐参加全国基础教育课程改革教学研究成果评比。

主要参考书目

[捷克]夸美纽斯:《大教学论》,教育科学出版社 2007 年版

[美]德鲁克:《卓有成效的管理者》,机械工业出版社 2008 年版

[美]杜威:《学校与社会,杜威教育论著选》,华东师范大学出版社 1981 年版

[苏]苏霍姆林斯基:《给教师的建议》,教育科学出版社 1984 年版

[英]泰勒:《原始文化》,蔡江浓编译,浙江人民出版社 1988 年版

程光泉:《全球化与价值冲突》,湖南人民出版社 2003 年版

胡东芳:《让教育焕发生命的价值》,广西师范大学出版社 2003 年版

卢真金、徐锦生主编:《非智力因素培养的实践研究》,杭州大学出版社 1997 年版

王炳照:《中国教育制度史》,人民教育出版社 1996 年版

吴惠强,徐锦生主编:《一线教师与教育科研》,乌鲁木齐:新疆大学出版社 1998 年版

徐锦生主编:《苗圃》,北方妇女出版社 2006 年版

徐锦生主编:《金师附小校志》,北方妇女出版社 2006 年版

徐锦生主编:《优化非智力因素　促进多元智能发展》,贵州人民出版社 2004 年版

燕国材主编:《非智力因素的理论实证与实践研究》,华东理工大学出版社 1994 年版

杨东平:《艰难的日出——中国现代教育的 20 世纪》,文汇出版社 2003 年版

叶澜等:《教师角色与教师发展新探》,教育科学出版社 2001 年版
张天雪:《基础教育改革论纲》,重庆大学出版社 2008 年版
郑金洲:《教育文化学》,人民教育出版社 2002 年版
朱永新:《新教育之梦》,人民教育出版社 2000 年版

后　　记

1983年8月，在我做教师当班主任近十年的时候，组织上任命我为兰溪市登胜乡中心小学校长，开始了我的校长生涯；1989年4月公开招聘为兰溪市实验小学校长；2002年9月调入金华师范学校附属小学任校长。如今二十多个年头过去了。有人对我说：“你该写一本关于学校管理的书了，该写写你的‘非智力’了。”我回答道：“是啊，二十多年的校长，感受颇多。我是想写，但不是现在，等我退休吧。”可没有想到这个任务提前完成了。

该书的撰写，我感到压力很大，怕写不好。作为一名教师，作为一名校长，我获得过许多荣誉。陶渊明有言：纵浪大化中，不喜亦不惧。那是圣贤的境界，我达不到。回想往事，我做不到所有的事情都释然于怀，有些事可以忘记，而有些事永远不能忘记。不能忘记的是，那么多的领导、同事、学生、学生家长、朋友关心我、爱护我、扶持我、帮助我，没有他们，就没有我的今天。我对生活充满感激之情。所以我还是接受了朋友们的建议，这不光是为了我自己，更是为了我钟爱的教育事业，为了我敬爱的老师，为了我亲爱的同仁和我深爱的孩子们，那我就写写他们，写写他们与我共同走过的日子。

三十多年教师生涯，二十多年校长经历，在历史的长河中都只是一瞬，而对一个生命有限的人来说，却是从青年到中年。

时间不是金钱，她是生命之河的流淌。在我任校长的期间，每年都有上千名学生的生命之河在我领导、组织、管理的学校中流过。

一个有良知的教育管理者，应当以怎样的人格、智慧和爱心去面对这如鲜花般灿烂的生命呢？怎样去面对这如朝阳般的事业呢？

我不断地在实践中思考与领悟，不断在自省中总结与积淀，我的人生观、价值观也在不断地丰富与升华，我的学生观、教师观、校园文化观、管理观也在不断地重整与完善。

特别是担任兰溪实验小学校长以来，我们开始了长达了二十年的小学生非智力因素培养的探索。先后承担省级课题《小学生良好非智力因素培养》、《小学生"学会心理自助"理论与实践》、《优化非智力因素促进学生多元智能发展》以及《创建非智力发展型学校特色品牌的行动研究》的研究，其成果先后获得省教育科研成果一等奖 3 次，省政府基础教育教学成果一等奖 2 次，二等奖 1 次；四个课题有 300 多位教师参与，培养了全国名校长 1 名，省特级教师 4 名，省市教坛新秀、教改之星 10 多名，省市名师名校长 10 多名……2009 年 8 月，非智力因素延续课题《基于"非智力"减负增效的项目学习实践探索》被列为国家教育部规划课题。

通过二十年的研究与实践，我们越来越清楚地认识到：教育就是让智力与非智力的协调发展。智力因素和非智力因素的关系是辩证统一的，在个体成长过程中有着同等重要的作用，两者综合影响、共同制约着个体的成长速度和质量。

"兴趣、习惯、方法、能力、个性"是促进学生"智力"因素与"非智力因素"协调发展的最好诠释。兴趣是学习活动中最为直接、活跃的推动力，要培养学生各种良好的兴趣爱好；习惯是学生长时期逐渐养成的行为、倾向和品质，因此，要培养学生"知书达礼"的习惯；方法是解决思想、行动等问题的门路、程序，"授人以鱼，不如授人以渔"，在教学中要让学生举一反三；能力是指能胜任某种任务的主观条件，要通过优化非智力因素，促进学生多元智能的全面发展。

为此，我坚持倡导"激发学生的兴趣比分数更重要；习惯的养成比分数更重要；方法的习得比分数更重要；能力的形成比分数更重要；个性的张扬比分数更重要"的办学理念。

不管是金师附小的办学体会，还是兰溪实验小学的办学心得。使我认识到，办教育是有规律的，同时又需要超越，遵守规律与创新开拓缺一不可。教育有最基本的规范和要求,这是任何人办教育都必须遵循的,离开教育的规律办教育一定会失败。就学生发展来看,教育是塑造人,发展人的活动,因而必须为学生未来的发展和终身幸福打基础。因而,再好的教育都离不开学生的发展。小学教育是基础教育,离开了学生的发展,不管你有什么天大的理想和追求,你都必定要失败,必定走上歧途。金师附小在这方面少走了一些弯路,就是因为牢牢抓住小学教育的规律和基本规范,不管教育怎么改、怎么创新,始终把握基础教育的宗旨和目标。在任何时候,都不会忘记学校的主体是小学生,学校的依托是我们可爱的孩子。

本书中所写的,无论是成功或是失败,是卓越或是平庸,是辉煌或是平淡,都包含着参与者人生的一段难忘历程,没有他们就没有这本书。包括我们的孩子们。

在书中所写的事件里,我不过是一个亲历者,有些方面充其量也只是个倡议者。许多事情能够做好,靠的是我的同事们,特别是金师附小全体员工的共同努力,靠的是上级部门和各界朋友的大力支持。在记述中,我尽可能地多写我的同事、我的领导、我的朋友、我的学生,但限于本书的体例和篇幅,漏掉的人和事肯定要比写到的多,在此,我要向他们表示歉意。

在本书的编写过程中,大量材料的整理和提供得到许许多多过去的、现在的同事的大力帮助,特别是兰溪实验小学以及金师附小老师们的帮助。

感谢北师大资深教授林崇德先生在百忙之中为本书作序;感谢上海师大的燕国材教授的题词;感谢浙江大学刘力教授、浙江师范大学的李伟健教授、张天雪教授、浙江教育学院卢真金教授、中国新闻出版报浙江记者站站长吴重生、金华市教育局基教处处长吴惠强、杭州上城区教育学院副院长唐彩斌、原兰溪教科所所长姜绍绩等同志对本书的写作提出很多指导性的建议,书稿曾几易其稿,在此,我向他们表示衷心地感谢!

我的教育生涯还在进行中。实践无止境,思考也无止境,我将以更大的努力,回报金师附小,回报与我同甘共苦的同事们,回报所有关心我支持我的人。

从教三十多年，我一直生活在基层，工作在一线，始终只是一个行动者、实践者。著书立说不是我的所长，言不尽意是我的遗憾。我觉得了解一位校长，最直接的途径是去他的学校看一看。因此，我最想说的两句话是，一是欢迎您莅临金师附小参观指导，希望您能记住一所学校，她的名字叫“金华师范附属小学”，她是诗人艾青的母校；二是您可以随时忘记“徐锦生”是什么人，但千万要记住“非智力”三个字！

徐锦生

2010年春节前夕于婺江之畔

责任编辑:张伟珍
封面设计:李欣欣
版式设计:王　舒
责任校对:高　敏

图书在版编目(CIP)数据

寻找教育的新支点——非智力因素理论影响下的教育实践/徐锦生 著.
-北京:人民出版社,2010.12(2011.5 重印)
ISBN 978-7-01-009402-1

Ⅰ.①寻… Ⅱ.①徐… Ⅲ.①教育工作-研究-中国 Ⅳ.①G52

中国版本图书馆 CIP 数据核字(2010)第 212837 号

寻找教育的新支点
XUNZHAO JIAOYU DE XINZHIDIAN
——非智力因素理论影响下的教育实践

徐锦生　著

人民出版社 出版发行
(100706　北京朝阳门内大街 166 号)

北京瑞古冠中印刷厂印刷　新华书店经销

2010 年 12 月第 1 版　2011 年 5 月北京第 2 次印刷
开本:710 毫米×1000 毫米 1/16　印张:17.5
字数:230 千字

ISBN 978-7-01-009402-1　　定价:37.00 元

邮购地址 100706　北京朝阳门内大街 166 号
人民东方图书销售中心　电话 (010)65250042　65289539